一七世紀の英雄的精神と至高善の探求

デカルト、コルネーユ、スウェーデン女王クリスティナ

Descartes, Corneille, Christine de Suède

エルンスト・カッシーラー
Ernst Cassirer

朝倉 剛＋羽賀賢二＝訳

工作舎

デカルト、コルネーユ、スウェーデン女王クリスティナ　目次

第一部

デカルトとコルネーユ

第一章

心理的、道徳的親近性[★1]

デカルトの『方法序説』は、『ル・シッド』のパリ初演に続く、コルネーユの華々しい栄光の時期、一六三七年の前半に刊行された。フランス詩の新時代の始まりが、デカルトによって哲学の基礎が刷新された時期と符合している。これを時期的な偶然のめぐり会いと見るべきか、それとも二つの出来事が精神的ななんらかの絆によって結ばれていると見るべきか。デカルトの思惟世界とコルネーユの詩世界とは、一体化したものとして捉えることができるだろうか。このような方向への試みは、これまでにも事欠かなかった。すでに複数の研究家がデカルト哲学の中に、詩に生気を吹き込み、フランス古典主義の審美的原則に形を与えた躍動を見出しているほどである。[★2]だがこの立論には支持し難いところがある。デカルト哲学がフランス文学に及ぼした影響に関する論文の中で、ギュスターヴ・ランソン[●1]は、年代記的に考察しただけでもこの種の立論に対し反駁できるとしている。デカルト哲学の及ぼす作用は、フランス古典劇がその主要な特徴を備えてすでに存在し、絶頂に登りつめていた時期に感じ取られるのである。デカルト哲学の精神とフランス古典主義文学のそれとは、ある基本線が両者を截然と区別しているだけに、それらをはっきりと同一視することには問題がある。フランス古典主義には、理論面、実践面において、古代の規範に準拠し、古代と肩を並べようという野望以外のものはない。これとは反対に、デカルト哲学は、こういう発想とはきっぱりと縁を切っている。模倣でしかないことはすべて捨て去り、抜本的に新たな出発を模索したのだ。ところでこのような強い欲求は、アリストテレスに盲従し、アリストテレス一辺倒であった一七世紀の詩には、蝸牛の歩みをもってしか、受け入れられなかった。これがフランス美学の歩む道と新しい哲学の道との分岐点なのである。古典詩の先蹤として最も厳格な「立法家」の一人であるシャプラン[2]は、詩そのものを理性の支配下に置こうとしている。しかし所詮彼は伝統主義者である。「シャプランの言う理性は、アリストテレスにあやかって思考する理由を見出すことにしか役立っていなかった[3]」と言われている。

ランソンは、デカルトこそ「古典主義の生みの親」だとする立論に断固挑みはしたが、コルネーユ劇とデカルト哲学との親密な関係を否定することはない。より適切に言えば、デカルトの「心理学」とコルネーユのそれとを深く分析することによって、その接点は外的なものではなく、根底において、また主要な結果について、両者が完全に一致していると結論し、「『情念論』とコルネーユの悲劇の間にあるのは、単なる類似ではなく、精神の同一性である[4]」と言っている。彼は、この同一性を理解するには、コルネーユと同じくデカルトも水を汲んだ源泉に立ち戻らなければならないとも述べている。この両者は、一つの道徳的・精神的**現実**を直視していた。この現実が、二人の思惟と詩とを形作り、或る方向付けを与えたのだということを忘れてはならない。「哲学者も悲劇詩人も、同一のモデルに即して仕事をした。そのモデルとは一七世紀初頭のフランス社会があまねく提示する人間である。或る現実が、内面的にも外面的にも二人の発想を制御していたのだが、この現実だけが、二人のもとに認知されるみごとな同一性を理解可能にする[…]。一人の作者が描き出す性格の心理的真実がわれわれの眼に見えてこなかったり、それらの性格がわれわれの卑近な観念に衝撃を与えたりするとき、われわれは一徹で無謀な断定を慎まなければならない。文学とは、いつの時代にも、モデルであると同時に審判者でもある公衆の趣味に合致し、その精神と身体の状態に合致した典型を優先させるものである［…］。知的で活動的、反省的で意志的な典型はわれわれの手の届かないところにいる。そういう典型をわれわれは否定する。それを創り出したということで、われわれはコルネーユを指弾する。しかしデカルトは、コルネーユが夢を見たのではないと、われわれに告げる。デカルトもコルネーユも、彼らの時代に共通していた毅然たる魂と、こういう形の魂が目指す理想とをそれぞれに描いたのである」[★5]。

　だがデカルトとコルネーユとを結ぶ絆は、ほんとうに二人に共通する歴史的な瞬間、経験的な現実だけだろうか。**ア・プリオリ**にそうとは信じられないであろう。同じ現実に向かって、思惟的人間デカルトがどう対処したか、芸術家コルネーユがどう対処したかを考えるとき、いま挙げた要因だけが、絆をつくる唯一の、十分なものだとは少なくとも考えられないであろう。どんな場合にもデカルトは、あらゆる個別現象を、彼の究極的諸原理、一般的に妥当する諸原因から引き出して理解しようと努める厳密な理論家、体系的精神である。彼の目的は純粋な演繹にある――そしてこの究極の演繹が真の認識的価値を有するためには、そこには経験的、偶発的なものは一切混入してはならない。だからデカルトの心理学は、性格や特殊性を備えた明確な「魂の形」をわれわれに示そうと欲しているのでもなければ、詳細にそれらを描こうとしているのでもない。彼の『情念論』は、単に人間を描こうと欲する。――ところでその描出は個人的特徴や、時間的限定をすべて剝奪したものでなければならない。コルネーユもまた、詩は模倣を目的とすると言うが、詩的作品が個別なもの、無比なるもの、時間軸に画定されるものを表現すべきだという意味で諒解しているのではない。詩は一般的なものを、歴史は個別的なものを対象とし、また詩が起こりうることを、歴史が実際に起こったことを対象とするという、詩と歴史との区別に関するアリストテレスの考え[●3]に即し、コルネーユの芸術も同じく一般的なものを追求している。すなわち特定の時期の人間ではなく、「人間」を描こうと望んでいる。ランソンが力説しているように、コルネーユはその主人公たちを、特殊な歴史的存在としてでもなければ、特殊な歴史的状況のなかにでもなく、彼らの「人間性」において表現しようとしている。[★6] 以上の理由によって、デカルトとコルネーユとの間に存在する直接的で深い関係を見誤ることはあり得ないにしても、われわれは、この関係についてランソンが加えた説明だけで満足することはできない。他の解釈を探し求めなければならない。

もしわれわれが、多くの研究者とともに、要するにデカルトは直接コルネーユに影響を与えたのではなく、コルネーユがデカルトに影響を及ぼしたと認めるとすれば、話はいとも簡単であろう。エミール・ファゲ[●4]は、一七世紀の文学と哲学についての研究のなかで、コルネーユの芸術がデカルトに強い持続的な影響を与えたという説を立てた。さらに言えば、コルネーユはデカルトの『情念論』に直接霊感を与えたという説である。[★7] しかしながらこの解釈に対しては、避けて通れないくらいたくさんの留保がでたのである。デカルトが詩の魅力に少しも心を閉ざすことなく、この分野でも強い印象を受けていたことは真実である。知的な自伝『方法序説』によって、彼は修行の青春時代以来、「詩に熱中」していたことが知られる。思想家として円熟期に達してからも、彼はこの青春時代の印象を忘れることがなかった。『方法序説』のなかでは、雄弁のもつ力と比類のない美しさ、詩の「繊細さと甘美」が称揚されている。しかしそれらが彼の哲学、学問についての信念にまで、わずかでも影響を及ぼしたとはどこにもほのめかしていない。[★8] この点で、「方法」は明確な境界線を引いているにちがいない。デカルトの方法の主たる目的は、現実と見せかけとを、真と偽とを識別することである。デカルトによれば、詩はこれとは異なり、ちょうどその中間地帯を動くものである。詩は真理に寓話（作り話）なる衣装を纏わせ、寓話に真理の外見を施すことができる。したがって詩は、その魅力や長所がどんなに大きかろうとも、哲学的認識にはいつも危険である。哲学的認識がこのような混淆を許すべきではなく、一途に明晰判明な観念に準拠しなければならないからである。ことほどさようにデカルトは哲学者として、プラトンと同じく詩に多大な価値を認めてはいないのである。[5] かくて同時代の詩に対する彼の態度が明らかになる。彼の読書はほとんど古代の作家たちに限られていたようだ。古代の作家たちに、遠い国々を旅する魅力と同じものを彼は発見していたらしい。まるで過去の最もすぐれた精神と対話を交わしているような思いであった(『方法序説』第一部、A-T・VI・6)。近代の詩に対しては、これとは異なり、わずかに注意を向けるにすぎなかったようである。往復書簡によると、ルネサンス期のイタリア詩について散漫な記憶がいくつかあることが、われわれにも伝わってくる。[★9] ところが同時代の大詩人コルネーユの名前は、どこを探しても見あたらない。彼のオランダにおける隠棲期間には、おそらくコルネーユの劇作品を知る機会などほとんどなく、そこから強烈な印象を受けることもなかったであろう。ましてや情念に関する学説のような彼の枢要な所説について、コルネーユの決定的な影響があったとは考えられないことである。

そうだとしても、デカルト哲学とコルネーユの詩とのあいだに、純粋に**観念的な**絆が見出されないであろうか。われわれは、ライプニッツ流に言えば、どんな「物理的影響」[6]の確定も放棄しなければならないが、デカルトとコルネーユのあいだには、一種の「予定調和」[7]がないであろうか。この両者には、彼らがそれぞれ固有の精神世界で取り上げた大きな普遍的主題があることを考慮するならば、この調和が目に見えてくる。この主題は、ルネサンス初期以降、思惟と詩との新しい形式が出現して以来、近代世界全体を動かしてきたものにほかならない。近代詩の表現にも近代哲学のそれにおいても、新たな関係が顕現したが、それは中世から近代への橋渡しをした過渡期に、主体と客体、自我と世界との間にできあがった関係である。デカルトとコルネーユがめぐり会うのは、この関係の解釈と表現においてである。ここにこそ、彼らの創造の精神的源泉があるのであって、彼らを取り巻く、純然たる外的条件のなかにではない。

われわれはこのような親近性を二重の方向、すなわち心理的関係と倫理的関係において考慮することができる。アリストテレスの心理学に対してデカルトの心理学の独創性を特色づけるには、デカルトの方法に立ち戻らなければならない。アリストテレスにおける人間の魂に関する教説は、生命論の一部として展開され、心理学は一般生物学の全体図の一章しか構成していない。そのうえ彼が実行する方法はといえば、本質的に経験的である。生命の諸現象を検索して比較し、それに基づいて諸現象間に階層的秩序を打ち樹てようとする。観察の及ばぬところは、類比、帰納、理論的省察によって補填される。かくて生命の諸形態の全体図およびこの図形のなかで人間の占める固有の地位が得られるのである。デカルトの心理学はこのような方法に無縁である。それというのも、デカルトの形而上学は、人間を有機的自然と結びつける紐帯を一刀両断に切ったからだ。彼の形而上学は、人間を特徴づけて際立たせる唯一の属性、すなわち自己意識だけを認める。自然界における他の生物は、これに類似するものを何ももっていない。したがって、客観的観察あるいは比較帰納法をもって、人間の意識を深く究めることはできない。「経験」は、たとえそれがどれほど深いものであろうと、魂が何であるか、単なる外的な結果や関係ではなく魂それ自体が何であるか、については教えてくれない。ただ概念的分析のみが、これを決定するであろう。さまざまな異種の魂――さまざまなその機能によって分離され識別された――という、逍遥学派＝スコラ学派的教説が、どんな点で、またなぜ支持できないかが、この概念的分析によって示されるのである。「植物的」魂も「感覚的」魂も[8]ない。意識が一つであると同じくらい確実に、魂は一つしかない。意識のこのような無条件かつ譲渡不可能な単一性は、純粋思惟の行為となって顕示される。結果として、この行為によってのみ魂の本質を規定し得る。そのほかはすべて偶然的もしくは外的なものである。思惟のみが魂の本質をなし、魂固有の形をつくりあげる。

　このような概念(発想)の特徴は、心理的諸問題が、これによって著しく凝縮されるという点に求められる。精神的なものは、すべてが厳密に同質かつ同形となる。いわば一つの中心に集約されるのである。精神的なものはその多様性と内的複雑さをほとんど失うが、それと引き換えに、固定した不動の中心を獲得するのである。この特徴はコルネーユの心理学にも顕著にあらわれている。彼の心理学もまた、細部のなかに決して迷い込むことがない。より適切に言えば、そんな細部などにはほとんど頓着しない。コルネーユの心理学のもつ本質的な力は、統一化の力、思惟による凝縮の力である。シェークスピア劇と比較してみた場合、コルネーユ劇には、精神生活の多様さが乏しく、豊かな色彩などはくすんで消えているように思われる。シェークスピアの詩に見られる魔力、すなわち登場人物の限りない豊かさ、絶え間ない情動の変化、微妙な精神的陰翳、色調の精妙さなどはコルネーユには見当たらない。彼においては、何もかも一本調子に整頓され、劇の力は、この調子の強さと持続時間に深く関わっている。彼の悲劇では、内的危機や激しい外的な動きが盛り沢山であるが、その動きのすべてには、前もって計算された節がある。コルネーユの劇では、登場人物たちをそれぞれつき動かしているばねをつかみ、各人物が劇中で体現することになるそれぞれの「性格」(役割)を知ってしまうやいなや、彼らの行動や反応は、分かったも同然である。まるで大時計の内部でものぞき見るように、われわれは彼らの内面を見る思いである。時計のメカニズムは、動き始めるや、常に一定の同じ動きをするであろう。コルネーユでは、すべてが情念のメカニズムの法則に従い、例外はない。人間をつき動かす力が一旦知られると、それがもたらす結果は与えられたも同然である。コルネーユの劇作術は、まさにこれら単純かつ強大な力を露わにすべく仕組まれている。これらの力は、錯綜した精神生活の中から抽出され、分析によって明確化され純化された形で、われわれの眼前に提示される。各個人を決定し統御する支配的な特性が、いわば解剖家のメスにより標本化されるのである。この「情念の解剖」術が最高度の表現力を発揮するとき、その描写には独特の抽象性が保たれる。というのも、この表現力がまさしくどこから生まれるかといえば、人間**全体**をその内的動きにおいて示すのでなく、限定された一つの**要素**だけを抽出し、次いでそれを一人の人間のなかに実体化するからである。コルネーユは、諸情念が人間の内部からほとばしり出るありさまも、人間に及ぼす情念の力の増進も、情念のゆるやかな成長や成熟も、当初認知できないほどのその蕾のふくらみも描かない。フランス演劇では、ラシーヌがはじめて情念の**動力学**を発見するであろうが、コルネーユでは純粋な**静力学**しか創り出されていない。どんな情念も決定された何かとして「存在する」。情念にはそれ固有の持続する特性があり、それがつねに一定の類似効果を発揮する。シェークスピアは恋する人々を登場させはするが、「愛」を登場させることはない。野心家や支配者を舞台に載せても、「野心」や「支配欲」を登場させない。登場人物がかわれば、情念はたちまち違った色合いを帯びる。マクベスの野心はコリオランやリチャード三世の野心ではないし、オセロの嫉妬はレオンテスあるいはレオナトゥス・ポススムスの嫉妬とは異なるし、ジュリアの愛はデステモネ、イモジェーヌ、ロザリンドの愛ではない。これら情念のどれもが、それ自身において限定され描出され得るような、類似した一般的な心理的特性を表現することがないのである。どの情念も各人の魂の中で新しく、特殊である。それは情念が魂の本性そのものに属しているからであり、ライプニッツ流に言えば、「魂の基体」[9]から生じるからである。コルネーユには、こうした躍如とした豊かさも多様さも見出されない。登場人物を描き出しつつコルネーユが目ざすところは、毫《ごう》も豊かさなどではなく、むしろ反対に単純化であり、簡素さなのである。

　コルネーユがその**登場人物**を通して目ざしたこの簡潔さは、外面的行為や**筋立て**の構成とは極端な対照をなしている。後者では彼はためらうことなく複雑さを求めて悦に入っている。好んで彼は悲劇の核心を極めて多重かつ巧妙に仕組んでおり、しばしば解決不能ではなかろうかと思わせるほどである。『エラクリュス』の序文で、彼は得意げに「ひどくこみ入った劇詩」をつくり上げたと述べ、筋の運びを解きほぐすには、聴衆が卓抜した慧眼を備え、注意を集中しなければなるまいとしている。要するに幾度か劇を傾聴してのち、はじめて理解してもらえるであろうと言っている(『全集』V. 154)。筋立ての複雑さが絶頂に達した『ロドギュンヌ』にコルネーユは格別の執心を抱き、数ある自作中の最高傑作の一つであると言明している。この判定を基にレッシングは、『ロドギュンヌ』を典型として取り上げ、コルネーユ劇を分析し、批判した。レッシングの反論[10]、すなわち真実らしからぬという点、つまり『ロドギュンヌ』の筋の内的必然性に無理があるという反論は、万人が妥当と認めるであろう。ここでもまたレッシングの判断は、コルネーユへの激越な攻撃が見られるものの、やはり客観的であり、正当である。しかし、彼の批判の矢は、的に当たってはいるものの——レッシングとしては珍しいケースであるが——その中心を外している。彼の批判は、コルネーユの劇作術の根底に触れるものではなく、ただ表層をなぞったに過ぎない。コルネーユが複雑な筋の構成へと心を惹かれ、そこに喜びを見出しているのは、もちろんドラマティックな面白さからではなく、**演劇への**関心からである。筋は一種の謎を提示するのであって、解決は聴衆のなすべき努めである。筋は、観客に好奇心を呼び醒まし、それを持続させたままで度肝を抜く最後の大団円へと誘導しなければならない。かの有名な『ロドギュンヌ』の終幕が、こういう結果へと到達していることは否定できない。『ロドギュンヌ』、『エラクリユス』あるいは『アラゴンのドン・サンシュ』などの劇は、舞台詩人としての技倆と円熟度が絶頂に達したコルネーユを示している。しかし彼の真正の悲劇芸術は、他の作品、『ル・シッド』や『シンナ』、『オラース』や『ポリュークト』のなかに求めなければならない。レッシングにはこの選別がない。だからコルネーユに対する彼の反駁は、登場人物の性格の「簡素さ(単純さ)」のなかにこそ最高の芸術を表現したこの偉大な演劇人に迫ることができないのである。コルネーユは、ハムレット、リチャード二世あるいはヘンリー王子[11]と類似するほどの、豊かさや内的充溢をもった人物像を描かなかった。たとえ彼にそうした人物像を喚起させる技倆があったとしても、おそらく彼はそれを無視したことであろう。なぜならその基本的な考えによれば、そのような人物は悲劇には不適当だからである。悲劇は単純さ(簡潔さ)をもって成立するのであって、そこにこそ真の偉大さが宿るのである。

この簡潔さに達するため、コルネーユは、各情念がそれぞれもつ固有の本性に力点を置き、これを浮き彫りにする。劇の筋は、それら主要な要素の結合と対立とに依存する。こうして彼の詩は、その本質的な長所の一つである内的強烈さを獲得しているのである。彼は先陣を承って、一六世紀の悲愴劇から一七世紀の心理劇への変貌を実現する。[★10] もはや悲劇は、コルネーユの先駆者たちの試みたような外的な激しい行為(筋立)に尽きるものではない。悲劇全体が人間の魂のなかで演じられるものとなる。そこでこそ、真の闘いがひらかれる。諸情念は相互に言い争い、いわば人間を虜にしようと戦う、不羈の力となって干渉してくる。かくてロドリーグでは栄誉が愛と格闘し、エミリー、シンナでは憎しみと復讐心とが感嘆の念と戦い、ポリュークトでは夫婦愛が宗教的熱誠を相手どって戦う。人間はこれら敵対する力の舞台となる。人間は、みずからが体験するかかる戦いを、外側からも観客として観察することができる。コルネーユの主人公たちはだれもが、こうして自己を観察し、自己を客観化する才能を賦与されている。情念が彼らを突き動かすだけではない。彼らのほうも情念を分析し、判断する。善にせよ悪にせよ、彼らは一定の観念や情動に熱狂する。こうした観念や情動は彼らのあらゆる挙措に表れるばかりでなく、再三にわたってその口をついて出るが、表明されることを欲し、そして表明されることによって人に知られることを欲している。コルネーユ劇におけるその典型は、ポリュークトのような聖人、ニコメードや老オラースのような英雄たちにより示されるが、また『ロドギュンヌ』のクレオパートルのような悪人や「悍婦」たちによってもはっきりと示されている。どの人物も判断と熟慮の能力を証言してみせる。コルネーユ劇全体に刻印されている情念があるとすれば、それはいわば、みずからに対して透明であれかしと登場人物すべてに促す、あの明晰さへの情熱である。これがコルネーユのすべての人物像に共通する特徴である。彼らの本性が互いに氷炭相容れないときでさえ、すなわち心理的にも倫理的にも相反する典型であるときでさえ、なお彼らは人相学的な類似ともいうべき親《ちか》しさをもっている。

しかしながら次のような反論が起こるであろう。コルネーユのドラマには、内面的な急転回が多く、それらがしばしば最も強烈な劇的効果の源泉となっていると。コルネーユは好んで大事件を描き、登場人物はそれに遭遇して心を動かされ、根底から内面の変貌を遂げる。憎しみが愛へ、復讐心が寛仁大度へ、嫉妬や敵意が驚嘆へと変わる。★11 だがいっそう注意深く検討してみると、これら外見上の異例は、コルネーユ劇を支配する基本的な規則を確証するものであることが明らかになってくる。彼の英雄=主人公たちでは、当初に潜在していたものがついに顕現するに至るという、ゆるやかな生長や成熟は問題とならない。また、ある人物の新たな性格をついには明白ならしめるほどの、連続的な発展もない。では何が起こるのか。それは全人格の唐突な変化である。すなわち一切の途中経過を省略した飛躍によって、全人格を極端から極端へと移行させるのである。この突然の変貌は、コルネーユの手に成る人間たちが、情念の力になるがままにひきずり回されるのではなく、自己省察と判断という抵抗力をもって情念に対決するからこそ可能である。判断力が彼らに新たな目標を提示するとき、また彼らの認識が改まるとき、意志もまたこれらの変化につき従う。知性が獲得した新しい視点に従って、意志は、ある程度まで指針を変えることができる。

実際ここにこそ、コルネーユの心理学とデカルトのそれとの親近性が再度判然と見えてくるのである。二人は、熟慮ということを、理論的熟慮と道徳的熟慮という二重の形で見ている。熟慮とは魂の根元的な力であり、情念によって曇らされ、揺さぶられることもあり得ようが、絶対に壊滅することのない力である。もしこれが壊滅するとすれば、同時に魂に固有な本性が消滅することになろう。思惟は魂から取り除かれることのない唯一無比の属性であって、魂の単なる偶有などではなく、魂のもつ本質の総体を成すものである。「ここに私は見つけ出す、思惟がそれである、と。思惟のみは私から引き剝がし能わぬのである。私はある、私は存在する、これは確実である。それはしかし、いかなるかぎりにおいてであるか。思うに、私が思惟している限りにおいてである[…]。私は断然[厳密な意味で]思惟する事物でしかない」(第二省察、A-T・VII・27)。しかし人間においては、魂のかかる霊的本性に対し、肉体的自然が拮抗する。この肉体的自然が原因で、人間はあらゆる種類の誘惑にさらされたあげく、魂のなかには、あらゆる誘惑によって特殊な情念が誕生する。デカルトにとっても、これらの情念のそれぞれに固有の存在がある。それらは特有の心理的性質ばかりでなく、さらに一定の生理的性質をもつ。デカルトが『情念論』のなかで用いた方法は、これら二つの側面を念入りに引き出すところにある。愛と憎しみ、希望と危惧、怯懦と勇気といった情動それぞれがもつ心理的本質が、透徹した定義をもって決められているばかりでなく、それらの生理的基体も同時に示されている。ここでもまた、自我がこれら情動の働きを熟視する。一方で情動の働きをあるがままの姿で認知するため、他方でその固有な目標に従ってこれを導くためである。しかしながら、この心理的な抽象と熟慮という面だけが、デカルトをコルネーユに近づける特徴ではない。なぜならばこの面は、フランス古典主義における百花繚乱たる刊行物に固有な一般的状況を反映するにすぎないからだ。この要素は、古典主義の審美説のなかでも、同じく決定的な役割を演じている。ボワロー[12]はその『詩法』のなかで、コルネーユ劇と『情念論』に共通する或る心理的典型の形成を次のように明確に表現してみせた。そして、この表現のなかで、フランス古典芸術を芸術的に正当化し得たと信じたのであった。

「深い機知をもって人間を見る者は、隠された心の深奥に分け入った。浪費家、吝嗇家、紳士、愚者、嫉妬深い人、変人とは、さていかなる代物かをよく心得た人は、完璧な舞台上にかかる者どもを並ばせ、われらの眼の前で行動させ、語らせる」。

しかしこの時代全体を特徴づけもするこの共通点の背後に、はるかに重大な意味をもつもう一つの共通点がある。そこにこそわれわれは、デカルトとコルネーユを結ぶより深い関係を捉えるのである。人間存在という基本的かつ中心的問題がそれであって、形而上学者も悲劇詩人も、常に思いも新たにこの問題に心を惹かれ、それぞれの言葉をもって解決しようと試みている。ゲーテはストラスブールにおける講話『シェークスピアを記念して』[13]の中で、シェークスピア劇の構想は通俗的な意味のものではないと言っている。「彼の劇作品はすべて、いかなる哲学者もまだ垣間見ることも確定することもできなかった神秘な点の周囲を経めぐっている。われわれの自我の独創性や、意志の要求する自由が、万有の必然的な運行と衝突する点の周囲をである」。ゲーテがシェークスピアについて述べたことは、ある意味であらゆる偉大な悲劇作家に当てはまる。どんな悲劇も、常に新たに、直接あるいは間接にこの「神秘の点」へと向かうからである。そして偉大な芸術家は誰しも、自由と必然との葛藤を扱い、それを詩的に表現する独自の手法をもっている。コルネーユの着想と実践は、すべての大作において、この点について変わることがなかった。彼は意志の純粋な**自発性**を歌った詩人であり、またあり続ける。彼の悲劇作品は、取り上げる題材がこの自発性の観念に少しも適合しないで、むしろ反対の方向を目ざすかと思われるときでさえ、常にこの自発性の詩的な宣明へと辿り着くのである。世界文学における悲劇の大きなモチーフのうちでも、エディップ（オイディプス）以上に運命劇の典型といえるものはないであろう。しかしコルネーユは、ほかならぬこのモチーフに関して、その『エディップ』のなかに次の詩句を綴ることにより、それまでになく勇渾かつ執拗に人間の自由への基本的な信念を披瀝している。

「何ですって、必然の美徳や不徳でさえ、
専断な星の気まぐれに追随しなければならぬとおっしゃるのですね。
〔…〕
それでは魂は奴隷にほかなりません。
至高の掟とやらが、魂をたえず善へ悪へと引きずり回すのですから。
これではかの自由も何ひとつ選び取ることができず、
われらは自由を恐れることも欲することもできません。
〔…〕
こんな盲目状態から私を解き放し給え。
正しく罰し義しく報い給う天は
人の諸行にあるいは罪を、あるいは報いを与え、
われらに救いの手を差しのべ、われらに自由をも与え給うにちがいない」。(『エディップ』第三幕五場)

コルネーユ劇の本質を形成するこの雰囲気とこの信念から、際立った美質が産まれもし、また今日われわれの眼には欠点と映るものも産み出される。ソフォクレスでは、詩の力が聴衆の魂のなかに余韻として残す深い感銘、情念の圧倒的な衝撃があるが、そうしたものはコルネーユの『エディップ』では見出せないであろう。コルネーユにおいては、すべてが冷たく明澄な光の下に置かれ、冷酷に近い印象を与える。それは、

『エディップ』を書いた頃の詩人が、もう創造力の絶頂期を過ぎていたという理由だけによるはずはない。そこには或る意図的な捨象が読みとれるのであって、彼の詩想と劇構想の上で深い意味をもつ指標が印されている。彼の関心は別の点に収斂している。或る種の効果を犠牲にしても、いっそう高尚だと思われる別の効果を実現しようというのである。ソフォクレスの『オイディプス』では、宿命が突如として人間に打ってかかり、怪力をもって人間を圧し潰す。宿命が何を意味するかは人知のあずかり知るところではない。人間にとって、不可解で非合理な力である。コルネーユ劇は、このような人知を越えた戦慄を知らない。『エディップ』のなかでさえ、悲劇の主人公は、絶対に不可解な宿命に征服されてはならないのである。主人公は運命に立ち向かい、自分の運命を受け入れ担っていくことにより、自我の根元的な力を回復する。自我は、その存在の核心である思惟と意志とにおいて、運命のもつどのような力よりもみずからが上位にあることを知るが、このような自我の栄光をもってこの作品は幕切れとなる。

—ディルセ
「このような不幸のさなか、あの方〔エディップ〕の泰然としたお心はまことに類い稀なこと。
あの暴逆な運命に立ち向かい、ひるむ様子とて、つゆお見せになりませぬ。
あのむごたらしい御苦難とても、
大いなる魂を毫も迷わせはいたしません。
常に堅忍不抜の高貴な御徳が
あの方を支え、打ち苛むものを克服いたします」。
—テゼ

「〔…〕
この混乱が霧消し、あの無垢なる魂は
力弱き運命に挑み、しかも罪科を蒙ることなく、
已れが成敗したものを見くだし、
已れの美徳を、おしなべて取り戻す」。(『エディップ』第五幕七場)

英雄＝主人公の失脚は、彼の最後の勝利、この上なく強烈な自己肯定、自己解放となる。しばしばコルネーユ劇では、運命の道具となって、このような失脚に手をかす人物たちが、いま述べたような精神的変貌を感得して告白している。[★12]ここにおいて、近代に特有のパトス、純粋な主観性のもつパトスが、力強くかつ明晰に表明される。デカルトが理論面、倫理面で陳述していることを、コルネーユは詩作において表明しているが、これは劇作家として前人未踏の事柄である。デカルトは、認識の確実さへの思い込みをすべて覆す目的で、普遍的懐疑の方法から出発している。認識が寄辺となしうる準拠すべてが取り払われるのである。知覚の確実性、知の伝統的なあらゆる素材の確実性、それに数学的思惟の確実性さえもが消去される。だが、何もかも崩壊し、もはやいかなる厳密かつ客観的認識も存続しないようにみえるとき、自我は、他からの攻撃にさらされず、ゆるぎない自己自身のなかに、意識の新たな「アルキメデスの点[●14]」を見出す。かかる歩みは、一七世紀において、単に抽象的もしくは理論的意味をもっていただけではない。この時代の思想史をひもとけば、思想家としてデカルトが開陳し熱心に主張したこの経験が、他のあらゆる分野でいかに反響や共鳴を呼んだかを辿ることができる。[●15]一七世紀における宗教生活や宗教的思弁もまた、その感化を免れてはいない。フェヌロンの弁護した純粋な内面的宗教は、その影響を受けて独自の特色をつくり出している。フェ

ヌロンもまた、人間を独り自分自身と対面させて自我の全き孤独のなかに閉じ込めようと欲した。しかるのちに、その孤独から自我を解放し、神への道を開くのである。かかる孤独の状態からのみ、真の宗教的確信は得られるとしている。「こうして私以外のもので、私が認識しているものと想像するすべてから私はのけ者にされ、私は内部に立ち戻る。そして私は自身の奥底に達し、孤独に包攝されながら、なおも茫然自失のていたらくである」★13。この思想はアウグスティヌス流であるが、同時にデカルトの新しい痕跡を留めているといえる。悲劇詩人コルネーユも本質的に同じ感情を表明している。人生のすべての幸福を失った後、すべてが崩壊の脅威にさらされるとき、自我は己れのなかに、譲渡できない、新たな保証を発見する。自分のほかには神の助けしかないというところまで追いつめられて、はじめて人間は最も深奥なみずからの内的本性全体と、潰えることのない不動の本質とを把握するのである。

「私は自分がどういう人間か知っていますし、変わることはないでしょう。
たとえ、私には、私と天という救いしかなかろうとも」。(『セルトリュス』第五幕三場、ヴィリアートの言葉)

自由の問題はデカルト思想の中核である。より適切に言えば、「デカルト哲学の魂」とも定義づけられようが、これにはそれ相当の理由がある★14。だがこの問題の取り上げ方は、他のほとんどすべての哲学体系が採択したものとは異なっている。彼は自由の概念に、あらゆる時代を通じ哲学的省察により剔抉された二律背反を見なかったようである。彼には、不確実性も、ためらいも、どんな形而上学的「不可思議《ミステール》」もなかった。彼は人間の自由を、内的経験という単純な証拠に基づいて断定しており、これに勝る証拠はないし、必要でもないと信じている。「われわれの意志の自由は、われわれがそれについてもつ経験によってのみ覚知されるのであって、証拠を必要としない」(『哲学の原理』第一部、三九節、A-*T*・IX-2・41参照)。デカルトにとって、自由は、かの「第一概念」[●16]の一つである。この第一概念は、すべての認識がその上に構築される基底であり、われわれにとり絶対に確実なものである。われわれは直観において、これを明晰判明に捉えるからである。[★15] いまや方法的懐疑が忘れ去られたかに思われる。自我は**コギト**の働きを通し、直接に自分の存在を確認するのと同じく、この基本的行為において、自分の内的自由や本来の自発性を確信するのである(ビュルマン宛書簡、一六四八年四月一六日付け、A-*T*・V・159)。デカルトにとってこの自由は、理論的観点でゆるぎない与件であるのと同じく、モラルの観点からは、人間の最も高尚かつ貴い特権である。自由について、あえて彼は、神と人間、創造主と「造られた」ものとのあいだにある柵を否定して取り払う。クリスティナ女王に宛てた第一信のなかで、彼はこう書いている。「自由意志はわれわれのうちに存在し得る、それ自身で最も高貴なものでありまして、ある意味ではわれわれを神に似たものとし、神への従属から放免してくれるものなのです」(クリスティナ女王宛書簡、一六四七年一一月二〇日付け、A-*T*・V・85)[★16]。したがって人間は、自分の内部以外のところに価値を求めるかぎりは、真正のどんな価値も確保できない。すでに『方法序説』の「暫定的」道徳は、この点で、毅然とした態度をとっていた。その格率によれば、あらゆる道徳的認識の始まりは、人間に行使可能な唯一の力が自分自身に加える力であると確信するところに置かれている。どんな外部のことも、われわれの権限内にはない。われわれは、自分の**思惟**についてのみ、真にまた完全に統御できるのである。「完全にわれわれの力の範囲内にあるものはわれわれの思想しかない」(『方法序説』第三部、A-*T*・VI・25)。デカルトの最終的な「哲学的」道徳はなお一歩先へ進む。その道徳は知性主義からデカルト的体系の精神である「意志主義《ヴォロンタリスム》」への移行を、以前よりもいっそう明快にやり遂げている。自我の重心は、この道徳が示すように、思惟のなかにではなく、意志のなかにある。なぜなら意志は、われわれが絶対的に所有している唯一のもので、失うことがあり得ないからである。彼はクリスティナに宛ててこう書いている。「物質的な善や運命の善につきましては、それらはかならずしもわれわれの思いどおりになるとはかぎらないのに対し、魂の善はことごとく次の二点、すなわち一つはなにが善であるかを知ること、いま一つはそのような善を欲すること、に関係しているのでございます。けれども知るということは、とかくわれわれの力を越えております。そのようなわけで、われわれが絶対的に自由にできるものは自分自身の意志しかないということになるのでございます」(クリスティナ女王宛書簡、一六四七年一一月二〇日付け、*A*・*T*・V・83)。

この頂点である「意志」に、いわば自我の全存在および活力《エネルギー》が結集している。自我の実在性は、自我が思惟する自分を把握することによってばかりでなく、意志と行為により自己表示することによっても証明される。デカルトにおけるこれら二つの要素は、相互に拮抗し合うどころか、相互に照応し合い、制約し合う。というのも、コギトは理論上の確実さの基礎を据えるとはいえ、意識的な或る**行為**の成就がすでにあってこそわれわれに与えられるからであり、その結果、自我は考えるものとして現れると同時に自発的に行動するものとして現れるからである。

デカルトの意志の教説における独創性とそれが占める枢要な位置とを把握するとき、デカルトとコルネーユとの類似に意義深い或る新しい関係が見えてくる。二人のあいだには、一時的で外面的な接点があっただけではないと説いたランソンは正しかったであろう。それゆえにこそ、二人の一致を、ランソンのように、彼らが共有する「周囲の事情」をもって説明し、外的状況にもっぱら帰するだけでは、どう見ても不十分である。二人の内面的な親近性が現れるのは、むしろ存在全体に対するその態度である。彼らが哲学的あるいは詩的直観によって、人生を捉え、評価するやり方が、彼らの緊密な共通性を露わにするのである。二人に共通の主題は人間の情念の世界である。デカルトは思想家としてこの世界に参入しようとする。情念そのものの「本性」を理解し、情念を彼の形而上学における最後の基盤である魂と身体との合一に帰せしめようと欲するのである。コルネーユは、その最も高遠な詩的文彩をもって、われわれの眼前に情念のもつあらゆる力を喚起してみせる。彼は、われわれが情念の力を体験することを望むばかりでなく、同時にその最も隠微な動因およびそれを活性化する力を認知することも望んでいるのである。デカルトは、悲愴味も教化的雄弁も一切控えた自然探求者の落着きと冷徹さをもって書き、判断する。そこに彼自身、自分に固有の独創を見出している。『情念論』について、彼はこう言明する。「私の意図するところは、演説家としてでも道徳哲学者としてでもなく、ただ自然学者として諸情念を説明することでした」(『情念論』序文書簡、A-T・XI・326)。デカルトによれば、モラルは、情念が身体的(物質的)起源をもつという知識を欠くならば、不毛なものであろう。科学的な基礎を欠くならば、夢想の域をでないであろう(シャニュ宛書簡、一六四六年六月一五日付け、A-T・IV・441)。だがこのように厳密な客観性をもつ考察と論法が、強い個人的信念と倫理目標設定を支柱としていることは否めない。諸情念は、その存立とその原因を見究められなければならない。この認識があってこそ、情念を統御することができるからである。それらを描出するだけでは不十分である。われわれの生命の営為のなかで、各情念にしかるべき役割を分け与えるには、それらを測定しなければならない。なぜなら、おのおのの情念に、デカルトは真正の建設的な意味を定めているからである。彼にとって、情動とは単に人間存在の秩序や安泰を脅かして、人間存在を一瞬ごとにカオスへと抛り捨てる破壊力ではない。むしろ生を導く不可欠の道具、器官《オルガノン》なのである。われわれがこの道具を放棄したり破壊したりするとは考えられないことであって、その使い途を知って正しく利用することこそ問題なのだ。諸情念は根絶されてはならず、われわれの生に役立つように活用され、生を豊潤ならしめなければならない。それは、われわれの理性的な意志の力をもって、個々の情念にその作用の及ぶ範囲を指示し、情念のもつ本来の価値を限定することを意味する。ここにおいて、デカルトの倫理理想は、自然探求者として、また人知の学者、批判者としての彼の出発点であった「普遍数学《マテシス・ウニヴェルサリス》」●17の理想と軌を一にする。自然学が純粋な**大きさの研究**に変容するときのみ学問として成立しうるのと同じく、倫理学は人間の欲望の対象となりうるすべてのものの価値を、確実な原則に従って決定する**善の研究**として成立されなければならない。さて、この評価を進めるうち、デカルトはおかしなくらいコルネーユに似通ってくる。哲学者の思惟の世界と詩人の感情もしくは想像の世界とは、真実のところ、直接には比較できない。両者のあいだには「共通の尺度」がないからである。しかしながら、コルネーユとデカルトとは、人生の善をめぐってぎりぎりの決断を迫られるような場合、どこでも一致するのである。人生における偉大か卑小か、高貴か下賤かの評価に関して彼らは一致する。あらゆる情動の測定と評価に用いる価値の物差しが共通しているのであり、われわれはこの物差しを出発点として、彼らの真の一致点を発見しなければならない。

だがここに反論が起こる。デカルトにとって、語の厳密な意味で、こういう価値を計るための物差しがあるのかと、人は問うであろう。彼の方法の基本的公準に従えば、普遍数学の理想をめざすには、人間の行為に関する教説、すなわち倫理への道は塞がなければならないのではなかろうか。『方法序説』のなかでは、そこに明確な分岐線が引かれている。理論的認識に必要不可欠な確実さに、実践的行為が到達し得ないことを教えている。かくて異なった尺度が有効なものとされるのだが、それは厳密かつ正確な決定には適用されないものである。理論的認識の領域では、方法的懐疑の掟が支配している。堅固でゆるがぬ地盤に達したことを確信するまでは、われわれはどんな決断も下してはならない。明晰判明な観念に欠け、その指令が受けられないときには、たとえ一歩たりとも、危険を冒してまで進むことは許されない。或る理論的問題をめぐり少しでも与件が不足していたり、全与件を同じ明証性をもって捉え、検討することができない場合には、われわれは判断を差し控えなければならない。しかしこの判断停止すなわちエポケー(ἐποχή)の教えは、デカルトによれば、行為の領域まで拡大されることはないし、またそうしてはならない。[★17] なぜなら、ここでエポケーの教えになお固執するならば、われわれの行動は固有の力を喪失し、停滞を余儀なくされるであろうから。認識には、この上なく批判的な留保や、是非をめぐる周到な比較検証がなくてはならない。これに対して、行為のほうは迅速な介入をしきりと要求する。認識に際しては、以前に下した判断を常に再検討し、撤回する覚悟がなければならないが、行為に際しては、すでに決意したことを守り、精魂を傾けて実行に移すことがとりわけ肝要である。われわれは、自分の選択が状況次第でどう導かれるかが十分には理解できないときでさえ、選択を迫られる。実践においては、純粋に否定的な態度や不確実さや不決断に比べれば、誤謬のほうが好ましいから、誤謬を犯す危険は覚悟しなければならない。『方法序説』はこういう基本的な観念をひときわ顕著なイメージをもって際立たせている。彼はつぎのように言う。旅人が森の中で道に迷ったとき、あれこれと道を選んで歩いたら、決して出口を発見することができないであろう。何の方針もなしにさ迷い歩くかわりに、旅人は方角を決めて、ひたむきに歩き続ける決心をすべきである。なぜならこの方法をとれば、当初の目的地には到着しないかもしれないが、少なくともついにはどこかに到着するから、深い森のまっ只中にいるよりはましであろう(『方法序説』第三部、*A-T*・VI・24)。

　デカルトのこの要求は、『方法序説』中の「暫定的」道徳だけにあてはまるのであって、彼が最晩年に発展させて打ち樹てた哲学的道徳によって抛り去られたと考える人もあろう。それは間違いである。行為に際し、意志の強さと決断を最高の規則としている『方法序説』の格率は、デカルトとエリザベート王女との往復書簡――その全体が彼の道徳哲学の体系的基盤を構成している――を通してはっきりと確認され、改めて明確にされるであろう。デカルトの説くところでは、あれかこれかといつまでも決断をしぶる弱い人間は、客観的に「徳性」をもちえないし、主観的視点からも、内的充実感たる至高善に参与することは決してできない。「至福とは精神の満足感のなかにしか存在しないからでございます[…]。しかしながら[…]ゆるぎない満足感を得るためには、徳を実践すること、つまり堅忍不抜の意志をもって、自分が最善であると判断するすべての事柄を実行し、かつそれについて正しい判断をくだすために、理性の全力を傾注することが必要となりましょう」(エリザベート宛書簡、一六四五年八月一八日付け、A・T・IV・277)。

ここから新たな結果が導き出され、デカルトの倫理に特有の際立った特徴が見えてくるであろう。意志の強さと決断とをこの上なく重視することにより、彼はこれらの美質に対して特別の価値を与えたが、この価値は、われわれが通例として意志の「道徳的」性質と理解してきたものとは一致しない。強固な意志が「善良な意志」であるとは必ずしも言えない。しかし、「善良な意志」は強固な意志がなければ存在し得ないし、それがなければ内外の障害に突き当たってひるむこともあろう。だから、意志の強固さはそれ自体のなかに価値をもち、それだけでもわれわれを驚嘆させるだけの価値がある。たとえ、意志が己れに課す目標――道徳的に最高位の尺度で測れば不十分もしくは誤謬とみなされるかもしれぬ目標――が善良とは認めにくい場合でさえもそうなのである。したがってデカルトの道徳哲学には、相対的な道徳的理想と、それとは別に絶対的な道徳的理想とがあることになる。絶対的理想は『情念論』のなかで、「高邁な人間《オム・ジェネルー》」の肖像によって示されている。そこでは意志の最高度のエネルギーと、非の打ちどころのない明察とが一体となる。真に高貴で偉大な人間(本性)は、自分の真の価値が、ひたすら自分に由来することを知っている。したがって、自己の存在自身の最も内奥にある部分から生まれるものだけを、つまり自己の人格と内的自由との表出だけを重んじるのである。こうした根本的感情が、人間に人生のあらゆる善の規範を与える。人間(本性)は善を避けることもなく、これを軽んずることもない。だがいかなる善に対しても、無条件な価値を付与しない。世界のなかはむろんのこと、世界の外にさえ、善良な意志以外には、無制限に善とみなされるものは何一つ想像できないとするカントの有名な言葉は、[18]『情念論』のなかでデカルトにより初めて述べられたのである。次の一節は、デカルトがその根本的な徳とした「高邁」の徳をどう理解していたかをよく説明している。「かようにして私の思うに、人間が正当になしうるかぎり最大限に自己を重視するようにさせるところの、真の《高邁》とは、ただ次の二点において成り立っている。すなわち、その一は、上述の自由な意志決定のほかには真に自己に属しているものは何もないこと、また、この自由意志の善用・悪用のほかには正当な称讃あるいは非難の理由は何もないことを認識することであり、他は、みずから最善と判断するすべてを企て実行するために、その自由意志をよく用いる確固不変の決意を自己自身のうちに感得することである。[…]自己自身をかように認識し、かように感得している人びとは[…]自分以上の財産や名誉をもつ人びとと比べて、さらに自分以上の才能、知識、美を備えた人びと、また一般にそのほかなんらかの美点で自分よりすぐれている人びとと比べて、自分がはるかに劣っているとは考えないが、逆にまた、自分よりも劣っている人びとと比べて、自分がはるかに上にいるとも考えない。なぜならば、そういう人びとにとっては、これらのものはすべて、善き意志と比べれば、まったく取るに足りないものと思われるからである。この善き意志こそ、彼らが自己を重視する唯一の理由であり、また他のひとりひとりのなかにも存すると、あるいは少なくとも存し得ると彼らが考えているところのものである」(『情念論』一五三—一五四項、A·T・XI・445)。

独立独歩の強靱な意志が最大の明察と手を結ぶこのような自覚の形が、デカルトにとって、道徳性(倫理性)の頂点である。ここまで達する人は自己のうちに確固不変の中心を獲得している。そういう人は測定の道具を持っており、それをもって人生における外部の、あるいは周辺の善すべてについて真価を測るのである。しかしデカルトはさらにもう一つ別の理想——最初の理想とは次元を異にする——を認識しているが、われわれはその価値と権利とを拒否できないであろう。幻の目標めがけ、到達すべく全力を尽くす意志は、たとえ不完全であろうとも、そこに緊張感をみなぎらせ、賭に挑む力をもつわけだから、やはり偉大であり、模範としてふさわしい。このような意志は、失敗するであろうし、失敗して当然である。しかしたとえ失敗しても、自己自身に集中した強靭な意志の失敗は、デカルトによれば、単なる弱さと同列に置かれるわけがない。明察を欠くため、意志が最高の目標である「至高善」(summum bonum)に達することを妨げられても、意志が本来もっている固有の価値は、まったく損なわれないのである。

デカルトはエリザベート王女にこう書き送っている。「一方また理性も、けっしてあやまちを犯してはならないというものではありません。要するに、欠けるところのない決意と徳とをもって、自己の最善と信ずるところをすべて実行したのだと、良心が証明してくれさえすれば、十分なのでございます」(エリザベート宛書簡、一六四五年八月四日付け、A-T・IV・266)。

ここで改めてコルネーユに眼を向けてみるとき、至るところに同種の確信を発見するであろう。デカルトと同じくコルネーユも、純然たる狭量な「道徳至上主義者《モラリスト》」ではない。実のところ、人々はしばしばコルネーユを贋の教化的パトスだと非難してきたが、これは間違っている。彼自身、道徳的教化は悲劇作品のもつ使命とは無縁であるとはっきり言明している。理論的著作のなかで、彼は教化的意図に類することをきっぱり却けている。劇詩は人を喜ばせるべきであって、教訓を与えるべきではないと説明している。したがって劇詩は、一般的な格言や、抽象的、教化的な箴言を用いないよう控え目にするか、あるいは悲劇の真の目的が、人間の性格と情念とを描くところにある以上、許容される範囲内でのみ、教化を含ませるべきだとも言っている(『劇詩の効用と構成部分について』、『全集』I・16)。この特徴こそ、コルネーユを同時代や彼を取り巻く環境からほとんど孤立させるものだけに、ますます深い意味を帯びてくるのだ。これは彼の偉大な独立不羈を証拠だてるものである。コルネーユは、「規則」によって課せられる要求にはいつも従順であり、唯々諾々と従ったにもかかわらず、純粋芸術を創造しようという彼の関心が、支配的な「道徳至上主義《モラリズム》」のために弱められることは決してなかった。一七世紀の詩論では、詩の本質的な目標一つは直接的な教訓であるべきだとする考えがいまだに支配している。詩の道徳的目的だけが、この芸術を真に正当化できようし、理性の法廷で存在権を主張できよう。だがコルネーユは断固このような観念を捨てている。心理学者としてデカルトが、諸情念に対する裁断者とはならずに、単純に諸情念の世界を、事実として情念の存在もしくは本性を描き出そうとしたのと同様、悲劇詩人コルネーユは、諸々の性格や行為に対する直接的な道徳的判断を差し控えるべきであると宣明している。彼が人間の性格おのおのの典型を個別的に出現させ、それらを観客の眼の前でみごとに明確ならしめたとき、彼は自分の使命を果たし、劇作術の目標に達したのである。コルネーユの敵対者は、かかる態度について、彼に釈明を厳しく求めることを忘れなかった。コルネーユの態度のなかには、詩人が心掛けるべき道徳的関心の欠如が指摘されたのである。[★18] すでに『ル・シッド』がこのような攻撃にさらされていた。[●19] スキュデリーは、シメーヌの行動が節度《デサンス》という道徳律に反するとして、この作品を指弾した。[★19] 「情念の浄化」によりもたらされるべき悲劇の間接的な道徳的影響について、コルネーユは懐疑的な見解を披瀝した。彼はアリストテレスのカタルシス説の解釈を試みたのであるが、一体、劇はその役目とされているこの効果にかつて達したことがあるのか、これからも達しうることがあるだろうか、疑わしいとつけ加えている(『悲劇について』、『全集』I・52)。たしかにコルネーユ劇が好んで取り上げる人物は、非のうちどころのない性格をもち、激しい情念に捉えられ、客観的にも価値をもつ偉大かつ普遍的な目的を抱き、万難を排してそれを実行に移そうとする。だが『ル・シッド』のロドリーグ、あるいはポリュークトのような人間だけが劇に登場するわけではないし、コルネーユの創造力はこれらの人物だけに限られてはいない。彼の想像力は、拡がりと深まりにおいては、ダンテやシェークスピアとは比較すべくもない。だがコルネーユは、すべての真の芸術家の例に洩れず、宏大な直観から出発する。彼のなかには、人間存在や諸情念について、総体的な展望があるのだ。彼にとって、諸情念は一つのコスモスであって、彼はそのなかにすっぽりとはまり込み、高さ、深さを測ろうと試みる。だから彼の天賦の詩的才幹は、自分の道徳的理想が承認することだけに満足して止まるのを肯んじない。彼にとって、デカルトにとってそうであったように、真の偉大さとは意志のもつ最大量のエネルギーと密接に結びついており、この意志の純粋な**強度**が、意欲の道徳的品性とは別個の価値をもつ。コルネーユによれば、真の悲劇は、あらゆる卑小さから距離を保たなければならない。それは偉大な魂と大いなる出来事という雰囲気のなかでのみ動くものでなければならない。だが偉大さとは、善意のなかにも、悪意のなかにもあらわれる。『ロドギュンヌ』のクレオパートルをめぐり、コルネーユは言っている。もちろんこの女性は、人からその行状を忌み嫌われるほど罪深いのだが、その行状が由来する源泉には人が驚嘆するだけの偉大なところがあると。因みに他のところでは、こう書いている。「詩においては、習俗《ムール》が徳にかなっているか否かを考慮すべきではなく、それらが詩の登場人物の習俗と同じであるかどうかを考慮しなければならない。したがって詩は、模範となるような最善の行為を提示するのではなく、善業も悪業も、とらわれない態度で描いてみせるのである」(『メデー』献辞書簡、『全集』II・332)。

　情念に対するデカルトおよびコルネーユのこの基本的態度は、また彼らのストア主義に際立った精彩を与えている。一六世紀と一七世紀は、道徳哲学の領域における**ストア主義の復興**をもって特徴づけられる。[★20] その動向は哲学ばかりでなく、詩、宗教、法学、政治理論にまで感得される。デカルトは青春時代からその影響下にあった。彼は学校時代から新ストア主義の著作、デュ・ヴェール[●20]やユストゥス・リプシウス[●21]の著作に親しんだ。彼の最も初期の試論には、いたるところにこれら新ストア主義の著作の影響が垣間見られるし、ジルソン氏[●22]は、『方法序説』のなかにもこの種類の影響《レミニセンス》を少なからず指摘している。[★21]デカルトと同時代の人々や直系の後継者たちの眼からすれば、彼の道徳哲学とストア派との隣接はきわめて著しく、否定すべくもなかったのだから、両者のあいだに画然と境界線を引くことがむずかしいほどである。諸体系間の相違や個人個人の特色についてきわめて正確な見解をもっていたライプニッツ自身、デカルトのモラルの根底にストア派のそれとの符合を見ないわけにはいかないと言明していた。[★22]当時のあらゆる精神的動向の例に洩れず、フランス古典劇も、ストア主義の思想や理想の影響を脱することができなかったのである。コルネーユにおけるかかる影響はといえば、同じ詩人としてセネカの影響があるだけに、いっそう強かった。彼の初期の悲劇『メデー』は、多くの点でセネカから霊感を与えられており、その詩句は少なからず、文字どおりといえるくらい、セネカの『メーデーア』を想起させる。

しかしながらデカルトとコルネーユのなかに、こうした比較対照を追い求めてみるとき、両者のストア主義には、単なる伝統的教説の反復など認められず、独創と斬新さがありありと窺える。なぜなら、**理論的には**、細部にまでしばしば古代の模範を踏襲してはいるが、彼らの情念に対する**評価**は、原理上の変革を受けているからである。しかもこの変革の結果として、理論それ自体が別の意味を帯びている。[★23]古代ストア主義の主要な教えは、「[苦痛を]耐えよ、而して[快楽を]捨てよ」(sustine et abstine)という格率に要約される。世界は肉体と精神に悪だけをもたらすが、賢者はそういう悪に遭遇してもこれから逃れることができる。自己に沈潜することにより、存在の欠陥、不完全さ、幻の幸福から己れを解放する真正の自己充足《アウタルキア》を発見する。それというのも、広く善として称揚されるすべてのことは、モラルの観点から見れば無だからだ。人間が求めるものや、これぞ渇望の目標なりと思われることが、哲学的熟慮の前では崩壊する。熟慮を凝らすとき、これらの事物には、多寡もなければ善悪もないのである。すべてが単一で、善悪無規定の一つの塊となる。群衆が至高善として数え上げるすべてが、こうした**善悪無規定の**塊、ἀδιάφορον のなかへと落ち込むのである。健康、富、名誉も善ではない。同様に病、貧困、さらに不名誉、死も悪ではない。ここにストア主義モラルの禁欲的な特色があるのだ。このモラルでは、諦観以外には、悪を制圧する術はないとされている。だが諦観は、生の動きや直接的な衝動に際し、生命そのものを停止させる虞《おそ》れがある。畢境、至高善とは、純粋に否定的な仕方をもって決定されるのである。賢者の任とされる本質的目的と特権とは、不安からの解放であると、セネカは言明している。

このような「魂の平安」(tranquillitas animi)は、ストア主義の伝統のなかで教育を受け、それから離れずにいたとはいえ、デカルトによって却けられている。『方法序説』のなかで、彼は古代人の道徳的教説を建造物に譬え、壮麗で豪華ではあるが、砂上に築かれた楼閣だとしている(『方法序説』第一部、A-T・VI・7)。このモラルの方向転換は、デカルトが自然=本性の新しい観念から出発した結果である。「自然=本性との一致」への強い要求は、ストア主義道徳の中枢でもある。「自然=本性ニ合意シテ生キヨ」[23](ὁμολογουμένως τῇ φύσει ζῆν)はその最高の戒律の一つであった。しかしこの要求に則した場合、まさにストア主義の諸々の理想が消滅するのを、デカルトは示してみせる。なぜならば、モラルは人々にとって有効なものでなければならないし、人間は理性的な存在であるばかりでなく、感覚的存在でもあるからである。人間の生は、魂と身体との合一および協力に基づいている。ところでストア主義は、かかる協力を理解しその必要を認める代わりに、関連項の一方を捨象し破壊した。ストア派に対しデカルトが抗弁したのは、基本的にストア主義が非身体的(非物質的)存在のためのモラルを提唱したと思ったからである。モラルの理論家としてのデカルトは、諸情念に対するストア派の告発を容認せず、諸情念を十把ひとからげには拋棄しないであろう。なぜなら自然学者デカルトは、情念がわれわれの精神生理学的組織の単なる結果であって、その法則に従っていることを示したと信じるからである。情念なき状態、つまりストア主義のアパティアなる処方は、結果として非身体的存在のための処方にも等しいであろう。ことほどさように、それは理想どころか、虚妄であることが判明する。

一六世紀にストア主義の継承を意図した学派に対しても、デカルトは原則的に同様な抗弁をしなければならなかった。その学派というのは、もちろん古代思想の遺産を取り上げ再生産するだけでは飽き足らずに、別の方向へと向け、独自の方法でこれを存続させるものであった。その主要な目的とは、モラルについて、ストア主義の教説とキリスト教の教義とが両立することを証明し、「キリスト教的ストア主義」●24を樹立するところにあった。だがこれによって、まさにストア主義モラルの否定的、禁欲的な特色がいっそう強調される破目になったのである。フランスにおける新ストア主義の最も優勢な旗手ギョーム・デュ・ヴェールもまた、諸情念のなかに、無秩序、魂内部の騒擾、そして自然=本性の法則の誤認と蔑視しか認めまいとした。★24しかしデカルトにおける自然=本性の概念によれば、自然から完全に逸脱してはなにものも存在し得ない。彼は情念の隠された動因、そのメカニズムおよび自動作用《オートマティスム》を発見したと信じる。この発見を展開させることにより、彼は情念を、原因と結果との、それ自体閉じた固有の総体と見なしている。この総体――その純粋な与件は変わるはずがなかろう――と人間みずからの目的とが喰い違わないような、むしろ目的に役立つような形をはっきりと与えるのは、人間の意志である。人間の身体的(物質的)存在のかかる肯定は、生の新たな肯定と対をなすのである。ストア主義のモラルでは、意志の自己充足や自律が主張されはしたが、現実には受動性(消極性)の域を脱し得なかった。このモラルは、賢者として生に打ち克つことを学び、それによっていかに生に耐え抜くかを教え諭したのである。近代のストア主義にも、なおこの根本的な見識は確認された。苦しみを耐え抜くことが最高の美徳とされた。ギョーム・デュ・ヴェールもユストゥス・リプシウスも、かかる恒常心という基本的な徳を記述して教えることこそ最も大切であるとしている。ユストゥス・リプシウスの著書『恒心論』(*De Constantia*, 1585)およびデュ・ヴェールの著書『社会の災禍に際しての忍耐と慰めについて』(*De la Constance et Consolation ès Calamitez Publiques*, 1594)は、ストア派の新しい文学のなかでも、最も大きな影響を及ぼした瞠目すべき著作に数えられている。しかしデカルトはこれとは異なること、これを越えることを要請している。自然の探求者として、早くから彼は純粋に受動的な観察者たる行動を望まなかった。むしろ人間を「自然の主人にして所有者」[25]たらしめようと主張していたのだ。純粋思弁哲学という伝統的理想に対し、能動的哲学という理想を対峙させていた。いわんや、人間の世界について、異なる判断を下すはずはないであろう。哲学はいかに人生を耐え抜くかだけではなく、いかに人生を形づくるかを教えなければならない。デカルトが、あらゆる徳の鍵であるとする高邁の徳は、断固とした能動的態度と、人間に提起可能なあらゆる目標に向けて有効に働く献身とを要請するのである。「高邁な人びとは本性上、偉大なことを行おうとする」(『情念論』一五六項、*A-T*・XI・447)と彼は言っている。そして人間は、人生を形づくる己れの内なるこの力を発見して、これを発展させたとき、はじめて真に人生を享受するであろう。ところで人間はかかる享受をけっして拒もうはずがなく、自由かつ自然にこれを満喫することができる。デカルトは快楽主義者《エドニスト》ではない。人間に可能な最も高尚な精神的幸福、つまり一つの人格であるという幸福は、もしわれわれの自然=本性がもつ感覚的要素が衰えてしまうとすれば、完全には花開かないものだと教え諭している。この点では、「至高善」の説のなかで、彼ははっきりとエピクロスの陣営に組している。「至福《ベアティチュード》」や幸福《ユデモニー》の概念を確定する際に、快楽が本質的要因として容認されているからである。デカルトはエリザベート王女に次のように書き送っている。「エピクロスですが、彼は至福が何によって成立するか、またわれわれの行為の動機または目的が何であるかを熟考した結果、それは一般に快楽、すなわち精神の満足感であると語ったことは、あやまってはおりません。実際、われわれに善行を行わせることができるのは、自己の義務の認識だけであるとはいうものの、もしそこにいかなる喜びももたらされなかったら、やはりいかなる至福をも享受することができないでございましょう」。「反対にゼノンは[…]この徳をきわめて峻烈なもの、しかも快楽を蛇蠍《だかつ》視するものとして描いたため[…]、思うに彼の信奉者となることができたのは、ふさぎの虫か、それとも肉体から完全に解脱した、精神居士くらいのところでございましょう」(エリザベート宛書簡[26]、一六四五年八月一八日、A·T·IV·276)。

ことほどさようにデカルトは、峻厳な「精神居士」であるにもかかわらず、他方、人間の身体的本性(自然)を擁護する役を受け持つに至り、あやまった非難からこれを守るのである。彼の目には、身体的本性の誤認と否認とは、真正の精神主義の印であるどころか、蛮行の証しとして映るのである。彼はニューカッスル侯爵にこう書き送っている。「私が研究している哲学は、諸情念の活用を拋棄するほど野蛮ではありませんし、頑迷固陋でもありません。そうではなくて、私はこの人生のあらゆる甘美さやあらゆる幸福を、ひたすら情念の活用のなかに求めております」(ニューカッスル侯宛書簡、一六四八年三―四月、A·T·V·135)。デカルトの人生に対する姿勢や対処の仕方を鮮烈に浮き彫りにする親友たちとの往復書簡にも、同じような言明が数多く見られる。それらが時としてごく自然に発せられているので、デカルトの信仰にとりわけ十分な光を当てようと心を砕いた、書簡集の最初の編集者クレルスリエは、それに衝撃を受け、いくつかの表現を省略したり、改造したりしたほどである。たとえばコンスタンティン・ホイヘンスに宛てた一六四二年一〇月一〇日の手紙のなかで、デカルトは、自分は人生に対して最大の愛に燃えている人間ではあるが、それでも死を恐れないと書いたのに、クレルスリエはこの言明の調子を弱めている。刮目すべき一文「私は人生を最も愛する人間の一人です」を、クレルスリエは「私は人生をそれなりに重視しています」という、勢いのない文に置きかえている。[★25]ところで、この表現そのものにはさほど意味はないが、一つの特徴があらわれている。デカルトの道徳哲学をもって、道徳教説の新たな体系が古代人のそれにつけ加わったばかりでなく、人生に対する新しい心構え、新たな評価が力強く打ち出されたからである。

再びコルネーユの詩へ立ち戻るとしよう。以上述べた根本的な態度がそこには歴然としているからだ。コルネーユもまたストア派である。しかも彼は根っからの積極的ストア主義の権化である。そこではストア主義の消極的(否定的)理想に肯定的理想が入れ替わっている。コルネーユにおいても、世界に形を与える英雄主義が世界のどんな否定をも克服しており、克服への強い要請の源泉となる力が、コルネーユの初期における偉大な悲劇に活力を与えて深く浸透し、詩的にも思想的にも、作品に独創的な刻印を刻みつけている。

われわれは、悲劇という芸術の本質に関するデカルトの**理論的見解**とコルネーユのそれとのあいだに、どの程度の親近性が見出せるかという、別の問題を手短かに取り上げなければならない。この分野では、コルネーユに及ぼしたデカルトの影響は、あるかもしれないといった程度のものではなく、本当らしいのである。コルネーユの主要な理論的著述は一六六〇年に上梓されたのだから、デカルトの哲学が全容をあらわした時期と、すなわちフランスの精神生活に多大な影響を及ぼしはじめた時期と符合している。しかしながらコルネーユの『劇詩の効用と構成について』の中には、以上のような影響を証すところがまったく見られない。コルネーユはこの演劇論で展開している基本的な考えについて、デカルトの教えの中にどんな直接的な支えも見出すことができなかったのである。デカルト哲学が依って立つ体系——きわめて壮大な枠組みで、きわめて充実した体系——の中で、意外に思われる欠落は独立した審美論がないことである。デカルトの書簡や主要な哲学的著述には、芸術の理論的な問題が体系だって提起されていない。★26 かてて加えて、コルネーユは、その詩論に、近代哲学からなにかを借り受ける必要を感じなかった。適切に言えば、そういう借用など、はっきりと度外視していたのであろう。それというのも、彼は、古代の人びとが劇について真正の「絶対的」形式を与えたこと、そしてアリストテレスが理論家として、この形式を選別してすべての時代に通用する規則をつくりあげたことを、一七世紀全般と軌を一にして納得していたからである。そこに疑念をさしはさむことは許されないと思っている。事、詩に関するかぎり、アリストテレスこそ今なお最大にして唯一の師であると見なしているのだ。「われらの唯一無比なるアリストテレス博士」と、ある劇の序文で彼は述べている(『エラクリユス』序文、『全集』V・146)。しかしながら、コルネーユの主要な理論を詳細に検討し、その論理構成をたどってみると、真実は、彼の望んだアリストテレスとの一致が実はいかに少ないかが、直ちに察知される。アリストテレスの規範への服従は皮相にとどまっている。コルネーユがアリストテレスの芸術論を注解するのは、自分の理念や詩人としての理想を権威づけるために過ぎない。レッシングは、その犀利な批評眼をもって、こういう関係を見抜いた上で、容赦ない厳しさをもって、コルネーユとアリストテレスとのあいだにある齟齬を発《あば》いて見せた。それ以来、これらの齟齬がわれわれの眼にはっきりと見えてきたのである。だがこの問題をめぐり、われわれはレッシングと同じ結論を導き出すことはもはやできないのである。レッシング自身も、劇芸術の絶対的な規範を強く要望し、それはアリストテレスにこそあると信じていた。コルネーユが、いわば心ならずもアリストテレスの要請を盲信しなかったその「過誤」のおかげで、彼の詩の特徴と独創性がわれわれには見えてくるらしい。コルネーユは、悲劇は聴衆の魂のなかに憐みと恐怖を喚起しながら、カタルシスを行わなければならないとする命題を受け入れて繰り返す。[★27] しかし彼がまったく彼自身であり、自分の感情の赴くままに、自分の詩的霊感に打ち興ずるところでは、まるっきり異なる道を歩んでいる。その場合、彼がストア派のモラルの基本概念を採択しているのであるから、憐みの情は懦弱《だじやく》の表徴として抛棄される。彼にとって真に劇的《ドラマティック》であるということは、魂の力を高揚させることであって、憐みのように魂の力を弱めたり、その品位を卑しめたりすることではない。コルネーユ劇は、シラーが『理想と人生』(*Das Ideal und das Leben*)という詩で次のように詠じた独特の理想主義を表明している。

「ここでは、苦しみが魂を分断することはできず、
苦悩のために涙を流すこともはやなく、
ひたすら雄々しい精神の抵抗あるのみ」。

コルネーユは単純な感動に促されて行動することを望まないから、しばしば感動の助けを意識的に無視している。『ニコメード』のなかでは、憐みと感動の覚醒をあからさまに捨て去っている。この劇の序文では、アリストテレスによる悲劇の定義に対し、あえて盾を突いている。アリストテレスの定義があまりに狭量であるとして、憐みや恐怖の情に代わって、他の感動がはいり込む余地をもった行為を強く求める。「わたしの主人公は」、と彼はニコメードについて書く、「その極度の不幸をもって人びとの心に憐みをそそってやろうとは毫もしないのだから、悲劇の規則をやや逸脱している。だがそれが成功を収めたということは次のことを証している。観客の魂のなかに驚《アドミラシオン》きの情をかきたてずにはいない偉大な人びとの堅忍不抜は、演劇の規則により、そういう人びとの悲惨な状態を表現することによってかき立てねばならぬとされる同情の念と比べて、しばしば同じように快適なものである。[…]英雄＝主人公の美徳に対して抱く驚きの気持ちのなかに、アリストテレスこそ語っていないが、私は情念を浄化する方法を見出すものであり、それはアリストテレスが憐みと恐怖の方法を悲劇の掟としたこと以上に、おそらくは確実なものであろう」(『ニコメード』序文、『全集』V・504・508)。コルネーユによれば、力一杯、おぞましさの限りを尽くして、苦しみをわれわれの眼前に展開させるのは、悲劇の真の任務ではないし、真の偉大さでもない。シェークスピアは、苦悩の表象を、これぞ人間の限界といわんばかりに押し進めている。リア王のような傑出した作中人物においては、作者の

腕が限界を越えてしまったかと思われるほどであり、こういう苦悩の深刻さはコルネーユ劇では却けられている。詩人の目論むところは別なところにある。彼は恐怖に満ちた場景をもって聴衆の魂を動転させることはせずに、驚きの念をもって魂を奪おうと欲する。苦難に抵抗し、これを越えて飛翔する意志がコルネーユ演劇の内容であり、主題なのだ。彼の悲劇に固有な悲壮感《パトス》はここに由来している。彼は、重荷を背負い、過度の苦悩に打ちひしがれた主人公をけっして描こうとはしない。苦悩に対し激越にかつ熱っぽく反抗する主人公も描かない。コルネーユの悲劇の基調をなす主題は、苦悩に対して魂の内的抵抗を喚起することにある。であればこそ、自我がその最も深奥な本性において捉えられ、顕在化され、自己を確立するのである。ここにコルネーユがラシーヌと一線を画す歴然とした特徴がある。因みにすでにラシーヌの初期作品が、悲劇の風土と雰囲気について変容をもたらしている。

「これほど力を尽くしても、私の抵抗は水の泡、かくなるうえは、この身を拉致する運命に、盲目となってこの身を托すとしよう」。

とラシーヌ作『アンドロマック』(第一幕第一場)で、オレストが語る。コルネーユの英雄=主人公は、このように情念へ身を任せたり、自我を放棄したりすることはない。そんなことをすれば、悲劇という芸術の品位がいわば冒瀆されると、この詩人は考えるであろう。コルネーユ劇の**形式**もまた、こういう内容によって決定される。彼は表現が最大限に強烈であれかしと執心してやまない。だが自然=本性に単純に忠実であることによってそれを成し遂げようとはしない。表現が、自然=本性へ忠実であることだけによって、われわれを動転させたり興奮させてはならない。表現にはまさしく歯止めがあり、慎みと節度をもって、むしろわれわれに驚きの念を呼び覚まさなければならない。この驚きが自由な個性(人格)に呼びかける。その上で、この自由な個性(人格)のみが、純粋な情動を抑止する力をもち、この力によって内的な自己充足《アウタルキー》、自由、支配力となって顕在化するのである。かくてわれわれは、デカルトとコルネーユとの内的一致を明瞭に示す地点に再び立つのである。なぜならデカルトにおいてもまた、驚きは別格の地位を得ているからだ。それは純粋に受動的なあらゆる情動、わけても憐みや恐怖とは截然と区別されており、明らかにそれらの上位に位置づけられている。『情念論』で示された諸情念の枚挙と体系的な序列では、驚きが第一級、つまり「あらゆる情念のうちで首位に立つもの」(『情念論』五三項、A-T・XI・373)となっている。この首位の重要さは、驚きが根底において純粋に理論上の情念であるという事実によるものである。「この情念には」、とデカルトは説明している、「他の情念とちがって、心臓や血液内に変化の生起を伴うことがなんら認められないという特徴がある。このことの理由は、この情念が善悪を目的とせず、単に驚きの対象の認識を目的としているので、身体のすべての善が依存するところの心臓や血液とはまったく関係がなく、その対象の認識に役立つ感覚器官の存在する脳と関係を持つだけだからである」。したがって、驚きはどんな身体的興奮状態をも招かないのであるから、魂の自由と争うことも、魂の判断の確実さを乱すこともない、唯一の情念なのである。驚きは、その情念としての本性は否定できないとはいえ、「理性的な」能動的情念であり、またあり続ける。コルネーユの悲劇の目的と野心とは、これに類似する情念を覚醒させることであって、むき出しの非理性的な本能を呼び覚ますことではなかった。フランス古典主義の精神がデカルト哲学の精神と緊密な関係を保っているのは、このためである。

第二部

デカルトとスウェーデン女王クリスティナ

第一章——デカルトとクリスティナの改宗

デカルトは、その学説と生活とが完全に調和している思想家の一人である。彼の思想がその生活を規定し、その内容と独創性とを決定しているのである。デカルトにあっては、新しい形式の哲学と科学知識とを生みだすもととなった方法の精神が、彼の存在をすっかり支配し、方向づけている。彼の存在には気まぐれや偶然の入り込む余地がまったくない。その生活は確固とした統一性をもった計画にしたがって構成され、デカルトは若き日に立てたその計画を終生守って変わることがなかった。また、彼の哲学研究、数学や自然学の仕事を導いたのも、この計画である。この計画には、「曖昧な表現」[28]や漠然とした感情の力が統御されるであろうこと、それに対して知の分野ならびに意志の分野においては、明晰かつ判明な概念が勝利を占めるであろうことがうかがわれる。デカルトによれば、思想にとって最大の危険、最悪の結果をもたらす誘惑といえば、この問題あの問題とつまみぐいをして、一つの仕事に専念しないことであるが、それと同様に生活も、周囲の状況、時代の趨勢、あるいは当座の要求の言いなりになってはならない。真正の思想とは、飛躍によって作りあげられるものではなく、不変不断の運動を必要とする。性格や道徳的個性の形成にも、同じく不断の信念が必要である。だから、デカルトの学問研究とその実践生活を規定したのは、ひたすら同一の精神的決意、すなわち知性と意志であった。若き日の彼の哲学および自然学に関する手記をひもといてみれば、研究と生活という二つの営為が分かち難く結びついていることが分かる。この手記によれば、一六一九年から二〇年の冬にかけて、デカルトは新しい「驚くべき学」を樹立した。しかし同時に、彼は夢を見たとされている。その夢のなかでは、彼が読んでいた本——アウソニウスの詩集——の中から「如何ナル生ノ道ニ我従ウベキカ」(Quod vitae sectabor iter ?)の一節が彼に示された。[★28] 懐疑の時代は、理論上も実際上も、これによって終わった。生と知とは、彼によれば、同じ「アルキメデスの点」に基づいているからである。

この手記で示された文脈に沿って解釈するならば、デカルトの伝記にせよ、その自然学および哲学の体系にせよ、もはや不可解な問題は残らない。いずれも、この文脈によって理解可能で明晰なものとなるからである。彼の生と体系が、理論としてまた人間として、どれほど多くの問題を含んでいようとも、それらが展開されるとき、決定的矛盾や真の二律背反、あるいは理性によって克服できない困難に出会うことはけっしてない。ところが、明るい絵も一点において突然くもるおそれがある。デカルトの生活と学問形成は、最初からきわめて理論的に実践され、また両者が支えあって形成されたのだが、晩年にいたって、突如破綻をきたしているようにみえる。この破綻が本当であるとすれば、彼の学説の統一性のみならず、その道徳的性格の統一性についても、われわれの信頼が揺らぐことになろう。独立不羈、満足を自分自身のうちに求めること、思想と意志との自足性など、デカルトがその論理ばかりでなくモラルの基本原理としていたところで主張し、実際に体現していたものが、彼とその弟子である女王、すなわちスウェーデン女王クリスティナとの関係をみるとき、崩壊するかに思われる。クリスティナがデカルトに何を期待したかは、ストックホルム招聘に先だつデカルトとシャニュ[●29]との往復書簡に明らかである(クリスティナおよびシャニュ宛書簡、一六四七年一一月二〇日付け、*A-T*・V・81, 86)。女王はデカルトのうちに、単に新しい学説の発案者だけを見ていたのではない。女王の眼には、デカルトは生きることの真の意味に誰よりも精通した知者にみえた。クリスティナのデカルトへの最初の下問は「至高善」の本性に関するものであったが、返書を読んだ彼女は、彼が「最も幸福な人間」であり、その生こそ羨望に値すると思った、とシャニュに語っている。ことほどさように、クリスティナがデカルトに期待し、望んだのは、一つの哲学的モラル、すなわち、彼が確実性と内的一貫性との上に新たにうちたてた論理学にも数学にもひけをとらない、一つのモラルだったのである。

しかしデカルトとクリスティナとの関係についての巷説では、彼は女王のこの望みを無残にも裏切ったらしい。彼が女王に提供したのはまったく違ったものであったといわれている。他のところでは、人は生涯に一度、先入観と予断を排除する力を持つべきだと説いて、あれほどまでに絶対的に自由で独立した学問研究を唱えたデカルトが、この時に限り、権柄づくの教師、それも哲学の教師でなく宗教上の教義の教師として振る舞ったようにみえる。確かにデカルトは、宗教上の教義にはそれ固有の分野、すなわち「超自然的」真理の分野を認めており、教義の価値に異議を唱えたことはない。哲学的著作の出版に際しては、カトリック教会への全き献身の表明を忘れずに付け加えている。しかし、この実定的権威、事実として与えられた権威へのこのような服従と、教義に関する決定、彼自身が信仰問題に関して下したであろう決定とはまったく別物である。このような決定を下すには、デカルト自身が常に拒否してきた一線、原理的に最も強く異議を唱えてきた一線、を踏み越さねばならなかったであろう。重大な神学的問題に取組む必要も生じたであろうし、それを論ずるためには、神学的論法を用いる必要もあったはずである。デカルトにその覚悟があったとしても、それにしても彼の態度は奇妙で曖昧なものに見える。そして、私の知る限り、今日にいたるまで、どんな歴史的分析も、この曖昧という非難から彼の名誉を完全には回復させていない。同時代人たちが、信仰の諸問題に対してそれぞれ固有の立場から、彼をまったく違ったふうに判断したことは納得できる。ある者は彼に最大限の賛辞を呈し、またある者は口を極めて非を鳴した。アルケンホルツは、デカルトとクリスティナとの関係に関わる文献を最初に系統的に収集した人であるが、デカルトが貴顕の士、兵士、学者あるいは哲学者の仮面をつけた隠れイエズス会士であって、クリスティナ女王のみならず、エリザベート王女やイギリスのフィリップ公のような高貴な人々をも堕落させたという容疑を、これによって晴らすべきだとした。[★29]この類いの容疑は、今日のわれわれからみれば、馬鹿げたたわごとに過ぎない。デカルトの作品を一行読んでみれば分かることである。しかし、だからといってわれわれの疑いが晴れたわけではない。露骨な党派精神をむきだしにした言説は度外視して、客観的な歴史研究が与えてくれる事実だけにとどめてみても、われわれはなんら明快な結論に達しないからである。『デカルト伝』の著者であるバイイ[●31]と、最初の「批判的哲学史」[★30]の著者であるブルッカー[●32]は、デカルトがクリスティナの改宗に一役買ったことを確かな事実と認めているのに対して、近年の多くの著者はそのような意見を手厳しく繰り返し反駁している。たとえばクーノ・フィッシャーは、この点について、クリスティナの証言は一顧の価値もないとしている。それどころか彼女の証言は不正確であり、単に「たわいない自惚れ」から発せられたのだろうとしている。[★31]要するに、デカルトの名誉を救うために、この哲学者に対してふさわしからぬ非難を、すべてクリスティナに向けようということらしい。

こうして、この問題に関しては、歴史家は初めから難しい状況に置かれる。つまり、十分に理解する前に判断を下すことを求められ、自分の知識の不足を、人物の倫理的評価で補完する決心をしなければならない。このような態度は歴史的客観性という要請とは当然両立しない。実際には、歴史家は、自分固有の観念や判断をもつ権利があげつらわれたり減殺されたりするのを、座視はしないであろう。だが歴史家が自分のもつこの権利を行使できるのは、事実を完全に確定し、そして客観的にも心理的にも解釈し終えて後のことである。しかし、この件に関するかぎり、歴史的資料を分析しても、曖昧なところのない真に説得力のある解釈を導き出すだけの証拠は得られないようである。アルケンホルツの集めた文献は、後に補充されて豊富なものとなり、クリスティナの改宗と退位に先立つあらゆることがらについて確かに詳しい情報を与えてくれる。だが動機の問題、この状況において決定的作用因となった精神的な関係の問題は、これによっては解明できない。クルト・ヴァイブルの『クリスティナ女王』に代表される近年の歴史的研究は、それ以前の論文に比べてずっと慎重でおさえた判断を下している。グラウエルトは、クリスティナに関する論文のなかで、女王のカトリックへの改宗にデカルトが決定的影響を与えたのは確かだとした。彼の説によれば、デカルトは予め計画を立てていたわけではなかろうが、クリスティナの熱心な求めに応じて、できる限り説得力のある言葉で、彼の属する教会の教えを説いたに違いないとされる。[★32]これに対してヴァイブルは、デカルトが教義の分野でなくモラルの分野で決定的影響を与えたと考える。クリスティナがその生涯の終りにモラルと宗教の諸問題に関する基本的考えを表明した随想録や箴言集をひもといてみれば、彼女の知性と性格の形成にデカルトの精神がどれほど大きな影響を与えたかが分かるとヴァイブルは説いているが、うなずけることである。彼はこう結論する。「シャニュとデカルトの二人がクリスティナにカトリックの教義をてほどきした。ルター派の教義はその正統主義聖職者によって日課として彼女に教えられたのに対して、カトリシスムはシャニュとデカルトの二人を通して、その最も高貴な姿で彼女にもたらされたのだった[★33]」。

純粋に歴史的な研究は、未知の新資料が発見されない限り——この問題がすでに研究し尽くされていることを考えれば、その可能性はあるまいが——既知の結果を越えることはないであろう。しかし、われわれをもっと遠くまで導いてくれる、未開拓の道がもう一本ある。それは、純粋な**観念**の歴史と、精神史の視座から見た総合的分析の道である。それというのも、この視座から研究するとき、問題は最初から違った様相を帯び、しかもいっそう全体的な視点からとらえ得るからである。個人に関わる問題の枠をこえて、普遍的な典型としての意義を持つに至る。この種類の検証で歴史家の興味を引くのは、もはや一個人の運命ではなくて、いわば一七世紀の精神文化のたどる運命なのである。出自や身分の上で、あるいは天賦の知性や才能によって、どれほど卓越して見えたとしても、時代の精神文化の運命をまぬがれ得た人間はいないであろう。たとえ独自の思想を以て考え、独自の意志を以て決定を下しているつもりでも、実は特有の形で、この運命に包みこまれているのだ。デカルト＝クリスティナ問題に関する以下の考察は、普遍的なものによって個人がいかに限定されたかを解明しようというのである。この二人の交流は単なる個人的出来事にとどまらなかった。単に一人の女王と、当時の最も深遠な思想家かつ学者との邂逅ではなかった。それは、一七世紀を支配する精神的星座全体によってしかその意義を説明することのできない、精神と精神との邂逅だった。したがってわれわれは、単にクリスティナ一人においてではなく、その時代全体において実現されつつあった運命の転換を特徴づけるために、この星座の提示を試みるであろう。われわれは全体的思潮を考究するために、直接関係があるとは思われない政治的出来事や純粋に個人的な事柄には触れなかった。もしこのような精神的背景を浮き彫りにすることができるならば、個々の人物像や性格がそれだけいっそう際立ち、デカルトとクリスティナとの関係について新しい見方を獲得できると期待してよいであろう。

一七世紀における「普遍神学」と自然宗教の問題

ストックホルムに到着したデカルトは、当時二三歳であったクリスティナが、学問と哲学を初歩からてほどきしなければならない生徒ではないことを知った。彼女は初歩の段階をとうの昔に終えていたのである。若い身そらで、彼女は該博な知識を身につけていただけでなく、当時の学問に関して独自の判断を下す力があった。その学問の広さについては、デカルトはクリスティナが精通している主題の多さに恐れを抱いたほどであった。彼はクリスティナの博学が、哲学教育にとって有用というよりはむしろ危険なものとみたことを隠していない。多様極まりない主題を跋渉し、新知識を求めてやまないクリスティナの百科全書的な精神のあり方は、デカルトに深刻な疑念を抱かしめた。このほとんど際限のない受容への意欲は、デカルトの求める自発性とは相容れなかったからである。それでも彼は女王の研究を、徐々に、もっと「哲学的な」道に導くことができるだろうと期待した（エリザベート王女宛書簡、一六四九年一〇月九日付け、A·T·V·430参照）。

デカルトが表明した懸念は、クリスティナの教育がどの様に行われていたかを考えれば、まったく当然であった。幼年時代より彼女は人なみはずれた知識欲を示し、ほとんど無尽蔵の資質に恵まれていたようである。知の分野で、彼女が一度も触れたことのないものはほとんどなかった。さらに、何か国語もの外国語の知識と、とりわけ運用能力を身につけていた。「女王の精神はまったく類いのないものである。僕はけっしてお世辞を言うのではないが、彼女はすべてを見、すべてを読み、すべてを知っている」[★34]とガブリエル・ノーデ[●33]は一六五二年一〇月一九日付けのガッサンディ[●34]宛書簡の中で述べている。

この統一のない雑多な知識の中に内的構造と統一の絆とを見出すことは、いわば絶望的な試みのように思われる。しかし、クリスティナの教養は単に広いだけではなかった。彼女の精神は、ある問題の深奥に到達しない場合にさえ、体系的な秩序と一貫性とを求めてやまなかった。このように体系と方法を求める傾向がなかったならば、クリスティナがデカルトを教師として選ぶはずはなかった。しかし、精神的な事柄に関する彼女の関心の中心は、デカルトのそれとは違っていた。彼女が求めてやまなかったのは、理論的知識ではなく、実践知の分野における「アルキメデスの点」だった。デカルトは純粋思惟の哲学者であり、コギトの原理の中に彼の学説の出発点を見出した。しかしクリスティナはこの段階にとどまることを嘉《よし》としなかった。彼女にとっては、いかなる場合にも、研究自体を目標とすることはなかった。研究とは、それよりも強く彼女の心をとらえて放さない他の問題の解答をみつけるための手段でなければならなかった。つまり研究とは、彼女に、実際に追求する価値のあるもの、すなわち「至高善」への道を示すものでなければならなかった。クリスティナはその『随想録』(*Pensées*)の中でこう述べている。「全学問の最上位にあるのは、よく生きよく死ぬことを知ることである。それ以外のことは、このために役立つのでなければ、無用である」[★35]。これは晩年の言葉だが、この格言はまちがいなく若い頃から彼女の精神の中にあった。外から見れば、その理論的知識の分野における統一のない活動にも、この確固不動の目的があった。彼女の全活動は、結局二つの中心、すなわち道徳的関心と宗教的関心とをめぐるものであった。言語や文学の研究さえこの二点に向けられた。彼女が幼年時代よりあれほどまでに飽くことを知らぬ読書家であったのも、単なる知的好奇心からではなかったのである。『自省録』(*Réflexions*)の中で、読書はより高次の目的のためにおこなうのであり、気晴らしではなく、義務の一つであると繰り返し述べている。「読書は一種の鏡であり、徳と欠点とを教えてくれる」[★36]。われわれがクリスティナの精神的発達を理解しようとするのであれば、まず次のように問わなければならない。クリスティナに哲学、科学および文学書を読ませた鏡とは、どんな性格のものであったのか。彼女はそこになにを見たのであろうか。

最初に、**宗教上の問題**の研究によって、クリスティナが、一六世紀中頃に確立され、その後徐々に拡大した精神運動に強く影響されていたことがすぐに分かる。この運動はニコラウス・クザーヌス[●35]の『信仰の平和について』(*De pace fidei*, 1454)を嚆矢とし、この著作のなかにすでにその古典的形が見出される。この作品の主題は、教義と典礼の上でどれほど異なる信仰であろうと、あらゆる信仰に共通する宗教的確信の基盤があるとして、これを研究することにあった。教義も典礼も、宗教の真の実体を構成しないし、宗教の倫理的価値を決定するとはとうていいえない。この価値はまったく別のところで決定される。それは、各宗教が神についてつくりあげた観念の純粋さと深さとによるのである。どれほど不完全で原始的な宗教であれ、この観念をまったく欠くことはない。逆に、いかに高度な宗教でも、この観念をその「絶対的」意味において、完全な純粋状態において表現し得るものではない。人間は神性につき、かかる絶対的な認識に達することができない。比喩と似姿《イメージ》で満足しなければならない。それゆえ、どんな宗教も神人同形論《アントロポモルフィスム》[●36]の残滓をひきずっている。われわれはこれを排除できないであろう。しかしわれわれは、これが宗教の本質に属するものではなく、偶発的要素であることが理解できるし、また理解しなければならない。このような展望に立つとき、クザーヌスには、驚嘆すべき普遍性と寛容がうまれる。彼は、信者兼普遍的「カトリック」教会の擁護者として語る。だが彼はこの教会に、神への信仰を告白し、神への愛のうちに一致する者全員を迎えたいとする。クザーヌスにとって、ある宗教の真理基準を構成するものは、いくつかの信仰箇条の告白でも、特定の典礼や儀式の挙行でもなく、「神の愛」の力と深さである。だから彼は信仰が多様であったり、そこに矛盾があっても憤ることがない。この多様性は単に容認されるだけでなく、彼にとって必要でさえある。多様性は表徴に固有の性質であり、表徴は感覚的なものである以上、多様でしかありえないからである。しかし、われわれが外的表徴に満足せず、その意味と意義とをつかむならば、統一が回復される。「典礼の多様性は何ら妨げとはなりません。それらは信仰の真理の感覚的表徴として制定され、受け入れられたものだからです。表徴は変化をこうむりますが、それによって表徴されているもの自体は変化しないのです。(Non turbabunt varietates illae rituum, nam ut signa sensibilia veritatis fidei sunt instituta et recepta : signa autem mutationem capiunt, non signatum.)[★37]」

ニコラウス・クザーヌスのこの見解は、新しい「宗教哲学」に道を拓き、目標を示すことによって、その基礎を据えた。だが、それから二世紀間、一四五〇年から一六五〇年の間に、彼のこの命題は思弁的意味とは違う別の意味をもつにいたった。この宗教戦争の時代に、「信仰の平和」は単なる理論的問題にとどまらず、実践上の急務であった。もしこの問題になんらかの形で答えることができないならば、すべての道徳的および社会的秩序が脅かされ、揺らぐにちがいなかった。哲学的主題がすぐれて政治的な主題にすりかわっていたのである。一六世紀の政治理論家たちがこの主題を再び取り上げたのはこの形においてであった。当時を代表する国家法学者の一人ジャン・ボーダンは『コロキウム・ヘプタプロメレス』[●37]を発表したが、この中には「普遍的有神論」[●38]の新たな段階が認められる。時は対ユグノー戦争、「聖バルテルミーの夜」[●39]の時代であり、その体験がこの作品の根底にはある。そこには、ルター派やカルヴァン派に限らず、ユダヤ教徒や純粋な「自然」宗教の信者までもが参加した対話が描かれている。この対話はなんらかの教義上の決定を下そうというのではなく、なんであれ一つの宗教を主唱する者は、人間の信仰という点で一致すること、また信仰の業においては一致すると同時に、またこの点についてのみ競合することを要求する。対話の終りでセナムスは次のようにいう。「私たち全員が、不死の神に対して、正しい道を歩ませ給えと心から願うのを、妨げるものがあるでしょうか。[…]と申しますのも、私の考えでは、人間はだれであれ諸々の神の父である《神》の存在を認めており、多くの人が創造主の栄光を被造物に伝えることによって被造物を創造主に結びつけているのですが、彼らはポルフィリウスとプラトンが「神々の父にして全能者」(*τῶν θεῶν πατέρα καὶ παντοκρατέρα*)と呼んだ、神々の王(principem)に祈っているのです。[…]私はだれも傷つけたくはありませんから、正しいかもしれない宗教を排除するよりは、すべての人間の宗教を認めようと思います。[…]時に応じて、キリスト教徒の教会にも、イスラム教徒、あるいはユダヤ教徒の神殿にも入りますし、ある人々を無神論者として躓かせたり、社会の秩序を紊乱させるのを防ぐためであれば、ルター派やツヴィングリ派の教会にさえ入るでしょう。神々がどれだけ存在しようとも、私は**全能かつ至高**の神の御旨に委ねます。それなのに、なぜ私たちは自然全体の**創造主にして父なるお方**に対して、一致して祈りをこめて、真の宗教の知識へ私たち全員をお導きくださいと願わないのでしょうか[38]」。

　ボーダンのこの著作が初めて公刊されたのは一九世紀に入ってからである。だが当時からこれは手稿の形で流布し、大きな影響を及ぼしていた。「真の宗教」とその哲学的基盤の問題については何一つ見逃さなかったクリスティナは、この書に熱烈な関心を抱いた。彼女は、文通していた碩学のフランス人サロー[40]に、パリ高等法院長ド・メーム[41]の蔵書の中からこの作品の手稿を一部入手することを依頼したが、サローが失敗したため、イサーク・フォシウス[42]をして、なおも奔走させた。最初は『コロキウム』の第一巻しか入手できなかったようであるが、ついに全巻を入手した[39]。いずれにせよ、この書物に表明された精神的運動が、女王の宗教概念の形成に極めて大きな影響を与えたことは確実である。この運動は、一七世紀にもその力を失ってはいなかった。それどころか着々と地歩を固め、すべての国民、あらゆる宗教に広がりつつあった。W・ディルタイは「一七世紀における精神科学の自然体系」に関する研究[★40]で、この体系全体において宗教的普遍主義思想がどのような意義を有するかを詳細に論じた。クリスティナには、生来の性向によっても、また彼女が受けた宗教教育によっても、この思想を受け入れるだけの素地があったし、鋭敏に反応もした。この教育を担当したのはヨハネス・マティエ[●43]であり、彼は女王の教育から教義に関わる論争を一切除き、それに代えて聖書の研究と講釈を行った。マティエの最初の授業がクリスティナに与えた印象は消えることがなかったようである。クリスティナは晩年に至ってなお、彼を教師としてではなく、心を許した友として追想している。[★41]このために彼女は、キリスト教の各宗派の統合を目ざすどの計画にも注意を払ったし、また熱心に参加した。しかしその関心はキリスト教内部の試みだけに限定されることがなかった。シャニュは、彼女を描いた『肖像』(*Portrait*)の中で、彼女がプロテスタントとカトリックとの係争点に関心を抱いているだけでなく、哲学者、ユダヤ教徒あるいは異教徒たちの申し立てている異議を知ることにいっそう興味があるようだと、はっきり証言している。[★42]彼女の精神のこの傾向は、彼女を純粋な「自然」宗教に近づけるべきものであった。彼女は、教理と教義とを介して知ったプロテスタント信仰の教義内容に対しては、常に一定の距離を置いていたようにみえる。幼年時代より、最後の審判に関する観念に強い反感を抱いていた。だから、この点に関する教義の教えは彼女には疑わしいものに思われた。[★43]カトリックへ改宗の後でさえ、彼女は自然宗教への嗜好を完全には払拭できなかった。退位の直後、スウェーデンを出発する前に、母に対して、異教徒であれキリスト教徒であれ、誰もが救済されうると思っているとだしぬけに語り、母を激怒させた。[★44]

以上の考察を前提に置き、われわれは懸案の問題にとりかかることができる。今やこの問題に新しいいっそう一般的な性格を付与すること、言い換えれば、問題を個人の領域から一般的事象および体系の領域へと移すことができるからである。クリスティナに対するデカルトの影響がどの方向へ向かったかは、女王がそれまで専念してきた基本的問題に対するデカルト自身の態度を想起するとき、はじめて明らかになる。デカルトがクリスティナにどのような哲学教育を行ったかについては、詳しいことは分からないし、また歴史家が資料の欠如を単なる推測で埋めることは許されることではない。だが哲学史、広い意味の精神史は、この点に関して、純粋な政治史とは違った有利な立場にある。哲学史や精神史が対象とするのは、人物や事件ではなく、思想や観念であるからである。思想や観念は孤立したものではなく、内的に脈絡をもち、連続がある。たしかにわれわれはデカルトがクリスティナになにを教えたかを厳密に確定することはできない。しかし、それに劣らず重要な次の質問には答えることができる。「デカルトは彼女に何を教え**得た**か、何を教え**得なかった**であろうか」。クリスティナのデカルトへの最初の質問の一つは、宗教に対する彼女の立場であったといっても間違いはないであろう。なぜなら、クリスティナに関する同時代の資料のどれをとっても、彼女がこの問題の答えを求め、彼女に侍講する学者全員を宗教論議に引き入れたという点で一致しているからである。これについては、シャニュ、フラインスハイム[44]、マセド[45]、マリネス、およびカサティ[46]の証言が一致している。もしデカルトが彼の体系の精神に忠実かつ率直に語ろうと望んだのであれば、クリスティナにどう答えたであろうか。「自然宗教」と普遍的有神論とに対する彼女の傾斜を、デカルトが後押ししたはずはない。なぜなら、デカルトは、一七世紀の傾向としてあらわれ、世紀を通じ拡大の一途をたどったこの精神運動には、最初からまったく無縁であったのだから。『方法序説』の一三年前に出版されたチャーベリーのハーバート[47]の主著『啓示、蓋然的真実、可能的真実および虚偽から区別される真理について』は、問題の所在からも哲学的立場からも、デカルトとはずいぶん違う。デカルトはハーバートを尊敬するにやぶさかではないが、この著者が「信仰」と「知」とを峻別していない点、啓示された真理と「自然の推論によって」獲得される知識とを混同している点を、根本的な過ちとしている。[★45] デカルトにとって、ハーバートが素描した自然宗教の観念的理想は、木に竹を継ぐものであり、方法の点では折衷的概念である。神の存在と神の本性の本質的属性、魂の身体からの根源的区別、魂の単一性と非物質性、これらはすべてデカルトにとって、厳密な理性的証明の対象となりうるものである。[●48] これにひきかえ、これらの概念を超えるものは、人間の理性の関知するところではない。人間の理性を超えるものについて思い思ったり、何か「理性的な」仮説を立てようとしても無駄である。信仰の「玄義」について決定を下すのは啓示のみである。人間の理性は、「明晰かつ判明な」概念によってしか判断できないし、また判断すべきでもないのだから、それについては判断を下せないであろう。このような概念に欠ける場合に人間の理性に課せられる唯一の命令は、判断を停止すること、無条件のエポケーである。そして、デカルトによれば、理性がこの自制を棄てぬよう監視するのは意志の役割である。理性は明晰かつ判明な概念の基盤、確固たる支えがなくとも、その本性からして判断を下す傾向をもっているからである。もし理性がこの衝動の力に負けるならば、理性は単に誤謬を犯したというにとどまらず、罪過を犯したことになるのだ。われわれに利用できるデータが十分に確実でない場合には、一切の判断を控えるのがわれわれの義務である。というのも、誤解とみせかけの中でさまようよりは、知を断念するほうが勝るであろうから。[★46]

だが、このような答えがクリスティナを満足させなかったとしたら、彼女がこのような批判的慎重さと留保の境界に立ちどまらなかったとしたら、現存するすべての実定宗教[●49]のうちでどれが最良のものであり、理性に最も適っているかを敢えて彼女が問うたとしたら、デカルトはどう答えたであろうか。哲学者、厳密な思索家としては、沈黙せざるを得なかったであろう。しかし、この問題が提起され得るもう一つの観点がたしかに存在したのであり、デカルトもこの点に無関心ではなかった。それは、宗教は彼にとって単なる形而上学的問題にとどまるものではなく、すぐれて実践的な意義をもっていたからである。宗教はものごとの倫理的および政治的秩序にかかわり、その維持に不可欠である。デカルトは宗教のこの機能を疑ったり損なうことを考えたことはなかった。信仰と政治的・社会的なことがらについては、デカルトは革命家とはとうていいえなかった。彼の望んだ唯一の革命は純粋に知的かつ個人的な性格のものであった。『方法序説』に彼はこう書いている。「わたしは、あの騒々しくて落ち着きのない気質の人たちをけっして容認できないのだ。かれらは、生まれからも社会的地位からも、公事を扱うよう要請されてもいないのに、いつも何か新しい改革を頭のなかで描かずにはいられない。[…]わたしの計画は、自分の思想を改革しようと努め、わたしだけのものである土地に建設することであり、それより先へ広がったことは一度もない」(『方法序説』第二部、A-T・VI・14)。しかし、このように視点を自己と自己に依存するものだけに限定することには、クリスティナはとうてい承服できなかった。彼女は、その立場からも気質からも、別の態度を取るように運命づけられていた。デカルトは、学問の革新計画を胸に抱くや、時を移さず「オランダの隠れ家」に移り住んだ。爾来、世の中という舞台で演じられるあらゆる芝居に、彼はもはや役者として参加することはなく、観客に徹すると言明した(『方法序説』第三部、A-T・VI・28)。クリスティナは、これと異なり、その出自と身分とによって、省察ではなく行動に、瞑想生活ではなく能動的に生活するように運命づけられていた。彼女の知性が把握するのは、いずれも政治的問題に移しかえられるべきものであった。私生活と公生活との分離は彼女にとってありえなかったであろう。彼女は宗教を単にその純粋に内的側面から考察することはできず、現に眼に映るその姿と組織とをすぐさまとらえたに違いなかった。

ところで、もしクリスティナが、この観点に立って、デカルトの思想をより深く考察したならば、どんな結果に至ったであろうか。デカルトの教えは彼女が「自然宗教」に進む道を閉ざした。実定宗教、すなわち啓示された宗教の一形式が存在し得るのみならず、存在しなければならないことを、クリスティナに説いた。だがそうだとすると、真正の啓示とは何か、それを知り、異端と識別する方法はあるのか。ここから一つの思潮が流れ出すのであるが、われわれはこれを、再び、間接的な指標に基づいて、**ア・ポステリオリ**に再構成することができる。デカルト主義は、単に宗教の真理だけでなく、すべての真理に一つの特徴および一つの基準を定めた。真理に**部分**の存在を認めることほど大きな誤りはない、とデカルトははっきりと言う。真理は全的なものであるし、そうでしかありえない。知の建造物からたとえ石一つでも取り去るならば、全体が崩壊してしまう。なぜなら、そこではすべてが互いに支えあっているからである。もしそうでないとしたら、つまり厳密な体系的一貫性と全体的統一性に代わって多様性と分裂とが支配しているとしたら、人間は自分が真理の地に立っているのではなく、誤謬と錯覚との地に住んでいることを知るであろう。この統一の理念こそ、デカルトの認識論の規範、ある意味で指針となっている。[★47] だがこの射程をさらに延長して、宗教にも適用できないだろうか。われわれは、哲学者かつ理論家としてのデカルトがこのような適用になぜ反対したかについて、すでに検討した。デカルトの保留と判断停止の規則が働き、宗教の戸口の前で彼を止めたのであった。だがこの問題を哲学の場から神学の場に移すとき、問題はいったいどんな形をとるであろうか。統一の理念は突然その力を失うであろうか、それとも、ここでも、ある意味においてこの理念を主張し、堅持することができないであろうか。

　この問題に答えるためには、純粋に理論的な構成に頼る必要はない。答えは歴史が与えてくれるからである。すなわち、神学の歴史は、一七世紀を通じて、求められていた綜合を実現した。ボシュエはデカルト精神のしみこんだ神学者の世代に属している。おそらく彼を無条件にデカルト主義者とみなすことはできまいが、デカルトの方法が彼に影響を与えたことは疑いの余地がない。彼が教義と、真に普遍的な唯一の教会とを守るための戦いで用いた武器は、デカルトの方法と形而上学とに負っていた。[★48] ボシュエはこれによってプロテスタンティスムに対し攻撃を開始したし、また敵の弱点を発見したと信じたのであった。もしわれわれが、デカルトとともに、統一性を真理の基準とするならば、あまたある福音主義の信仰のどこにこの統一性を見出せばよいのか。それらは互いに激しく対立しあい、衝突しあっているではないか。これがボシュエがプロテスタンティスムに対抗して用いた最大の論法であった。この論法の発表と展開のために、彼の主要著作の一つ『プロテスタント諸教会の変遷史』が書かれた。実際のところ、われわれが考察している問題に関して、ボシュエの名前を出すのは時代錯誤と映るかもしれない。というのも、クリスティナの改宗は一六五二年のことであるのに対して、ボシュエのこの作品はこの世紀の末、一六八八年にやっと出版されたのだから。しかしながら、歴史的、具体的な影響関係を確定するのではなくて、一般的観念の間に関連を見出すことが問題であるときに、時間の上の不一致は妨げとはならない。事実、クリスティナの精神のなかでは、後にいっそう明瞭かつ論理的な形でボシュエのなかに認められるものに類似した、思考と論理構成の過程が実行されたことを、多くの状況が証拠だてている。クリスティナは厳格な正統教会[●50]に親しむことができなかった。教会間の教義の違いは、彼女には人間の所為《しわざ》であり、神の御業《みわざ》とは思われなかった。彼女は、この違いが克服され、最終的にすべての福音主義の教会に共通する信仰が見出されることを、長い間望んでいた。彼女の最初の宗教上の師であるヨハネス・マティエがすでにこの希望を植えつけていた。彼はその生涯を通じてこの目標の実現に邁進し、その著書『よき秩序のイデア』はこの精神で書かれたものである。だが、まさにこの旧師の運命が、プロテスタンティスム内部のどのような統一の努力も当時の状況下では水泡に帰するしかないことを、彼女に教えることになる。マティエはスウェーデンの正統派により危険な訴訟に引き込まれ、断罪された。女王はこの訴訟を中止させることができなかった。個人的に介入して最悪の結果を免れさせるのが精一杯であった。[★49] この種の経験によって、プロテスタント信仰の対立が解消不能であるという彼女の確信はいっそう強まった。しかし彼女は、欠くことのできない統一の希望を捨てることはできなかったし、捨てようとも思わなかった。統一性こそが真理に固有の基準であるとするデカルトの根本思想を知った後では、なおさらのことであった。このように考えてくると、彼女はボシュエと同じ結論、すなわち、一なる教会、カトリシスムによって達成された組織と伝統への回帰にしか救いはないとする確信に導かれる可能性が十分にあった。

女王の**政治**思想もまた、彼女をこの方向へと進ませた。彼女は幼時より明確な政治理念に支配されていた。統治を始めて以来、彼女は絶対王権の確立と維持を希求し、そのために全力を尽くした。その行動はすべてこの唯一の目標に向けられた。貴族やそのほかの国民階層との関係も、王位をカルル・グスターフ[●51]に譲るための闘争も、内政のすべても、これによって決定された。[★50] しかし、この目標を持ち続けながら、プロテスタンティスムとカトリシスムとの対立に直面したとき、女王はどのような判断を抱いたであろうか。プロテスタンティスムがもつおもだった政治傾向はどのようなものだったか。ヨーロッパの政治的形成にプロテスタンティスムはどのように働いたか。ドイツ皇帝の権威は三十年戦争によって失墜し、ドイツは完全に分裂状態に陥っていた。分権化は、政治生活でも宗教生活でも、その極に達していた。各宗派の内部でさえ、多くの地域差が存在していた。英国では、強大な王権が一六世紀に存在していたが、他ならぬ宗教戦争がこれを失墜させた。英国の革命は王権を決定的に排除した。清教徒的精神が君主制の思想を打倒したからである。このような状況下であればこそ、クリスティナのまなざしが好んでフランスに向けられ、その目にはフランスが四方八方から攻撃にさらされている絶対王政の最後の砦と映じたのは、当然ではなかろうか。おそらくフランスでも王権は困難な戦いを続けていたのであろう。フロンドの乱の当時、王権は高位貴族、高等法院およびブルジョワジーからの一斉攻撃に対抗しなければならなかった。しかし、戦いの勝敗はまだ決してはいなかったものの、絶対王政の基盤は、長く粘り強い努力を通じて、磐石のものとなっていた。リシュリューの仕事はマザランが後を継いだ。ところでこの二人はともにカトリック教会の枢機卿であり、彼らの権威と政治的影響力の大部分はこの地位に負っている。ランケはその『フランス史』の中で次のように書いている。「リシュリューの激烈な力、マザランの狡智にたけた手管は、ローマの紫衣の威光に強く支えられていた。二人ともある種の宗教的熱意を国政に注いだのである。リシュリューは、それまでは宗教に関する議論のみに限っていた論法を駆使し、王冠に属する権利の理論を弁護した。いわば王権という宗教を創造したのであり、マザランはその衣鉢を継いだのである。この旗の下に彼らの支持者たちが参集した」[★51]。クリスティナはこのような観念に心を動かされ、強く影響されたようである。彼女は、最後の理論的エッセイの中で、国王至上権のテーゼが真に樹立されて、実行されるためには、絶対的な精神的権威によって補完されなければならないという思想を、随所で披瀝している。霊の分野と同様に世俗の分野でも、彼女は妥協を一切しりぞける。どちらの分野でも、厳格な君主制を求めるのである[★52]。クリスティナの心中では、この両者の綜合が早くから成就し、これがカトリックへの改宗の動機の一つであったとするのは、決して故なしとしない。もしクリスティナがこのような思想の流れに従って改宗に導かれたのであれば、デカルト主義は彼女に何らかの影響を与えはしたものの、その役割はまったく間接的なものであったことを認めなければならない。われわれはこの間接的作用を、たとえばパラヴィチーニ[●52]が伝えているクリスティナの後日談のなかに読み取る。彼女は次のように語ったという。各種の宗教のなかで、一つは真であるはずだ。なぜなら、もし神が、人間の心に宗教への渇望を植えつけておきながら、それが真に満たされるのを拒むとすれば、神は暴君ということになろうから[★53]。われわれはここで、いささか改変された形だが、デカルトの根本思想と基本的論拠とに出会うのである。デカルトの論理学と数学は、その形而上学と同様、明晰かつ判明な概念に属する明証性に依拠している。だから、われわれは演繹的保証などはまったく必要としない。「理性の自然な光」から生まれる直接的直観によってそれを知るのである。これが方法論の最初の書である『精神指導の規則』(規則三、*A-T*・X・368)におけるデカルトの立場であった。しかし、彼の思想が進展するにつれて、普遍的懐疑は、実際のところ、すべての知のかかる究極の基盤をさえその対象に置く。明晰かつ判明な概念に依拠するこの明証性、われわれの精神の成り立ちからして、必然的に明晰かつ判明な概念に認めざるを得ないこの明証性は、単に主観的確実性を保証するに過ぎないのであろうか。客観的確実性を保証しないのであろうか。われわれの論理的および数学的知識と、形而上学的知識の一部分とを照明しているこの「理性の純粋な光」は、曇ったり偽ったりすることがないであろうか。もし神が人間に真理を与えないことを**望んだ**のだとしたら、もし人間が、感覚や想像力ではなく、純粋に知的な直観すなわち**純粋直観**[53]を信ずる場合にさえ誤ることを神が望んだのだとしたら、どうであろうか。この困難から逃れるために、デカルトはもう一つの要請に訴える。すなわち、もはや神の存在にではなく、神の完全性に依拠するのである。われわれは誤謬の原因を神に帰すべきではない。もしそうだとすれば、もはや真理の神ではなく、虚偽の神になるであろうから。神の本性はもはや完全でも神聖でもなく、限定された邪悪なものとなろう。このような不合理を避けるために、われわれは「純粋な理性の光」の権利を再確認すべきである。これを信じないのは、神を信じないことに等しいであろう。デカルトによるこの「**神の誠実**[54]」の理論をクリスティナは実践した。デカルトが欺く神、「**デウス・デケプトール**」の表象を排したのと同様に、彼女は暴君たる神の理念を斥けた。もし神が、人間の心に宗教への渇望を植えつけておきながら、その実現の道を一切閉ざすとしたら、神は暴君ということになろう。われわれは、クリスティナの透徹した論理的精神のなかで、宗教の問題が徐々に尖鋭化し、結論を迫られていた様子をここに見ることができる。彼女は一時期、どんな実定宗教にも確実性を認めない懐疑主義に傾斜した。後に彼女はこう書いている。「主よ、私は生涯を通じて主を敬い、賛美し、愛してまいりましたが、それでも信心深く敬虔であるとはけっして申せませんでした。私は、その中で育てられた宗教について、何一つ信じてはいなかったのです。皆が宗教について私に語ることが、私には主にふさわしいとは思われなかったのです。私は彼らがめいめい自分勝手に主の名において語り、私を彼らの思い通りに支配するために、私を欺き、恐れさせようとしているのだと信じていました」[★54]。真の宗教の問題は徐々にクリスティナにとって「**弁神論**」の問題となった。あらゆる信仰がまったく虚構であるはずはなかった。虚構だとすれば、その責任は人間だけでなく、神にも帰せられるであろう。キケロの『神々の本性について』(*De Natura Deorum*)の中で、相互に対立し、矛盾し合う諸宗教がすべて真であるはずはなく、すべてが偽である可能性もあると説く一節が、彼女に強い影響を与えた[★55]。しかしながら、宗教に関する哲学的認識の道を進むにつれて、キケロの前言の後半は、彼女の信念と次第に相容れなくなった。デカルトにおける体系の精神に深く通じれば通じるほど、神の存在と完全性とは疑いをはさみ得ないものとなったからである。デカルトの体系では、これら信仰の真理から、純粋理性の真理が作りあげられたと主張されていた。デカルトは、純粋理性の真理を、反論の余地のない形而上学的根拠によって保証したと考えていた。神の完全性と善意とがどんな攻撃も及ばぬ高みに置かれているということを前提として、**一つの**宗教は真であるべきであるから、人びとは既存の信仰形態のなかから選択することになる。だがクリスティナのような人は、押しつけがましい教育や力をもって外部から選択を迫られずに、自らの理性の判断にしたがって判断を下さねばならなかった。

彼女の最初のカトリック師傅たち、イエズス会士マリネスおよびカサティの採った方法では、このような仮説が完全に容認されていた。最初彼らは通り一遍の教義教育を試みたが、まもなく、この生徒にはそういう教育が通用しないことに気づかざるをえなかった。彼らはクリスティナのなかに完成された「哲学者」を見出して驚いた。彼女が「道徳哲学の神髄を身につけていた」と思われたのである。そこで、教育は初めから哲学的な――というのはこの場合スコラ的という意味だが――道を採ることとなった。このイエズス会士たちがまず証明しようとしたのは、カトリック信仰の基本真理は、確かに理性に対し優位に立つとはいえ、けっして理性に反するものではないというテーゼであった。[★56] これは厳密かつ正確なトマス主義の見解である。一方クリスティナにとって、これを受けいれるには、それまでの自分の哲学的確信を否定する必要はなかった。すなわち師であるデカルトを裏切る必要はなかった。これは、デカルトがスコラ哲学者と争わず、むしろ相手の立場を確認した点の一つだったからである。彼が革新しようと欲したのは自然学と形而上学の分野だけであり、啓示信仰の分野では、一切の革新の試み、すなわち検討を自らに禁じていた。[★57]『方法序説』では宗教の真理は方法的懐疑の対象外とされている。宗教の真理は、攻撃されることのないものとして、除外しなければならない。[★58] そして、デカルトによれば、このような「除外」は理性の力を弱めるものではない。理性はその固有の領域に戻されるに過ぎないからである。[★59] イエズス会士の師傅たちに導かれてクリスティナはさらに一歩を進めた。デカルトは彼女に新しい道への推進力を与えなかった、あるいは与え得なかった。しかし彼の哲学には、彼女がその新しい道に進むことを押しとどめようとするところはどこにもなかった。この問題は、デカルトが知性の領域から意志の領域へ移しかえ、これにより個人の決定を重んじた問題の一つだったからである。

これまでの考察をふりかえってみると、クリスティナの宗教への歩みとデカルトがそれに及ぼした影響とに関して、明確で満足すべき見通しが得られるように思われる。この歩みについて、クリスティナは私信のなかで、与えられたルター派の教育に飽き足らず、自らの宗教を作りあげたと証言している。「私は、ある程度成長すると、一種の自分流の宗教を作りました[★60]」。この言葉は「控え目に」(cum grano salis)解釈する必要があり、文字通りに受けとるべきではあるまい。クリスティナは自意識が強く、自信家であった。しかしその独立を願う気持ちには、新しい哲学教説をうちたてるとか、新しい宗教を「創造する」とかいったところはなかった。彼女は時代に抵抗したのではなく、時代の中で考えたのである。その知識欲はきわめて多岐にわたり、当時人びとの関心をひいたものには何であれ興味を抱いた。「私はすべてを知りたいという飽くなき欲望を持っていました。私は何でもできましたし、苦労しないで何でも理解できたのです」と自伝の草稿に書いている[★61]。このように、われわれは彼女の精神形成の歩みを、一七世紀を支配した重大な精神的運動が次から次へと映し出される鏡と見なすことができる。彼女の精神はいわば感度の高い計器のようなもので、彼女をとりまく空気のどんなに微細な振動をも感知し、また自分自身の揺れをもあますところなく記録する。一七世紀の哲学思想全体の動き、その道徳的および宗教的傾向、美的概念や理想、自然学や人文学の新しい方向、これらすべてがまぎれもなくクリスティナに影響を与えた。デカルト主義は、この複雑に織り上げられた織物の一本の糸にすぎないのであって、入念な分析によってはじめて識別することができる。この分析の結果、短期間だったとはいえ、デカルトの教育がクリスティナの晩年にいたるまで深い痕跡を残したことがわかる[★62]。同時に、彼女の宗教的見解に対するデカルトの影響がまったく間接的なものにすぎなかったことも、これによって明らかになる。それに、クリスティナのカトリックへの改宗に関してわれわれの持っている外的証拠は、この見解と少しも矛盾しない。つまり、一方では、彼女が最終の決意に踏み切ったのはデカルトの死後何年も経ってからのことであり、デカルト個人の影響によるのではないことはこれからも推察できる。他方、彼女が後に自分の改宗に対するデカルトの影響について証言している文章を読んでも、われわれの期待に応えるような言葉は見当たらない。実際、デカルトによる改宗の指嗾《しそう》などは、まったく取り上げられていない。ただそこには、自分の改宗にデカルトが「大いに貢献した」し、自分は彼から「最初の光り」[★63]を啓示されたと書かれているだけである。晩年になって、女王は自分を語る対話のなかで、デカルトが自分の改宗に及ぼした影響についていっそうはっきりとその感慨を述べている。そこでは、デカルトから受けた哲学教育のおかげで、カトリックへの改宗を自分に妨げていた困難の多くが解消されたとだけ語られている。[★64]この困難とは何か、デカルトの影響がどのような方向にはたらいたかについては、すでに述べたとおりである。だが同時に、われわれの検証によれば、クリスティナは後に、デカルトの激励のほかに、完全に独自の思索の道をたどったこと、そして彼女を決定的にカトリックへの改宗に向けたのはこの独自の思索の結実であったことがわかる。もう一つ注目すべき点がある。われわれがクリスティナの改宗をその「思索の跡《あと》」によって説明するのは、一見すると奇異に映るかもしれない。真の改宗とは、通常の観念では、もっと違ったふうに考えられている。それは、普通、単にさまざまな思索や推論の結果だとはみなされていない。改宗という行為には全人格がかかわること、人間の魂、感性、感情、意志、想像力などが最大限に活用されることが期待され、要求される。クリスティナにはこのような動きがまったく見られない。彼女の改宗の経緯を、純粋な宗教的問題の経緯と切り離し、両者が正反対の性格をもつことをきちんと把握する必要がある。クリスティナには、聖アウグスティヌス、ルターあるいはパスカルに見られる苦悩だらけの内面の危機が体験された形跡はまったくない。魂の激しい動揺となく、すべてが泰然と理づめで行われたようである。こうして、彼女は変化を自分の内部に抑え込むことができたから、外部からはそれらしい兆しさえ垣間見られなかったのである。身辺近く仕える人びとや、最も親しい友人や身内の人びとでさえ、女王の魂の中の苛烈な葛藤を察知できなかったのである。この時期、彼女は持ち前の自信と平静さを以て国事に携わっていた。どうしてこういうことがありえたかといえば、曖昧模糊とした動機や神秘への渇望に基づいた宗教的変化などはそもそも彼女の眼中になく、自らが指揮して管理する「理性」そのものの明晰な光にひたすら照らされることが大切だったからである。カトリシスムをかけがえのない救いの道だと突如「悟った」わけではなく、いわばこの道を「演繹した」のだった。彼女にとってカトリシスムとは、知的にも霊的にも複雑極まりない仮説の総体から引き出された、論理的に可能な唯一の結論だったのである。すでに見たように、これら仮説の多くは彼女自身から出たものであり、デカルト哲学に由来しない。イエズス会士マリネスおよびカサティによるクリスティナの教化に関する資料に照らしても、彼女の精神的独立は明らかである。彼女が純粋に外的な影響によって改宗することなどありえなかったであろう。それどころか、そんな改宗には強く抵抗したに違いない。他人の指図に盲従することほど、彼女の気性に反することはなかったからである。幼時以来、彼女は説教を毛嫌いしたが、この反感がルター派の信仰から彼女を遠ざけるのに大いに影響したと思われる。[★65]後に或るルター派の牧師に改宗の動機を尋ねられたとき、その説教が原因だったとけんもほろろに答えた。[★66]彼女は、精神的なことがらについて、権柄ずくの指導や方向づけを無条件に信頼することができなかった。改宗後でさえ、司祭や聴罪司祭の絶対的指導の意図に対して辛辣な言葉を投げつけている。[★67]彼女は常に、本来の意味における「指導者」を拒否したが、それはその名前自体がすでに不適当だからである。[★68]このような性格の女王が、たとえデカルトが適任者を自認し、天命であると悟ったとしても、彼の力をもってして「改宗」させられるはずがなかった。[★69]これと反対に、彼がクリスティナに幾つかの教説を提示し、彼女はこれを自家薬籠中のものとした上で、念頭を離れることのなかった問題——至高善や宗教的真理の問題——に適用したという仮説は、可能であるばかりか、ほとんど必然的である。デカルトのような師とクリスティナのような生徒との間では、これ以外にどんな関係がありえたであろう。だから、デカルトはクリスティナに完全に出来上がった結論を与えたり、押しつけたりはしなかった。しかし彼がなんらかの前提を与え、クリスティナがこれをさらに練り上げ、彼女自身の責任においてそこから論理的な結論を引きだしたことは十分にありうる。デカルトの教育はクリスティナにもう一つの確信、すなわち、彼女の知的葛藤は空しいものでも希望のないものでもなく、最終的には確実な解答と決着に到達するであろうという確信を抱かせる性質のものであった。デカルトが提示した道を辿る限り、懐疑主義的諦観に陥る心配はまったくなかった。というのも、デカルト哲学の懐疑はその方法に関してだけであって、その結果については、厳密に合理的だからである。デカルト哲学は根源的懐疑に始まり、理性と純粋思惟の勝利に終わる。この勝利は、デカルトによれば、宗教的真理にまで直接拡張することはおそらくできない。純粋理性によって理解され得る命題と啓示宗教の内容との間には、厳然たる境界が存在するからである。とはいえ、両者の間に越え難い深淵があるわけでもない。デカルト哲学にみられる「神の誠実さ」の教説が、二重真理説に再び陥るのを防ぐ。真理は、人間の目には、確かに二種類の異なった形をもち、異なる源泉から発しているようにみえる。しかしながら、真理は、その内容からみれば、完結した、単一のものである。われわれは真理のこの完結性を哲学的、科学的認識の分野と同様、宗教的真理の分野においても確認することができる。啓示と理性は決して矛盾する関係に立つものではない。むしろ理性の本性と起源は神的なものといってよい。それだから、クリスティナのような精神の持ち主が、「神秘的」体験を通してでなく、厳密な反省と論理的演繹の道を辿ることによって、啓示宗教に達することができ、この啓示信仰がカトリックの教義《ドグマ》の中に最も純粋で明確な表現をもつと納得できたのである。この回り道は奇妙で込み入ったものと映るかもしれない。しかし、彼女のように人並外れた複雑な性格の人間には、何ら驚くことでも不思議なことでもない。クリスティナについては、幼少時代より非常に多様な相反する教育の影響の下で人格が形成されたことを考えるとき、並の発達を遂げたとはとうてい考えられない。

彼女のこの発達は、別の事情によって、一見してそう見えるほどには奇異なものではなくなる。われわれはすでにパスカルの名を挙げたが、あらゆる点でパスカルがクリスティナの思想や宗教の観念の対蹠点にあることは確実である。パスカルは断固デカルトの主知主義に反対した。宗教上の基本的真理を形而上学的証明の対象とするいかなる試みをも峻拒した。パスカルによれば、この種の真理は証明も理解も不可能で、ただ「とらえられる」だけである。ところで、この「とらえる」のは人間の知性ではなく、心情である。ゆえに、宗教的真理と科学的あるいは形而上学的真理との間には、共通の尺度は存在しない。「心情にはそれ自身の秩序がある。精神にはそれ自身の秩序があり、それは原理と証明とによるのだが、心情にはそれとは別のものがある[*Br* 283]」[55]。神を感じるのは心情であって、理性ではない。信仰とはこのようなものである。心情に感じられる神[*Br* 278]」。パスカルの『パンセ』の目的は理性の弱さと無力さとを証明し、その傲慢をうちくだき、神の意志の下にひざまずかせることにあった。「無力なる理性よ、へりくだれ[…]そしておまえの知らないおまえの真の状態を、おまえの主から聞くがよい。神の声に耳を傾けよ[*Br* 434]」。しかしながら、パスカルは、その「ピュロン主義」[56]と「反理性主義」にもかかわらず、彼の時代、すなわち「思想の自律」を発見し、この自律を科学と哲学において、さらには詩と宗教においてさえ表現しようと欲したあの一七世紀、に属していた。パスカルにとっても、人間を人間たらしめる固有の性質が理性にあること、人間の尊厳と偉大さとが理性にあることは当然であった。「人間は一本の葦にすぎない。自然の中で最も弱いものである。だがそれは考える葦である。彼を押し潰すには一滴の蒸気[57]、一滴の水で十分である。だがたとえ宇宙が彼を押し潰しても、人間は彼を殺すものよりも高貴であろう。なぜなら、彼は自分が死ぬこと、そして宇宙が自分よりすぐれていることを知っているのだから。宇宙はなにも知らない[*Br* 347]」。

ここから、パスカルにとっても、思考を称揚し、思考からもっとも高貴な力を引きだそうとするモラルが生じる。「だからわれわれの尊厳はひとえに思考の中にある［…］。それゆえよく考えることに努めよう。ここにモラルの原理がある［*Br* 347］」。一七世紀にはデカルトがこのモラルの偉大な師であったが、パスカルほどの人でさえそこから逃れることはできなかった。クリスティナもまたこのモラルを信奉していたが、内心では束縛を感じていた。われわれは、その宗教的歩みのなかで、彼女がこのモラルに忠実ではなかったことを認めなければならないであろう。

以上見てきた諸要素をひっくるめて考慮すると、事実を客観的に表現し、理解することができると思う。心理的解釈の欠落を補うために、デカルトやクリスティナの性格を改めて俎上にのせるには及ばない。また、デカルトが委嘱された任務を誤解し、哲学教師の身でありながら、カトリックの宣教師として振る舞ったと認める必要もなければ、ましてクリスティナが、軽率にも「浅はかな思いやり」を起こし、偽りの証言を残したのではないかと疑う必要もない。これらの仮説は、クリスティナの心を捕えていた疑問――ありていに言って、確かに現代のわれわれからはひどくかけはなれた疑問ではある――の中核に迫ってみれば、十把ひとからげに潰えさってしまう。これらの疑問は、それらを胚胎させた文化のもつ特別な諸条件をしっかり抑えないかぎり、理解できないのである。われわれの説明が受けいれられるならば、この問題にまつわる小説もどきの興味の多くが失われることは、もちろん十分承知している。クリスティナは昔から「謎の人物」とされてきた。[★70] 彼女の改宗譚を残した或る同時代人によれば、この話は非常によくできていて、どんな小説よりも面白いという。[★71] ところがこの種の興味は、いっそう掘り下げ、分析してみると、消滅する。論理には少しも小説風なところはないからである。だからといってクリスティナを改宗へと導いた内面の道のりは、けっして無意味だということにはならないし、彼女の心理的および論理的動機を詳細に検討してみれば、それどころか大きな意味を持つ。この検討によって小説的魅力が減った分だけ、歴史的興味が増したというべきである。それというのも、クリスティナのなしとげた成長は、彼女の個性だけでなく、彼女が生きた時代全体の思考方法と精神状態とをいみじくも証言しているのだから。

クリスティナの知的特徴と彼女の受けた教育を記述するのはそもそも困難な仕事であるが、彼女の個性や性格を問題とするとなればその困難はいっそう増大する。この点に関する研究者の判断は激しく対立し、とうてい調停できそうにもない。政治的あるいは宗教的な党派精神に由来するこの見解の相違あるいは対立が、いつの時代にもこの評価に影を落としてきた。近年の歴史的研究は、この点に関して克服すべき障害や先入観の多くを確かに追放したが★72、まだ全員の意見が一致しているとはいえない。曲解と根拠のない嫌疑に満ちた一七世紀の論争的文献に基づいて下された多くの判断が、今日まで存続し、哲学史の著作の中にまで入り込んでいる。クーノ・フィッシャーは、デカルトとクリスティナとの関係を論じた論文で、女王の「一風変わった趣味、気紛れで移り気な性分、うわべだけの芝居がかった誇大妄想癖」を指摘し、彼女は軽率かつ無分別に、その高貴な運命を犠牲にしたと述べた。このような見方は明らかに間違いだし、一面的である。なぜなら、この見解は、クリスティナの性格に関する同時代のもっとも信頼できる証言と食い違っているだけでなく、彼女の著作からじかに受ける印象にも反するからである。クリスティナは、多くの点で「奇矯」にみえたかもしれない。だがその性格は単なる気紛れや移り気と呼べるものではない。彼女が一時の衝動によって判断したり行動することはほとんどない。思慮深く、行動するにせよ差し控えるにせよ、理由を十分納得した上でのことであり、しかもその理由が明確な規律に合致することを望んでいた。このような人物を正当に評価するには、その行動だけでなく、この規律に基づいて判断する必要がある。歴史家が、クリスティナの指導原理であった倫理的理想や命令を、にせもの、誤ったものと非難するのは勝手だが、そうするには、それを正しく見分けて、その真の意味を理解していなければなるまい。クリスティナが推敲し、生涯の終りに書き留めた倫理的省察には、おしなべて内容に一貫性が窺われる。「**敢エテ賢者タレ**[●58]」は、生涯かわることのない信条であった。彼女は思想と行動との一致、明晰な認識と道徳的勇気との合一を要求した。[★73]このような人物は、知的観点や道徳的観点で誤ることもあろうが、ためらわずに、自分の道を最後まで突き進むのである。

デカルトのモラルは「自由の観念論」に立脚する。「我思ウ、故ニ我アリ」のなかに表明された理論的観念論は、彼のモラルに反映され、このモラルを通じて内的完成の域に達する。論理学、数学および形而上学の分野における純粋認識の構築によって表現される理性の力は、この限界内にとどまりはしない。理性が真であると認めた目標、それだけが本質的だと認めた目標に、人間の意志を向かわしめるところに、理性の力の新しい発現がある。これによってのみ、デカルトの体系の調和のとれた完成が達成される。デカルトの体系は、純粋に知的な力から、今や真の生命力になったのである。理性は、認識の王国だけでなく、行動の王国においても、君主であると宣言される。ディルタイはこう述べている。「デカルトは、思考の明晰性に立脚する精神の自律性を体現している。彼にあっては、自由の意識が合理的思考の力量と独創的な形で綜合されている。そしてこれこそ、人間がこれまで到達した最も高いレベルの絶対性の意識である[★74]」。道徳意識の本性と起源それぞれを認識することは、デカルトにとって、この意識を純粋にそれ自体の上に基礎づけることを意味した。もちろん、道徳的理性は世界の中に在り、世界の支配から逃れることはできない。この理性は、禁欲の道を歩むことはできないし、歩むべきでもない。しかし、この世の富に道を踏み外したり、その光によって目がくらむことのないように求められている。道徳的理性は、ありふれた富やうわべだけの価値に代わって本質的な価値を対置するのだから、善の単なる表象から善の知識に到達する。デカルトにとって、すべての理論的知識が最終的には唯一の最高原理に帰着するのと同様に、すべての実践的知識は、結局、人間の幸福と価値とは外部からもたらされるものではなく、どちらも人間自身が作り出さねばならないという最高原理に帰着する。しかしながら、これができるのは高貴な人格、すなわち「高邁の士《オム・ジェネルー》」だけである。「高邁の士」だけが自己の意識へ完全に専念できるのであり、これによって世間の富やそれに関する見解あるいは先入観から完全に脱却できる。デカルトはすでに一六四七年のクリスティナ宛の有名な書簡で、この理想を素描していた。その後ほどなく完成し、手稿のまま女王に送った『情念論』では、この理想を体系的に基礎づけ、発展させた。至高善とは、正しく行動しようという堅い意志、およびこの意志から生まれる内的満足に存する。この善は、完全にわれわれの権能に属する唯一のものである。これ以外の「徳」あるいは幸福と称されるものは、いずれもこの至高善に依存する（『情念論』一五四項、*A-T*・XI・446）。

　この基本的見解がクリスティナにどれほど大きな影響を与えたかは、彼女の哲学的手記の各行に読みとることができる。なによりも彼女は、自分に関する事柄については自分で自由に決定を下し、これによる内的満足感に比べればその他のものは瑣末なものに過ぎないとみなす、「高邁の士」の理想に倣おうとする。行為の価値は、人間が自分自身に与えることのできる価値によって決まる。[★75] ここから、各人が自分の道を選び、決定する必要が生まれる。「人は、その人生の初めと終りとを光栄あらしめるのに足るものを、自己のうちに持たなければならない」[★76]。われわれが歴史的偉大さとか歴史的栄光と呼ぶものも、この基準を満たさなければ、空しいものにすぎない。世界史の真の英雄とは、最大の事業を成し遂げた人間を指すのではなく、最大の自己統制力をもち、それを実証した者を指すのである。真の偉大さとは、自分の欲求をすべて実行することにあるのではない。意志が自らにふさわしい目標を設定し、万難を排してそれを貫徹することにある。[★77]だから個人の出自や生活条件は重要ではない。[★78]人間は、奴隷の身であっても自由であり得るし、反対に、玉座にあっても、王者たる心と精神なしには王たり得ない。キュロス、アレクサンドロス、カエサルは偉大であったが、それは幸運にも手に入れた富によるのではなく、偉大で強靭な魂のおかげである。「彼らの魂はその巨万の富よりはるかに偉大であった」。[★79]おそらくクリスティナは——これはまさにデカルト的であるが——偉大な魂は天賦の資質であると考えていた。人間は偉大な魂を獲得すべきであるが、そのためには、ある意味で天賦の資質がなければならない。デカルトは、最高の徳と宣言したこの徳目を、手垢にまみれた「大度《マニアニミテ》」の名で呼ぶことを嘉とせず、「高邁《ジェネロジテ》」[●59]と名づけたのだが、これによって、この徳が、生まれつき意志に備わっている一つの天与の性向に依拠することを示そうとしたのであった(『情念論』一六一項、*A-T*・XI・453)。[★80]このような資質を持って生まれた人間は、互いにそれを認め合うし、身分、民族あるいは時代の違いを越えて、自分たちが同じ種類の人間であることを知る。彼らはいわば同じ勲章を身につけているのだ。[★81]クリスティナは、幼いときから、すべての時代のあらゆる国を包含するこの「偉人」の共同体に属したいと望んでいた。彼女が望んでやまなかった価値とはこれであり、これを、出自によって引き継いだどんな権利よりも高く評価していた。生涯の黄昏に近づいたころ、彼女はこう書いた。「国王としての価値は個人の功績によって決まるのであって、決して国の違いによるのではない」。[★82]この信念は彼女の言葉の端々に、また徳に関する具体的教説のいたるところに見出される。そして、ここにもデカルトとの親近性が現れている。デカルトは復讐心を英雄的な魂にふさわしくないとする。真に偉大な魂は復讐を考えない。それはこの魂が侮辱を赦すからではなく、侮辱と感じないからである。偉大な魂は、自分自身以外には何によっても傷つけられることがないこと、外部から傷つけられることはないことを、承知しているからである。それだから、憎しみや復讐を以て外部に対応する必要もなく、無視すればそれでよい(『情念論』一五六項、*A-T*・XI・447以下)。[★83]この考え方は、クリスティナの随想と箴言のなかにも繰り返し現れる。[★84]すなわち、ある箇所で述べられているように、「英雄的な魂」にふさわしい唯一の復讐とは、善行による復讐である。[★85]

われわれは、クリスティナの『箴言』(*Maximes*)とデカルトのモラルの基本原理との一致を詳細に検討すべきであった。しかし、当面の問題に関して新しい結論をそこから引き出す前に、一旦立ちどまる必要がある。これまで述べた結果に基づいて、クリスティナがその道徳哲学をデカルトと彼の教育とに負っているとするのは、いささか早計であろう。彼女に道徳的行為についての確固たる原則を最初に植え付け、モラルの「哲学」を提供したのはデカルトではなかった。デカルトと出会ったとき、クリスティナは単なる生徒ではなかった。弱冠二三歳というのに、道徳上の基本問題についてすでに深い学識を備えていた。「至高善」の本質の問題が幼時から彼女の念頭を離れなかった。シャニュによる有名なクリスティナの『肖像』は、一六四八年、すなわちデカルトのストックホルム到着前にできあがった。この書によれば、女王はときおりストア主義者のように、崇高な徳、すなわちわれわれの人生における至高善について語り合うことを好んだという[…]。人間はその出自や身分に期待すべきではなく、徳だけが追求すべき唯一の善であるとして、彼女が王冠を足元に置いた場面に接したとき、われわれは胸のすくような喜びを感じる。[★86]ところで、デカルトのモラルより先に、ストア主義のモラルが早くからクリスティナに影響を与え、その思想を方向づけ、その意志に刻印を押していたことがこの場面によって分かるのである。クリスティナは古代ストア主義を代表する作家全員に親しんでいたが、とりわけセネカとエピクテトスが気に入っていた。エピクテトスを学んでいたことはシャニュが伝えているし、[★87]イサーク・フォシウスは一六四九年にニクラス・ヘインシウス[●60]に宛てて、女王がグロノヴィウス版[●61]セネカ著作集を待ち望んでいると書いている。[★88]しかし、クリスティナが特に愛着をおぼえ、尊敬もしていたのはマルクス・アウレリウスであった。この「帝位にあるストア主義者」は、彼女が自分のために、かつ自分から求めていたものをすべて体現した偉大な手本だったからである。フラインスハイムが一六四八年一〇月に女王の名代としてイサーク・フォシウスをストックホルムへ招聘したとき、当時ロンドンで出版されたカゾーボン版[●62]のマルクス・アウレリウス『自省録』を三部必ず持参するよう念を押している。女王にとってこれにまさる献上品はなかった。それほどに、諸王のなかで最も高貴なこの帝王を手本とし、崇拝していたのである。[★89]女王にギリシア文学を進講するためロストックからストックホルムへ招聘されたヨアヒム・ゲルデスは、彼女がすでにこの分野に通暁していたことを伝えている。万巻の書物のうちで彼女がとりわけ好んだのは、新約聖書、マルクス・アウレリウスそしてエピクテトスであり、これらの書物から毎日精神の糧を得ていたようである。[★90]道徳哲学の分野におけるデカルトとクリスティナとの精神的「出会い」がどんなであったかを明らかにしようとすれば、これらの作家たちの果たした仲介的役割を見逃すわけにはいかない。ストアの弟子たる女王に向かい、デカルトがこの分野でどのような新しい見解を提供し得たかは、看過できない問題である。クリスティナがデカルトに期待していたのがこの分野における新しい見解に他ならなかったことについては、確かな証拠がある。ところで、デカルトのストックホルム招聘のきっかけとなったのは次のような出来事であった。女王は一六四七年に「至高善」に関するフラインスハイムの公開討論に臨席したが、その結果に満足できず、シャニュを通じてこの問題をより根本的に論じ、根源まで追求するようデカルトに下問した。[★91]女王がなによりも望んでいたもの、デカルト以外には当時のどの思想家にも無理だと信じていたことは、新しい内容を持つ道徳教説ではなく、それを基礎づけるための新しい方法、原理であった。だが、この点に関して、デカルトが、しかも彼だけが、女王になにを提供し得たかを理解するためには、はるか前の時代にまで遡り、全体的状況と、一七世紀の道徳哲学の思想史的背景とを詳細に検討しなければならない。

ルネサンス以降、ストア主義の学説は着々と地歩を固めてきた。「人間に関する知識」の総体は、ストア主義的観念と理想との影響下で、新たな様相を帯びるにいたった。ディルタイは、一七世紀の精神史に関する研究で、当時、これらの観念を基盤として、スコラ的、中世的世界観とたもとを分かって、新しい形の「人間学」が樹立され、人間科学と生き方の理論がその固有の形式を形成していった様子を詳らかにした。[★92] この運動はイタリアとスペインに端を発し、テレジオ[●63]、カルダーノ[●64]、ルイス・ビベス[●65]がその代表者であった。だがこれはストア主義の真の復興のほんの序曲にすぎなかった。ストア主義の復興が最高潮に達し、近代に適合した特有の形をとったのは、一六世紀のフランスであり、モンテーニュの『エセー』(*Essais*)を以て嚆矢とする。モンテーニュは、古代の遺産をそのまま復活させることはもはや問題とはせず、厳密には理論上で新たな創造を試みたわけでもない。彼はモラリストとしてその座右銘「我ハ何ヲ知ルカ」(que sçais-je ?)に忠実であったからである。いかなる道徳的ドグマもうち立てようとはしなかったし、体系的な倫理学説を発表することもなかった。モンテーニュをストアの知恵の源泉にまで導いたのは、純粋に学問的な好奇心ではなかった。その作品にはたしかに古典文学の引用がちりばめられていて、なかでもお気に入りの作家であるセネカからは、あのダナオスの娘たちのように、多くのものを汲みとったと語っている。[★93] だがこれらは単なる模倣とはほど遠く、古代の師たちの模倣に終始した一時代前のユマニストたちの方法——彼は『エセー』の有名な章で、この方法を「衒学」と呼んで排斥している——を越えたのである。「腹に食い物を一杯に詰め込んでみたところで、それが消化され、自分の血となり肉となり、体力を増強するのでなければ、何になろうか。

〔…〕われわれは他人の腕に頼り過ぎて、自分の力をだいなしにしているのだ。〔…〕私はこのように他人を当てにした乞食みたいな能力は大嫌いである。われわれは他人の知識でものしりにはなれるが、少なくとも賢くなるためには、われわれ自身の知恵によるしかないのである[★94]」。この一節にモンテーニュの決定的転心が表明されている。それまで一般的であったユマニスト流のストア主義解釈に代わり、真に「人間的な」解釈が初めて導入されたといってよかろう。モンテーニュでは、すべてに徹底した個人的な見方、独自な適応と解釈が標榜されているからである。彼は一般的な規則を立てて人を拘束しようとはしない。ただ自分を語り、自分を理解することを希望するだけである。「私は、自分自身についてもっている経験から、私が賢明になるのに必要なものを見出す[★95]」。知の観点から見るとき、この自己への限定は一見したところ懐疑主義的断念を示すようである。しかし、モラルの観点から見れば、この断念が自我の基本的な力を顕現する。なぜなら、自我は、純粋に個人的な本性を現すことによって、同時に、まさにこの個別化を通じて、人間の一般的「形」を表現するからである。モンテーニュは、思想家および作家としての際立った自分の特徴を、個別的なもの、すなわち純粋に個人的で偶発的なものに一般的なものが浸透しているところにあるとみていた。「世の著作者たちは、なにかとくべつ人と違った特徴をもって人びとに自分を伝えている。私は、はじめて、私の全存在を通じて自分を伝える。つまり、文法家とか詩人とか法曹家とかとしてではなく、ミシェル・ド・モンテーニュとしてである[★96]」。

　モンテーニュの友人で愛弟子のピエール・シャロン[●66]はさらに一歩を進めることになる。シャロンの『知恵について』(*De la Sagesse*)はモンテーニュを追蹤《ついしょう》しており、ほとんどの頁にも『エセー』の影響が感じられる。だがこの論文は、形も構想も『エセー』からみれば変化している。シャロンはあれほど懐疑的態度に固執し、飽かず人間の一切の知の弱さと不確実性とを強調したにもかかわらず、モンテーニュ以上に、この知の内的体系化を求める傾向があった。彼は善と情念とに関し一貫性のある理論を提起しようとした。ところで、彼の情念理論の構築には、ストア主義の影響とならんで、新しい理論的精神の高まりが感じられる。これが、デカルトの『情念論』をもって完結するあの展開への第一歩である。シャロンが、すでに真にデカルト的といってよい流儀で解釈したのは、何よりもまず知性と意志との関係である。それというのも、一つには、人間が所有するもののうちで、真にかつ無条件に人間に属するのは意志だけだとされているからである。それ以外は、理性にせよ、記憶力にせよ、想像力にせよ、いずれも失われることもあり、外的な出来事によって混乱することもある。ところが、意志には、真の自我、破壊されることのない自我が現れるから、人間一人一人の価値は意志に依拠するのである。[★97]また他方では、シャロンにとって、意志は知性に導かれない限りは実現されないし、行動にも移れないのは確実であった。理性の仕事である判断が、意志を啓蒙し、すべてにおいて導かなければならない。意志は、幾つかの目標を明晰かつ確実に識別することを学ばないうちは、いかなる決定も下すべきではない。この識別、価値と無価値との比量は、「判断力《ディスクール》」によってしか達成し得ないであろう。だから、意志の真の自由が保証されるためには、われわれはまずこの点について完全な自由を獲得しておく必要がある。われわれは自分自身に依拠しなくてはならない。慣例や習慣によって植えつけられたものをすべて放棄し、断固として自分の目で見、自分の判断力で判断する必要がある。もちろん、すべての条件を知ることができずに、そのためそれぞれの主題への賛否につき、完全に明晰な決定を下し得ない場合もあるだろう。しかしそんな場合でも、確実な判断を下す前提条件が欠けているときには決定を留保しさえすれば、誤謬を避けることができよう。曖昧な表象や混乱した衝動に基づいて判断するよりは、判断を一切差し控える方がよいからである。シャロンは、この学説を詳細に陳述し、基礎づけたのであるが、[★98]自分ではこれを古代懐疑派の判断停止の要請の復活に過ぎないと考えていた。だが、彼の論理構成を詳細に検討すると、それがすでにモンテーニュ流のピュロン主義を超え、デカルトの合理主義に通じる道へとすでに踏み出していることが分かる。なぜなら、シャロンが人間のすべての能力を比較検討したあげく、至高のものとしたのは理性だったのだから。真の至福の条件である精神の自由は、この能力の正しい使用にかかっている。[★99]

　ここまでみてきた歩みは、いずれも、その内容が一般的であるので時代が変わっても消えることのない、いくつかの大きな精神的動機《モチーフ》が展開されたものである。各時代はこれらの動機に、新しい、その時代に適した形を添える。しかし、形こそ異なれ、思想の内容にはどこか同一のものが含まれている。飛躍や突然の断絶は存在しない。世紀を重ねても直接結びつく共通性があり、了解が成立しうるのである。一六世紀および一七世紀におけるストア主義の同化が、静穏かつ間断なく達成されたのも当然であろう。はじめは内的衝突の気配さえ感じられなかった。この同化運動が始まると四方八方へと伝幡し、いわば内に摩擦をおこさずに続いた。ところが、一見きわめて直線的で均質に見えるこの発展の陰には、厄介な問題が一つ隠されていた。新しい哲学、近代の心理学と倫理学は、ストア主義と容易に結びつき得たが、神学とストア主義との間では困難な対立が生じようとしていた。宗教の教義がストア主義のモラルを同化しようとすれば、中世から承け継いだ教義体系、すなわちアウグスティヌスの恩寵論[●67]に基づく体系の根幹を揺るがさずにはいなかった。この体系は、意志の至高性と絶対的「自足《アウタルキー》」を説くストア派の理想とは氷炭相容れないからである。最初にストア主義を復興し、広めた者たちは、おそらくこの対立をさほど意識していなかったか、さもなければその重大性を十分感得していなかった。彼らの多くは神学者、すなわち司祭であり、高位聖職者であった。シャロンは司祭であった。倫理的著作を通してシャロンに影響を与え、その著作とエピクテトスの翻訳とによってフランスにストア主義思想を普及させるのに最も貢献したギョーム・デュ・ヴェールも司教であった。二人とも教会の権威に盾突くような人物ではなかった。それどころか、ストア主義とカトリックの教義とを完全に調和させうると信じ、そのため先頭に立とうと願っていた。★100 だがシャロンが自らの作品を展開してゆくうちに、潜在的対立がはからずも顕在化してくる。彼はその個人的理想を陳述するにあたり、自分の理想が神学のモラルの慣習的、伝統的表明の少なくともいくつかと矛盾することに、気づかざるをえなかった。神学におけるモラルでは、徳性に関する戒律はすべて神の意志に基づくとされる。善が善であるのは、それを神が欲し、認めるからである。シャロンはこの考えに真向から反対する。彼にとって、真の知恵とは即、内心の自由である。ところで、内心の自由が与えられ保証されるのは、思想と意志とが外部から規範を受け取るのではなく、自らを制御する場合に限られる。宗教的「他律」と倫理的「自律」との対立で、シャロンは迷わず後者を選ぶ。超越的な基盤を必要とするモラル、教義《ドグマ》の支持なしには自らを維持できないようなモラルは、彼の目には幻影と映った。「賢者たらんと欲する者に私が要求する真の真摯《プリュドミー》さとは、自由闊達で雄々しく、強靭で明快、動ずることなく毅然として、左顧右眄《さこうべん》せず、風向きや天候次第で立ち止まったり歩調を乱すことなく、断固我が道を行くことである。風向きや天候は変化しても、真の真摯さは変わることがない。私が言うのは判断や意志について、つまり魂についてであって、真摯さの座はここにあるのだ。[…]ところで、この真摯さの原動力は自然の法つまり普遍的な公正さと理性の法であり、これがわれわれ一人一人を啓明するのである。[…]君はこれ以外のどこにこの世の法や規則をさがしにいこうというのか。君が自分のことを探り、自分の声に耳を傾ければ、君自身のうちにないものなどあるだろうか。[…]あらゆる法律表、モーゼの戒律、ローマの一二表法、そのほか世界のすべて良い法は、隠された原典の模写、摘要に過ぎないのであり、その原典は君自身のうちにこそあるのだ。だから、これは、ちょうど時計のゼンマイと振り子のように、魂のうちにある普遍的理性の種子によって、この固有の根からわれわれのうちに生まれた、本質的、根源的かつ基本的な真摯さといってよいのだ。[…]誠実さが宗教に従属し奉仕すべきだと考える人たち、そして宗教という原動力によって動くものしか真摯さと認めない人たちは、真の宗教も真の真摯さも知らないことになる。[…]私は、楽園や地獄がなくとも、人びとが善人であることを望む。次の言葉は私には恐ろしくも忌まわしい。《私ガモシキリスト教徒デナク、神ヲ恐レズ、神罰ヲ恐レナケレバ、何デモスルダロウ》。おお、あわれで惨めな者よ、人は君のすることにどれほど感謝すべきであろうか。君は悪人ではない。なぜなら君はこの言葉を実行しないし、神罰を恐れてもいるからだ。だが私は、君が敢えてやろうと思えばできるがそれを望まない、というほうが好きだ。[…]君は善人としてふるまう。それにより人に報いられ、大いに感謝される。私は、君が人知れず善人であることを望む。君が自然と理性(これこそ神にほかならない)の欲するからこそ善人であることを、私は望むのだ。君もその一部である世界の秩序と全機構がそれを求めている。[…]私はまた、真摯さとは生まれながらに君のうちにあるもの、自然によって植え付けられたものだと考える。宗教や信仰がこれを生み出すとは考えない。宗教や信仰は、それを認め、権威づけ、栄光あらしめるものでなければならないのだ。宗教は真摯さから生まれるものであるから、[…]その原因ではあり得ない。むしろ真摯さが宗教の原因なのだ。なぜなら、真摯さは第一のもの、いっそう古く自然なものであるから。[…]だから誠実さを宗教の後にくるもの、宗教に仕えるものとする者は、全秩序を乱す者である」。[★101]

シャロンの『知恵について』は一七世紀初頭の作品である。初版は一六〇一年にボルドーで出版された。これはフランス・ルネサンスの正統な精神を表明した作品であるが、同時にデカルト主義哲学の前触れであり、先駆けでもあった。このシャロンのように、単に哲学の分野にだけでなく、宗教や神学の分野にも源泉をもつ準備があってこそ、デカルト主義が、当初から、フランスの精神文化全体に及ぼした類例のない影響力が納得できるのである。正統教義からの攻撃も、この力を弱めることはできなかった。新しい学説は神学や教会内部にも擁護者や同調者を見出した。もはやデカルト主義と対立するのでなく、デカルトの論理学や形而上学から無信仰者に対抗する武器を借用しようと試みる、新世代の神学者が誕生しつつあった。とはいえ、哲学と神学とのこの同盟は、最初から不安定な基盤の上に立っていた。なぜなら、それは理性の独立と首位とを認めることを前提としていたから、宗教教育の核心、すなわち恩寵説の核心を傷つけずにはおかない譲歩が求められていたのである。一六世紀にルネサンスと宗教改革との間、人文主義的モラルと宗教的モラルとの間に起きた抗争には、例外なくその中心にアウグスティヌスの恩寵論があった。「自由意志」に関するルターとエラスムスとの大論争[68]はその典型である。カトリックの側では、この対立はまだ表面化していなかった。人びとは、この対立が鎮静化し、妥協が成立することを望んでいた。だがこの問題が再び尖鋭化するや、解決の望みは泡と消えた。ジャンセニウス[69]が聖アウグスティヌスに関するその浩瀚な著書(一六四〇年)の中で、アウグスティヌスの恩寵論を復興し、最も根源的な形でそれを基本教義にまで高めたとき、哲学と神学との架橋は破壊されたのである。これ以後、一切が激しい対立、さらには大論争へとのめり込んだ。すなわち理性か啓示か、知か信仰か、自然か恩寵か。これらの二項対立をめぐる態度が、すべての理論的思想のみならず、実践的、政治的思想にも、また本来の意味における宗教のみならず生の営為全体にも、避けがたい方向を与え、これを決定する。

　デカルトが一六四九年にストックホルムに到着したとき、この対立はまだ始まったばかりであった。どちらの陣営も、その深刻さを本当に理解してはいなかった。デカルト自身、ジャンセニスムの最初の師となり擁護者となる人たちとまだ親交を結んでいた。アントワーヌ・アルノー[70]は、デカルトの『省察』をその出版に先立って閲読した一人であったし、これに反論を書き加えもした。そのうえ、この反論の議論は、おだやかで客観的かつ友好的調子で交わされたものであった。その後、アルノーが手掛けニコル[71]が仕上げた『ポール＝ロワイヤル論理学』[72]は、デカルト主義の手引書となるであろう。正統教義の側からデカルトの学説に向けられた攻撃に対して、アルノーは常に公然とこれを弁護し、デカルトの信仰の正統性を支持した。[★102]しかしこれは、精神的には正反対のこの二つの陣営の間に結ばれた特異な同盟であり、長い目で見れば、存続するはずはなかった。アルノーとニコルによる調停の試みは、ほどなくパスカルに一刀両断に断罪された。パスカルは論理《ロゴス》を重んじる人であり、数学者であり、この意味でデカルト主義者であった。しかし彼は、同時に、デカルト主義のみならず、一切の「哲学」すなわち一般に純理性的なすべての学説と、聖アウグスティヌスおよびジャンセニウスによる恩寵説との間に横たわる深淵を見ていた。この恩寵説と人間理性の首位および自律の主張との間には、調停の余地がなかった。パスカルは『ド・サシ氏との対話』[73]の中で、それまで様々な仕方で埋める試みがなされてきた二つの教説の間の亀裂を、その後けっして埋めることができないほど拡げたのである。彼はモラルの哲学と宗教哲学を厳格な裁定、いうなれば二者択一にかけ、それを免れることはできないとした。[★103]

　もし問題がこのような形でデカルトとクリスティナに突きつけられたとしたら、デカルトおよびクリスティナそれぞれの決定はどのようなものであったろうか。デカルトにとって、その答えは疑問の余地のないものであったろう。デカルトは、自分の哲学の内容については、教会との軋轢を避けるためならば、譲歩を厭わなかった。だが、認識の方法と原理については、一歩たりとも譲らなかった。この二点に関する彼の立場はパスカルの対極にあり、パスカルがその哲学的および神学的演繹の出発点とした前提、すなわち「堕落した理性」[74]の仮説に対する根源的異議申立てであった。デカルトの体系が成功するのも失敗するのも、理性が一定の限度内にとどまり、明晰かつ判明なる観念のみに立脚する限り、理性に固有の力によって、絶対的真理に到達し得るという仮説によっていた。これと同じ無条件の独立は道徳的意志にも認められる。[★104] クリスティナ宛の最初の書簡でデカルトはすでにこの見方を開陳しており、クリスティナはすぐにこれを信奉した。すでにデカルトと同じ地平に立っていたから、彼女は奴隷的意志[●75]という神学教義に従うことができなかった。後に、一貫してジャンセニスムを拒絶したし、カルヴァン派の予定救霊説[●76]に対する反感は激烈であった。[★105] だが、彼女が学んだ最初のカトリック教義のなかでは、この教義は教えられていなかった。その師傅はイエズス会士ばかりで、当時もその後も、奴隷的意志の教説には全力で抵抗していたからである。このため、師傅たちの教えと、古典古代およびストア主義から借用した理想との間に何ら齟齬を感じていなかった。また、ローマ聖庁は解決すべき問題をただちに理解した。クリスティナの教育のためにマリネスとカサティが受けとった指令の中には、女王がギリシア文学と古代哲学に最も興味をもっていることが明記されていた。それで、この二人の神父は、ストックホルムへ赴任する途中で、自分たちに与えられた特別任務に役立てるために、ギリシアに関して綿密に研究した。[★106] クリスティナがストア主義のモラルとキリスト教のモラルとの間に差異を感じなかったのはこのためである。それどころか、自分の道徳学説をキリスト教と結びつけることにより、尊敬してやまぬ手本であるマルクス・アウレリウスを超えることもできると信じていた。[★107]

実際のところ、今日われわれは、デカルトにせよクリスティナにせよ、理性の要求と教会の教義の要求との間にこのような調和が可能であると本気で考えていたのだとすれば、問題を甘く見ていたのだという印象をもつ。二人ともとんでもない虚妄に陥っていたことになり、一見しただけでは、デカルトほどの透徹した批判精神をもつ思想家とも思われないほどである。しかしこのことは、一七世紀前半の精神史の特殊事情を考慮するとき、この問題をめぐって対立することになる両陣営には、まだはっきりとした分け目がどこにもなかったから、よく理解できるのである。一つの時代が過ぎ去ったことを示すのは、デカルトではなくベールである。知と信仰とを初めて厳密かつ根源的に分かったのは、『方法序説』ではなく『歴史批評辞典』である。ここから次の矛盾した結果が生じ得たのだった。デカルトは、その懐疑から脱するためにロレッタ巡礼の誓いを立て、彼の新しい道がひとたび保証されると、実行に移した。人びとはこの巡礼を強く非難した。彼の不誠実さ、もしくは知的不決断が少なくとも批判の的になったのである。だがこの批判は、心理学的にも歴史的にも、的を射ていない。こういう批判は、彼の哲学のその後の展開によって提供された尺度を、デカルトに当てはめたものだが、この尺度はデカルトにとってはまだ存在していなかった。ここでは人とその学説とを区別する必要がある。デカルトが、彼の体系の諸前提に暗々裡に含まれる結果を一つ残さず引き出したであろうと期待する権利はわれわれにはない。★108 彼の時代におけるデカルトの姿を見たいのであれば、当時重視されていたいくつかの関係をみすごすことができない。客観的な歴史的判断を下すためには、まずこれらの関係の性質を知り、つぎにそれを理解することが必要である。

第四章──◉

デカルトの情念理論と思想史におけるその意義

デカルトはモラルにおいてもまったく斬新な道を示そうとする。この分野でも、いかなる権威にも頼ることを潔しとせず、古代および中世の哲学につながりかねない橋は全部断ったとしている。『情念論』は次のように書き出されている。「古代の人びとが情念について書き残したものほど、彼らの学問が誤っていたことをよく示すものはない。というのも、情念はいつの時代にもあれほど熱心に追求された題材であったにもかかわらず、[…]彼らがこれについてわれわれに教えていることはごくわずかであり、またその大部分が信ずるに足りぬものであるから、私には、彼らのとった道を捨てなければ、真理に到達できるとはとうてい思えぬほどである。それだから私は、これまでだれも触れたことのない題材を扱うのと同じ方法で書かざるを得ないであろう」(『情念論』一項、A-T・XI・327)。それにしてもデカルトが自分のモラルの絶対的独創性をこれほど確信した根拠はどこにあるのだろうか。それは学説の内容に基づいているのではない。この点では、ストア主義との緊密な一致は否定すべくもないからである。彼の学説の本質的新しさを構成し、決定的価値があると彼自身考えたのは、個々の命題の章句ではなく、その証明方法にあった。新しい道の出発点となったのは、モラルを基礎づけるこの方法である。これは、確固とした自然哲学と形而上学の仮定に依拠するものであって、ストア主義とは無縁な方法である。ストア主義の伝統が一七世紀において新しい力を再発見すればするほど、デカルトがそこから逃れる術はなかった。この伝統に四方八方から包囲され、彼がその中で生まれ育った精神的、道徳的雰囲気は早くから決定されていた。オランダ滞在は、若き日に受けたこの影響にいっそう拍車をかけ、深めた。当時オランダでは、ストア主義がユマニストによって第二の開花期を迎えていた。一七世紀のオランダ哲学の大きな学派がこれに貢献しており、これは哲学の観点からみても一大勢力であった。この学派を代表する者はユストゥス・リプシウス、ゲラルドゥス・フォシウス[77]、スキオピウス[78]およびヘインシウスたちであった。彼らの手によって、ストア主義の遺産は当時の文化に直接組込まれ得る形にある程度改変され、近代に特有の新しい色彩を帯びた。ユストゥス・リプシウスの著作『恒心論』(*De Constantia*, 1585)、『ストア哲学入門』(*Manuductio ad Stoicam philosophiam*)、『ストア主義の生理学』(*Physiologia Stoicorum*)はこの方向に力をかした。これらの作品以外にも、ゲラルドゥス・フォシウスの『異教神学について』(*De theologia gentili*)やスキオピウスの『ストア主義道徳哲学の基礎』(*Elementa philosophiae Stoicae moralis*)などを挙げることができる。ディルタイはこう述べている。「道徳思想はこの運動のおかげで比類のない力を獲得した。ローマの哲学で称揚された《自然の光》が、ストア主義の学説によって、キリスト教的理想主義によって、換言すればすべての大哲学によって、満足できる共通の基盤とみなされた。こうして、ここでも[…]人間がその自我の中へ、その存在の最奥へと新たな深化を見せた[109]」。

だが、この点で、われわれはデカルトの思想世界とクリスティナのそれとの間に重要な中間項を新たに発見したことになる。クリスティナもまた、ローマのストア学派の再構成を通じて道徳と哲学の革新を目指していたオランダの文献学者や人文主義者のサークルと親交を結んでいたからである。ユストゥス・リプシウスについていえば、クリスティナは彼の作品をいわば糧として成長した。古代の歴史家たちを模範として、真の統治術の箴言を記述したリプシウスの『政治論』(*Politicorum sive civilis doctrinae libri sex*)は、一七世紀にもっとも広く読まれ、教育に利用された書物の一冊であった。この書は、すでに一六四一年、つまりクリスティナが弱冠一五歳のときに、師傅ヨハネス・マティエによって紹介されている。[110] また、同じ年にJ・フラインスハイム――この碩学は翌一六四二年からウプサラで教壇に立つとともに、王室司書に就任し、女王と親交を結ぶことになる――の手により再版されている。[111] 同様に、J・マティエの教育によって、クリスティナはゲラルドゥス・フォシウスの『修辞学』(*Rhetoricae artis methodus per quaestiones*)を知った。[112] 後に、女王は著者フォシウスと文通している。[113] これらの些事はそれ自体はたいした意味をもたないが、一七世紀には、似通った精神をもつ人びとの間に、いかに強固な具体的、個人的な結びつきが存在したかを示す実例である。このことは、他の時代以上に、激しい対立に揺り動かされたこの時代の一大特徴といってよい。政治あるいは宗教生活のなかでは、いたるところに強い緊張感が漲っていた。宗教改革以来、宗教の統一はもはや不可能になっていた。対立はカトリックとプロテスタントとの間に限られなかった。プロテスタント各派の間でも、個々の信仰箇条をめぐって、激しい対立がみられた。同じ民族が内乱にひき裂かれ、同じ国民同士が争い、いつ果てるともなく戦っていた。だが理論的思考の世界に一歩足を踏み入れるや否や様相は一変し、すべてが静まりかえっているように感じられる。一七世紀には、この分野でも、究極の原理に関する闘争と決定がいたるところで問題となっていた。しかし、決定を下す役目は理性と客観的認識とに委ねられていた。理性と客観的認識の範囲内で、またこの両者の保護下において、失われた統一が回復されるのだ。政治的、社会的、宗教的分裂を超えて、思想の純粋な雰囲気が広がっている。思想の領域まで高まろうとする意志と力とを有する者たちは、その内面において一体であり、この一体が真正かつ不滅の善であると感じている。[114] 彼らの共有する真の「人間性」はこの一体性の中にあり、これが道徳的および精神的な態度すべての基礎を成し、至高善とみなされるあの内心の自由を与えることになる。それゆえこの精神的運動には、民族、社会あるいは宗教による境界がまったく存在しない。★115 これらの運動は、どこから発生したにせよ、喜んで受け入れられたし、絶え間ない闘争を通じてではあるが、内部摩擦を起こさずに、四方八方に広がることができた。クリスティナが成長した時代の雰囲気はこのようなものであった。そうであればこそ、プロテスタントの女王が当代随一のカトリックの思想家と交際することも可能だった。この交際は単にこの時代の産物というだけではなく、彼女の心のなかで準備されたものでもあった。

われわれは、これによって、デカルトの学説がクリスティナにどのような影響を及ぼしたかを正確に指摘することができるし、それが女王にとってどれほど決定的な意義をもったかを理解することもできる。すでにみたように、彼女は若い頃からストア主義に親しんでおり、後になっても、ストア主義的基盤が揺らぐことはなかった。しかしデカルトの識見により提示されたのは、ストア主義の重大な改造、原理に至るまでの変形であった。情念に関するデカルトの理論と判断は、古代ストア主義と同じものではなかった。古代ストア主義の要求したもの、理想として高く掲げた格律は、情念の蔑視であった。無感動、真の「アタラキシア」は完全な「アパティア」からしか生まれない。しかしデカルトの目にはこの要請は空想《キマイラ》、実現し得ぬ幻の目標と映った。彼は情念をモラリストとしてだけでなく、科学者としても検討するからである。情念は単なる自然現象であって、その限りにおいて機械論的必然の法則に従う。情念は魂と身体との合一から生まれる。したがって情念は、人間を心理・生理的組織と仮定する以上、事実として動かしようのないものとみなされねばならない。当初デカルトが決定的モラルの提唱者として語ろうとしなかった理由はここにある。彼はむしろ自然学者および生理学者として語るのである。彼は情念発生の一般条件と特殊条件とを考察し、その身体および精神の基盤を検証する。情念は身体中で生産される一定の運動であって、神経を介して、魂の座である脳の一部へと導かれる。デカルトによれば、この運動に逆らうことは、呼吸や心臓の搏動や血液循環に抵抗することと同様に、無意味なことである。この運動がどんなものであるかを思案してみてもはじまらない。それが必然的運動であることを知るだけで満足すべきであろう。デカルトは、一つ一つの情念について、厳格な機械論的必然性を証明しようと努めた。あらゆる身体運動は何らかの仕方で血液を動揺させ、これを通じて「動物精気」にまで伝えられる。この種の出来事に、魂は自らの意志によらないやり方で応答しなければならない。情念は生命現象であり、これを抑制することは生命の火を消すことに等しいであろう。★116

デカルトの学説のこれらの局面に照らしてみれば、彼がストア派のアパティアの要請に反対する理由はただちに首肯できよう。デカルトによれば、モラルとは情念から逃れる術を教えるものではない。それは情念の活用、規制、統御法を教えて、情念を道徳的理性の目標に奉仕させる力を持っている。ところで、このことが可能なのは、理性が情念相互の対立を利用して、ある情念に別の情念を対置させる場合だけである。「われわれの情念は[…]われわれの意志の作用によって直接呼びおこすことも消しさることもできず、われわれがもとうと思う情念と習慣的に結びついているもの、あるいは排除しようと思う情念に反するものを思いうかべることによって、間接的に呼びおこしたり消したりできる。だから、自分のうちに大胆さを呼びおこし、恐怖を消すためには、そうしようという意志を持つだけでは不十分であって、危険が大きくないこと、逃亡よりは防御のほうが常に安全であること、逃亡すれば後悔と恥辱しか待っていないが、勝利には栄光と喜びがあること、その他おなじような諸々の事柄を納得させる理由、対象あるいは実例を考察することに努める必要がある」。このように合理的思考は情念を魂の敵から魂の武器へと変える力を持つ。魂はこの武器を使いこなせるか否かにより、強くもなり弱くもなる。だが情念そのものがわれわれに提供するこの武器の他にも、魂はもう一つ固有の武器をもっている。真に追求すべきものと忌避すべきものとに関する、「善悪の本性に関する確固不抜の判断」がそれである。ひとたびこの判断により意志を決定し、これをしっかり守る者は、情念を免れないとしても、もはやそれを恐れる必要はない。情念が自分の理解を越えたり意志を乱したりしないことを、承知しているからである(『情念論』四〇—五〇項、*A*・*T*・XI・362以下[★117])。

この学説がクリスティナのような人物にどんな印象を与えたかは容易に察しがつく。彼女は、厳格なストア主義の地盤に立つ限りとうてい解決できないと思われた相剋から解放されたと感じた。ストア派の賢者の理想を追い求めてきたが、その理想は、「アパティア」を前提とする限り、女王にはけっして到達し得ぬものであった。熱情的で、激しい内的葛藤に苛まれていたが、その生まれついた性格を否定できなかったし、そうしたいとも思わなかったからである。自己を統御することは望んでいたが、本能を抑制したり犠牲にするつもりは毛頭なかった。このような女王が、情念の意味と本性とに関するデカルトの学説によって、本能を抑制する必要のないことを教えられた。デカルトは、情念それ自体は善でも悪でもなく、人がそれをどう使うかによってはじめて価値が定まると明言した。明晰な知性と強い意志に統御されているかぎり、情念は破壊的でないだけでなく、重要かつ有用なものとされる(『情念論』一六一項、*A*・*T*・XI・454)。「情念によって最も多く動かされる人びとが、人生の喜びを最も深く味わいうるのである。もっともそのような人が、情念を善用する術を知らず、運命に見放されるような場合には、この世で最大の辛酸をなめることもあろう。だが**知恵**の主要な働きは、情念によって引きおこされる悪を十分耐え得るものと化し、そこから**喜び**をさえ引き出せるほどに、情念を統御し、巧みに管理するという点にこそあるのだ」(『情念論』二一二項、*A*・*T*・XI・488)。クリスティナの考えもこれに変わらないことは、その『箴言集』のいたるところにうかがわれる。とりわけこの書には、彼女の深い思想を明らかにする極めて象徴的な文章がある。エピクテトスの『提要』(*Enchiridion*)が幼少から枕頭の書であったことを思い出そう。生涯を通じて彼女はエピクテトスの人となりに対し尊敬の念をもち続けた。エピクテトスは奴隷の身に生まれたが、その身を縛る鉄鎖を凡百の国王の王冠よりも光栄あるものとすべく行動し、栄誉を獲得したのだと彼女は説く。この後に、彼女の面目を躍如とさせる次の一節が続く。「しかし、凶暴な主人が単なる気晴らしのためにその片足を切ったとき、この奴隷哲学者が耐え忍んだことは許しがたい。私ならば、哲学などはものともせず、その主人の頭をたたき割ったことであろう」[★118]。この一節には、あまりに狭量な教義を押しつけようした教師に対して公然と反抗した、熱情的で激しい気性がはっきりあらわれている。クリスティナは公言する。情念はそれ自体自然なものであり、罪がないだけでなく、生活の塩であり、それなくして生活は味気のないものとなろう。それだから、強い情動とみればなんでも自制し、そこから解放されるべしとする教えは、真の理想どころか、自己欺瞞であり、「美しいキマイラ」[★119]である。だがクリスティナは、デカルトを通して、自分自身の性格と対立しない、別の形の道徳的理想主義を学ぶことができた。これによって、理性に導かれた確固たる意志の力によって衝動を支配する限り、生活を享受し、自分の性向に従うことができた。その座右銘「私は自由の身に生まれ、生きた。縛られることなく死のう」(Libero io nacqui e vissi e morro sciolto)[★120]は、内心の自由を最高の理想とし、哲学ばかりか実生活までもこの理想に追随させたデカルトの意図にも沿ったのである。

　しかしながら、この点でも、デカルトのモラルの意味を正しく評価するためには、その学説を一つの普遍的精神運動の表れ、兆しとみなす必要がある。近代精神の発展のなかでデカルト哲学はどのような転換点をしるしているのであろうか。デカルト哲学のなかに、中世に固有の世界観と人生観の変革を見るだけでは十分とはいえない。ルネサンスの変更でもあるのだ。いっそう適切に言えば、デカルト哲学は多くの点でルネサンスの基本的な概念および渇望との決定的訣別を示すのである。われわれはモラルの観点からも、自然哲学の観点からも、これを納得することができる。

　自然哲学については、「自然」という言葉がデカルトにおいては一六世紀の自然哲学とは違うひびきと意味をもっていたことにすぐに気づく。ルネサンスの特徴であり、ジョルダノ・ブルーノの対話のなかで哲学的な形をとって表明された自然へのあの熱烈な没頭、自然へのあの献身的愛は、デカルトにはその痕跡さえ見当たらない。デカルトは自然の豊潤さに我を忘れることもないし、自然の無辺性に陶然となることもない。デカルトにとって自然とは、ブルーノにとってそうであったような永遠かつ無尽蔵の生命の源泉ではないからである。生命は自然から離れて、人間のうちに引き籠もった。植物や動物はすべて魂を持たない自動機械であり、その運動は純粋に機械論的法則に従う。だから自然それ自体は愛や驚きの対象たり得ない。縦、横、奥行きから構成される延長にすぎないからである。単なる延長に驚嘆したり、愛することができようか。真に驚きの対象となるのは、認識の対象たる自然ではなく、認識それ自体であり、宇宙を数学的に理解する認識に固有の能力である。

人間の倫理的本性を考察する場合にも、ほぼ同じことがいえる。ルネサンスは、人間の感覚的本性に対して中世キリスト教が加えた束縛に反旗を翻した。この束縛からの解放、情念の自由な横溢を標榜し、情念の解放によって新しい生の概念、人間の新たな生の喜びが生まれるのを見たのである。フランスでは、ルネサンスの生んだこの新しい感性が、哲学者ではモンテーニュによって、詩人ではラブレーによって体現された。二人とも、中世の神学の見解では非難の的であった人間の本性を解放しようと願う。人間の本性は罪であるという主張を、二人はきっぱり否定する。人間の本性こそむしろすべての美と完成の唯一の源泉であると宣言される。[★121] ここから、人間は自由かつ無心に自分の本能的衝動に身をゆだねてよいし、そうすべきでもあると、彼らは結論する。恐れなければならないのは、人間の衝動でも、本能でも、情念でもなく、根源的性向が作為と習慣とにより腐敗することである。作為と習慣こそ、人間世界のすべての欠陥の原因だからである。作為と習慣の力を殺《そ》ぎ、本性の単純さと「純真さ」に立ち帰ろう。真の秩序と調和が回復されるであろう。モンテーニュはこのような単純と調和の師としてソクラテスを称える。ソクラテスが、人間の本性がそれだけでどれほど力をもつかを教えたとして称える。だがモンテーニュは、神学の教義だけでなく、理性による束縛をも拒否する。自由で束縛されない「闊達さ《レッセ・アレ》」を要求する。モンテーニュは、自分のモラルとソクラテスのモラルとの間に、再び截然たる区別を立てる。「私はソクラテスのように、生まれつきもっている気質を理性によって是正したり、自分の性分を人為的に乱したりしたことは一度もない。私はこれまでやってきたようにこれからも自然の導くままに進む。私は少しも争わない。私の主要な二つの部分はほうっておいても仲よく静かに暮らしている。だがそれは私の乳母がありがたいことにほどよく健康で温和であったからだ」[★122]。このようにモンテーニュにとっても、ラブレーと同様に、テレームの僧院のモットー「汝の欲することをなせ」(Fay ce que vouldras)が道徳律となる[★123]。デカルトはこの二人の仮説を受け入れる。しかし彼がそこから引きだす結論は別のものである。デカルトも感覚世界を避けよとか、情念を厳しく抑制せよとは要求しない。あらゆる種類の禁欲を排斥し、人生をありのままに享受すべしと教え、勧める。しかし、至高善はこのように人生を享受することにあるのではないと言う。それは、理性の力とその正しい行使にこそある。人間がその真の本性に到達するのはこの点をおいて他にないからである。デカルトは楽観主義者であるが、本性(=自然)に関する楽観主義ではなく、理性に関する楽観主義である。彼にとって真の自由と真の幸福とは、感覚の解放にあるのではなく、自律的で責任ある意志によって感覚を統御することにあるのだ。だから、彼の要求する戒律は、中世の戒律とは理論上も道徳上も別の概念に立脚するものであるが、その厳しさはけっして劣りはしない。この戒律は啓示信仰や教会によって課せられるべきものではなく、人間自身が実践すべきものである。デカルトは人間の理性的本性だけでなく、感性的本性をも信頼し、それが悪の根源だとはもはや考えない。感性的生活は恥として軽蔑すべきものではなく、むしろ必然的なものであるとする。しかしこの必然を自由に変えることが、道徳の問題であり課題でもある。『情念論』が古代ストア主義と訣別するとともに中世の教義とも袂を分かっているのはこの点である。中世の教義では情念とは罪に他ならず、人間の原初の神聖な起源からの堕落の表れであり結果に他ならなかった。一方、ストア主義にとって情念は病気である。それは理性の不在であり、ほとんど狂気に近い状態であるとされる。デカルトの倫理はこの両極論を排する。情念を独立した目標および善としてでなく、単なる手段とみなす。情念は、人間に自然にそなわった性向であり現象である限り、疑わしいものでも非難すべきものでもない。個々の情念は、たとえどれほど危険に見えようとも、何かよい面をもっている。デカルトは『情念論』の中で、いつもの透徹した方法を用いて、この正当化を一歩一歩おしすすめる。純粋かつ無条件に「悪い」といいうる情念が本当にあるだろうかと自問する。否と彼は答える。『情念論』は次のように結ばれている。「すべての情念を知った今となっては、われわれは以前のようにこれを恐れなければならない理由がない。というのも、情念はどれもその本性上善いものであること、われわれが避けなければならないのはその誤用と行過ぎだけであることが分かったのだから。誤用や行過ぎに対しては、私の説明した方策を各人が注意深く実行すれば十分であろう」(『情念論』二一一、二一二項、*A-T*・XI・485, 488)。この方策で武装した人間は情念を避ける必要もなければ、情念との戦いに空しく身をやつす必要もない。彼はむしろ情念を生活の幸福と感じるが、情念を善用することによりその幸福にふさわしい人間になろうと努力しなければならない。そこに自己と世界との新しい受容が始まる。ルネサンスとともに始まった人間精神の解放の過程は、ここに至って新たな決定的段階を迎える。英雄の理想はまだ大きな力を持って生きていた。人間はその存在を信じ、どんな抵抗や外的な制約があろうとこれを持ち続けるであろう。しかし情念の嵐はおさまった。情念の怒りは和らぎ、その激発は回避される。ルネサンス時代には哲学をさえ支配し、ブルーノの対話『英雄的狂気』[79](*Degli eroici furori*)にはじまるあの激烈な情念は、今や痕跡すらない。哲学は再び自らの主人となった。哲学は理性への復帰を説き、そのための最大の道具(オルガノン)となる。哲学は情念を恐れもしなければ神聖視もせず、理解しようと欲する。ルネサンスの荒々しい感情表出は古典主義の純粋形式の世界へと移行し、そこに自我は自らの尺度と内的平静とを発見する。クリスティナもこの新しい理想に強く魅せられた一人であった。彼女は、改宗後、中世神学のモラルに戻ることはなかったし、理論的に反論の余地のないものと自分も一時期みなしていた古代ストア主義の理想も捨てた。新しいデカルト主義のモラルの地盤に立ち、ここに「感覚の幸福」と「魂の平和」とを調和させる手段を見出したと信じたのだった。

第五章——●

クリスティナ女王と一七世紀における英雄の理想

クリスティナとデカルトとの関係がもつ意味を理解するために、われわれは問題を拡張する必要があった。われわれは精神史全体の基底を取り出す試みによって、問題を個人の地平から一般的地平へと高めたいと思ったのである。デカルトの学説は、このように考えたとき、その独創性と独立性がどれほどのものであれ、それよりはるかに広大な全体の一要素として現れてくる。比較の基準が得られるのはこの全体をもってしてである。だが、われわれが大綱を辿ってきた一七世紀における精神文化の鳥瞰図には、基本線が一本欠けている。哲学、宗教、政治そして倫理の諸観念のみを眺望しているのでは、素描が完成することはないであろう。これら観念の世界が一七世紀の性格を決定したことは確かである。だが絵に具体的な形がほどこされ、鮮明になるには、理論、実践の問題を越えて、当時における**芸術**の傾向と理想とに目を向けねばならない。ヴォルテールは、世界の精神史的考察の最初の古典的実例となった『ルイ一四世の時代』(*Le Siècle de Louis XIV*)を書いたとき、その最後の数章を一七世紀の**芸術**にあてた。フランス文化の最も貴重な貢献は哲学ではなく、芸術にあったとみていたからである。「健全な哲学はフランスではイギリスほど目覚ましい発達を遂げなかった。[…]だが雄弁、詩歌、文芸、道徳および娯楽の本については、フランス人がヨーロッパ全体に範を垂れた」と彼は言う。ところですべての芸術運動は、ヴォルテールにとって、結局一人の偉人の名に帰結する。「ピエール・コルネーユが出なかったら、散文作家たちの技量はいっこうに進歩しなかったろう[★124]」。

クリスティナ女王を一七世紀の文化のこの基本的要素とも結びつける絆を見つけることができるであろうか。女王とデカルトとの間だけでなく、女王とコルネーユとの間にも観念上の関係があるだろうか。この問いに肯定的に答える前に、問いの意味をもっと明確にしておく必要がある。ここでは、コルネーユの悲劇芸術がクリスティナの精神的および道徳的成長に与えたかもしれない影響を研究するだけで満足することはできないし、またそうすべきでもない。なぜなら、このような問題設定に対しては、**明白ナラズ**(non liquet)を以て答えるしかないからである。利用し得る資料には、私の知る限り、その手がかりとなるようなものは含まれていない。だがそれは資料にたまたま欠落があるために過ぎないとすることもできよう。クリスティナの教育に関するわれわれの知識によれば、コルネーユの詩に接しなかったとは到底考えられないからである。女王はフランス語を母国語同様に読み書きし、フランス文化賛仰の雰囲気の中で育てられた。幼時から詩歌を好んだが、それは古代のテキストだけに限られなかった。一六五三年のイエズス会士マンナーシート[●80]の伝えるところによれば、女王は古代の詩人を一人残らず知っているだけでなく、フランスやイタリアの近代詩をもそらんじていたらしい[★125]。ところでコルネーユの傑作悲劇『オラース』、『シンナ』、『ポリュークト』、『ポンペーの死』が制作されたのは一六三九―四一年であり、早熟な少女のクリスティナが学問、哲学および詩歌の世界を発見し始めた時期に当たる。この状況の下で、当時最も有名だった悲劇詩人を知らなかったというのは辻褄が合わない。しかしわれわれはこの件について決定を下すつもりはない。これは文学史家の扱う問題である。われわれにとって重要なのは、歴史上の事実関係ではなく、いわば歴史的**実体**、すなわち一七世紀の精神全体の**構造**にかかわる問題である。この点に関して、クリスティナがその生涯の終りにしるした省察録に『英雄談義』(*Les sentiments héroïques*)[★126]という題名をつけたことは偶然とは思われない。彼女はこの中で断固とした英雄の理想、古典悲劇の理想に極めて近い英雄を描いた。両者の間には、言語や文体上の特有の表現にいたるまで、細部にわたって、魂や精神の類似性が認められる。**徳**(vertu)、**栄光**(gloire)、**名誉**(honneur)、**義務**(devoir)、**偉大さ**(grandeur)、**功績**(mérite)の語が繰返し現れる。これらの言葉は、女王が自分の生活と行動の指針とするように努めた命令だったのだ。

クリスティナがこれらの言葉で表現した強い情念《パトス》を、単なる修辞としてよいとは思われない。女王は個人的には勇壮な行為を好んだ。この点で、彼女の属した時代、すなわち「バロック」時代[●81]の影響を否定することはできない。彼女は、コルネーユと同様に、表現の崇高さを華々しさあるいは仰々しさと同一視した。だからその言動の多くが芝居がかった調子をもっていた。[★127]だが、自分の真の姿とは異なる虚像を装うことは、そもそも自尊心から許せなかったようである。そこでわれわれは、比較検討することにより、次のことを確認してはばからない。すなわち、クリスティナは、フランス古典劇がそこから理想的鏡像を作り上げた「現実」から離れることがなかった。この劇の場面の多くは、われわれの尺度でおしはかるならば、今日では中身のない因習的なものに映る。しかしコルネーユは、彼なりの流儀で、ハムレットが劇芸術に課した条件を満たしたのだ。演劇の役割はいわば自然＝本性を写す鏡であるとする――「善は善のままに、悪は悪のままに、その本当の姿を抉り出して、時代の様相を浮かび上がらせる」――見方は、コルネーユにも共通のものであった。だがコルネーユの悲劇は、各時代の風俗や状況を表現することだけでなく、それを越えるものを目指していた。われわれに、義務とは何か、人間性とは何かを、普遍的な形で提示しようと欲したのだ。こういう幻想は後代の批評、とりわけレッシングによって打ち砕かれた。レッシングはフランス悲劇の作為性を見破り、真に偉大な芸術、すなわちシェークスピアの芸術をこれに対置させた。彼は『ハンブルク演劇論』の中にこう書いている。「華美と作法とが人間を機械にするのだとすれば、詩人の仕事はこの機械を再び人間に戻すことにある」。だが、コルネーユと、彼を最高の詩人として称賛していた時代とを正当に評価しようとするとき、彼の描いたものが平凡な自然＝本性ではなく英雄主義によって変容された自然＝本性であっても、それもまた「自然の真実」の表現を目指していたことを忘れてはなるまい。コルネーユは今日の人間には思慮深く「感情的《サンチマンタル》」な詩人の典型に思われているが、この意味において、本人は自分こそ「自然な《ナイーヴ》」詩人であると思っていたし、劇文学に関する理論的著作の中では、風俗を描写するにはこの種の「自然さ」が必要であると力説した。[★128] おそらくわれわれは現在こう考えている。コルネーユは人間の自然＝本性を、換言すればすべての不純物や偶発性を捨象した人間の本質を表現しようと考えたが、実際には人間の一類型、ある種の文化、ある特殊な社会階層——そこには固有の考え方、感じ方、表現法が、さらに言うならば「特異体質」の全体、独特の服装、言葉遣い、外的行動がつきまとう——の描出に成功したに過ぎないと。しかしこれによってコルネーユ劇が普遍性を失った分だけ、われわれにとっては歴史的意義が大きい。彼に道徳の規範も詩の規範も求めることはできない。だが、それだからこそ、われわれにとって、彼はその時代とそれを特徴づけた人物に関して、比類のない不滅の証人なのである。

　この角度からコルネーユ劇を考察する限りでは、コルネーユ劇はいわば歴史的認識の道具《オルガノン》として役立つであろう。一瞥しただけでは奇嬌で理解しにくいクリスティナの性格の特徴を明らかにするために、コルネーユ劇を援用する手もあろう。今日の尺度ではかると、クリスティナの考え方と行動は、全部とはいわないが、大部分は一風変わった、矛盾した、奇妙でエクセントリックなものに見えるであろう。最近の歴史的研究でもしばしばそう判断している。クリスティナの生涯に関する新資料を発見し、アゾリーノ枢機卿[●82]に宛てた書簡と『随想録』(*Pensées*)とを編集したビルトでさえ、彼女を「神経症にかかったエゴイスト」と呼んでいる。女王の極端な性格は、生来の神経症が誤った教育によってさらに増幅されたためだろうと説明している。このような見方は、クリスティナの行動につきまとう幾多の謎をとくには有効かもしれないが、また別の謎を生むことになる。気紛れと弱さは、クリスティナの肖像から受ける印象とはどうしても一致しないからである。短い治世の間[●83]、彼女は比類のない知的資質を実証しただけでなく、いったん決めた目標を変えることなく追求する強靱で自覚的な意志をもはっきり示した。ストックホルムの宮廷に伺候した諸国の大使たちは、女王がたった一人で精力的に政務を執る姿に接して、驚嘆の念を隠していない[★129]。女王が自分に課した最大の目標は平和の達成であったと思われるが、重臣たちの抵抗を排して平和を実現させたのはその力量によるものであった。カルル・グスターフへの譲位を実現するときにも、この上なく慎重かつ賢明にふるまった。その態度には時おり不可解な点がないとはいえないが、無節操や気紛れではけっしてない。その行動はどれもが予め念入りに計画され、粘り強く実行に移された[★130]。たしかにクリスティナは類をみない性格の持主であり、激しい内的矛盾に揺さぶられてはいたが、その精神に論理性がなかったわけではないし、意志に一貫性が欠けていたわけでもない。しかし、それを納得するためには、現代の尺度を以て接近すべきではない。光源を動かせば、彼女はそれまでと違うもっと明るい光の下に現れるであろう。以下、これをコルネーユ劇という光源の下において考究してみよう。クリスティナがその行動の指針をコルネーユから借用したとか、意識的に彼を「模倣した」などというつもりは毛頭ない。ただ彼女の活動に、同時代に有効であった「内在的」尺度を当ててみようと思うだけなのである。「コルネーユの古典劇が描く一七世紀の人間は」、とG・ランソンは書いている、「夢想にふけることができず、感傷というものに欠けていたから、その情念は明確な対象に向かう激しい衝動となる。彼は情念の動揺を楽しむことがない。それを快楽とはしない。情念は人間に行為の目標と力とを授ける。[…]彼が何よりも賞賛するのは、情念を御し、解き放ったり繋ぎとめたりし、状況を利用したり避ける術を知っている理性である。完全な自己統御こそ、彼が生涯かけて実現しようとした理想である。偉人はいうまでもないが、偉人に限らず当時はだれもが意志の人だった。人びとが些事や快楽しか夢見ていなかった時代に、宰相位を目指して一二年から一五年の間たゆむことなく努力したリシュリューがそうであったし、後に同じく宰相を目指したが果たさなかった政治家レ枢機卿もまた、情念によって心を乱されることも身を過つこともなく、どのような感情も正しく表現でき、時にはいとも簡単に捨て去ることができ、どんな状況でも自分の魂をたやすく制御し得た」[★131]。クリスティナもまたこのような人物の一人であった。女王にとって政治は真に枢要なことがらであったから、その中に生き、死んだ。その性格はまごうかたなく男性的であった。生まれつき持っていた性向と、女に生まれた運命との相剋に、生涯を通じて苦しんだが、個性を構成する真の精神的特徴には男も女もないと考えて、慰めとしていた。「魂に性別はない」[★132]。それだから、自分の政治的才能や使命を疑ったことなど一度たりともなかった。自分の精神が絶対に男性的であることを知っていたからである[★133]。王冠を捨てることはできたが、政治を断念することはできなかった。生涯の終りまで、権謀術数を駆使し、外交に関心を寄せ、紛争のなかに生きた。しかしながら、命令を下し統治する幸せよりも、独立を尊んだ。「誰にも従属しないことは、全世界の支配に勝る幸福である」と語っていた[★134]。こう考える女王には、結婚は考えられないことだった。その生涯を語った中で、もしわずかでも自分のうちに弱さを感じていたら、結婚していただろうと述べている[★135]。結婚とは我慢のならない束縛以外のものではあり得ないから、けっして妥協するつもりはなかった[★136]。

つまりは、その行動が時にはわれわれに奇矯に映ろうとも、クリスティナは、コルネーユがその劇の中で描き出し、詩をもって美化した現実の土台の上に、しっかり立脚していたのだ。コルネーユは愛情の詩人ではない。その目標は偉大な政治詩人になることであった。愛をそれ自体のために描いたこともないし、賛美したこともない。もちろん愛の力を知らなかったとすれば、おそらく大芸術家にはなれなかったであろうし、とりわけ大劇作家にはなれなかっただろう。だが彼は愛の力に屈しなかった。恋人たちを結びつける「共感《サンパティー》」の深さと力は十分承知している。大分析家にして合理主義者コルネーユも、この共感のなかには、何か計算や探査の及ばないもの、「何か分からないもの」(je ne sais quoi)が存在することを認めざるを得ない。[★137]だが彼は、真の英雄は理性によって情念を支配すべきであり、この非合理的な感情のおもむくままに行動してはならないとする。コルネーユ劇では愛が詩の真の主題にけっしてならないのはこのためである。愛は劇の緊張に不可欠の一つの動機《モチーフ》、行為の流れを持続させ、悲劇的葛藤へと導く原動力の一つに過ぎない。批評家や注釈家のなかには、この解釈に異を唱える者がたしかにいる。ヴォルテールがそうであって、彼は、ラシーヌでなくコルネーユに真の愛の詩人を見る。[★138]しかしこの解釈は、コルネーユの劇作品からじかに受ける印象に反するだけでなく、詩人自身の解釈とも矛盾する。「悲劇の崇高さとは」、とコルネーユは書いている、「国家の大事とか野心や復讐といった、愛よりも高貴で雄々しい情念を必要とする。[…]そこに愛を混じえてもかまわない。愛には大きな魅力があるばかりでなく、私のいう国家の大事やその他の情念に役立つところがあるからである。だが詩劇の中では、愛は一歩譲って、主役とはならずに脇役に甘んずべきである」(『劇詩について』、『全集』I・26)。詩に関するコルネーユのこの判断は、そのモラルを根源とし、これに完全に一致している。詩は愛に対しては、これ以上の高い価値を認めるべきではない。なぜなら、人生においても、少なくとも悲劇にふさわしい対象を独占しているような環境では、愛にそれ以上の高い地位を与えるべきではないからである。大きな政治上の利害に関わる世界では、行為を支配し、観客を熱中させ感動させるのは、愛とは別のもっと大きな力である。[★139]愛は装飾として、コルネーユの言葉をかりれば「余興《アレグマン》」として、劇の中で役に立ちはしても、けっして劇の本質的主題とはなり得ない。愛が国家の安寧や名誉という絶対的命令と齟齬をきたすとき、コルネーユの主人公は、男女を問わずためらうことなく後者を選ぶであろう。『ル・シッド』で、ロドリーグが意中の女性を失うかもしれぬ自分の運命をかこつとき、父ドン・ディエーグはこう答える。

> 高邁な心を持ちながら、弱音を吐くのはやめるがよい。
> 名誉は一つだが、女などいくらでもおるではないか。
> 恋は快楽にすぎぬが、名誉は義務だ。（『ル・シッド』第三幕六場[★140]）

私の知る限り、コルネーユの全作品を通じて、この規則に背反するただ一人の例外、恋に我を忘れたあまり名誉という堅固な観念に盾を突く者が、一人だけいる。それは『オラース』のカミーユである。彼女は、ローマの徳目によって、自分には不可能で非人間的なことが要求されれば、そんな徳目は捨ててかえりみないと宣言する。[★141] コルネーユは彼女を断罪する。彼女は死を以て自分の感情を償わねばならない。詩人がその栄誉を称えるのは、カミーユではなく、その意志に反する審判の執行者である兄オラースである。

愛は、政治上の大きな利害だけでなく、身分意識の要求にも席を譲らなければならない。コルネーユ劇の王女たちがその身分にふさわしくない結婚を拒否するとき、彼女たちの考えでは、社会の規範に従うからではなく、客観的な道徳律に従うからだと確信している。この道徳律に背くことは軽挙妄動そのものとされる。身分の低い男と釣合いも考えずに結婚することは、社会的理由からではなく、倫理的理由から拒絶される。王家の血筋をひく女性は国王を夫とする**義務がある**。意志がこう要求するとき、感覚や感受性に由来するものはすべて口を閉ざさなければならない。[★142]『ル・シッド』の公演がはねて帰宅の道すがら、男たちのだれもが、ロドリーグと同様に、あのようなよろこびを手にいれるためならば、恋人の父を殺すことを厭わなかったし、女たちのなかには、自分の恋人が父を殺すことを望まない者はだれもいなかった。女は恋人の死を要求しつつ、同時に彼を愛するという喜びをもつことができたからだ。そもそも満たされた愛情とはこれとは違った性格のもので、だからこそ私は詩のなかではそれを避けるのだ(『アッティラ』序文、一六六七年、『全集』VII・106)」とコルネーユは語っている。

『ピュルケリ』のなかでは、女主人公ピュルケリはレオンを愛し、彼との結婚を願っている。しかし、元老院によって女帝に選出されるや、その願いを捨てる。このとき以降、彼女はもはや恋する女ではありえない。君主以外の何者でもなく、またそれが望みでもある。この日を境として、もう一つの冷厳な法である栄光の法に従うからである。一女性ピュルケリとして約束したことを、女帝が守るわけにはいかない。女性ピュルケリの交わした約束は、いっそう高い目的の前には却かなければならない[★143]。君主の使命は恋する女のそれと両立しない。君主は内にも外にも完全な独立が求められるが、恋する女には服従が要求されるからである。ピュルケリは、自分一人では恋心を断ち切ることができない。そこでレオンのほうで納得してくれて、他の女性に思いを移してほしいと願う。レオンが愛情込めてかきくどき、情愛に訴えて強く迫ったときでさえ、これを頑としてはねつける。

おやめになって、涙は恥ずかしいもの。
やむにやまれぬ義務の前では、無用の武器というもの。
よそでならいざ知らず、涙を頼りに栄冠が得られようとも、
私は愁訴で買われた王笏を哀れと思うでしょう。(『ピュルケリ』第三幕三場)

この場面は、クリスティナの生涯に重要な意味を持った一事件と驚くほど似通っている。女王はカルル・グスターフに対して、幼いときに取り決められた二人の婚約を解消したいと申しいれた。彼の妻にはけっしてなれないと断言する。カルル・グスターフが情緒綿々とかきくどき、心に決めた最大の目標を達成できないのであれば、スウェーデンを去って二度と帰らないつもりだと言ったとき、彼女は、そんな台詞は小説の中のたわごとだと言って、腹立たしさを隠そうともせずに背を向けた。彼は単に一人の人間だというのではなく、神意によって父祖の財産を受け継ぐべく指名された者、神によって大いなる運命を与えられた者、神意に逆らうことの許されない者である。[★144] クリスティナとカルル・グスターフとの会話は一六四八年のことである。コルネーユの劇『ピュルケリ』は四半世紀後の一六七三年に書かれた。だから、それがどれほど間接的であれ、ここに示唆が本当にあったとはとうてい認められない。だが、実際の示唆が認められないからこそ、この二つの場面の類似は象徴的な価値を持つのである。すでに述べたように、われわれにとって大切なのは、出来事と出来事との関係を示すことではなく、観念と観念との関係を示すこと、歴史的な影響関係を確定することではなく、「時代の歴史的実体」とはどんなものであるかを確定することである。クリスティナが実際にカルル・グスターフと交わした会話は、コルネーユの創造した詩的対話と同じ精神、同じ道徳的雰囲気に支配されている。どちらの場合にもわれわれにとって印象深いのは、断固として揺らぐことのない信念であり、この信念はクリスティナがコルネーユから借用したものでもないし、コルネーユに誰か実在のモデルがあったのでもない。そもそもそんな必要もなかった。なぜならここに表現されているのは、行動に関する唯一無二の理想、すなわち一七世紀における「英雄」の理想であったのだから。

われわれは必ずしもこの唯一の指標だけに頼るものではない。これに劣らず意義のある他の特徴を挙げることもできる。コルネーユの主人公(英雄)を際立たせるのは、情念に対する熟慮の優越にある。どの主人公も、デカルトが『情念論』で最良の技術として称揚したもの、すなわち「魂に固有の武器」を以て情念に立ち向かう技術を、身に備え、行使する。この武器とは、コルネーユの場合にも、「明晰で判明な観念」であり、それに基づく判断である。この判断が揺らぐことはない。これにより一旦下された決定は二度と問い直す必要がない。デカルトは、「何らかの臆見に基づく決定と、真理の認識だけに立脚する決定との間には、大きな違いがある。[…]後者の決定に従うとき、人はけっして後悔することがない。これに対して、前者の決定に従ったときには、誤りに気づき、いつも後悔することになるのである(『情念論』四九項、A・T・XI・368)」と語っている。コルネーユの主人公たちもこれと変わらない。純然たる衝動、束の間の激情に身を任せることはけっしてない。彼らは、十分な省察により問題をあらゆる角度から検討した後で決定を下し、その結果がどうであれ、一旦下した決定をくつがえすことはない。最悪の結果が出てもたじろがず、彼らを脅かすものがあっても、その判断は最終的なものであるから、これを撤回することはないと繰返し保証する。この態度はコルネーユ劇ではありふれており、その表現も類似している。「必要とあれば、何度でも同じことをするでしょう」という台詞は、『ル・シッド』にも『ポリュークト』にも出てくる。[★145] クリスティナにとっても同様であって、なにごとがあろうとたじろぐことのない「不屈の強靭さ」は無条件の理想であり、ひとたび決定を下した後は、けっして撤退することがない。どんな場合にも、彼女にとって後悔とは弱さの証しとしか映らない。「怯懦《きようだ》は、克服すべき魂の弱点である[★146]」。

　クリスティナは口で言うだけで満足するような人ではなかった。生涯最大の危機にも、この格律を守って行動した。その一生を通じて、モナルデスキ[●84]に対する彼女の態度ほど不可解なものはおそらくないであろう。同時代人も後世の人も、これについてまったく同じ判断を下した。野蛮で残酷と評したのである。女王は原告と判事の二役を演じ、判決を下すやいなや刑を執行した。恩赦の懇願も司祭の懇請もその心を動かすことはできなかった。自分が外国に居住し、フランス国王の賓客として王城に迎えられていることにも、心は少しも動かなかった。モナルデスキに引導を与える司祭が恩赦を請うために再訪したときにも、まるで他人事のようにふるまったと司祭は伝えている。司祭の言葉に忍耐強く耳を傾けはしたが、懇願はにべもなくはねつけた。けっしてくつがえすことのない否《ノン》を以て答え、判決を執行させた。さらに、マザランがシャニュを介して、この行為がどのような結果を招くかを説き、執拗に再検討を求めたが、一歩たりとも後に引かなかった。「どうぞあなたから枢機卿猊下《げいか》にお伝え願いたいのですが」、とシャニュに書き送っている、「私は猊下とその主人であらせられる国王陛下のご命令とあれば何であれ従いますが、恐れることと後悔することは別でございます」。マザラン自身へ宛てた書簡には、いっそう強くその心情を吐露している。「モナルデスキに対する私の判決については」、と彼女は書いている、「もしそれが執行されていなかったとしたら、今晩床に就く前に必ずや執行することでしょう。後悔などつゆいたしておりません。もし誰かに阻止されたりしたら悔いを万世に残すでしょう」★147。クリスティナが君主としての権力や威厳を守っただけでなく、自分の判断を断固として守り通したのだと考えるとき、この信念を理解することができよう。退位後も、彼女は旧臣たちに対して絶対権があることを毫《ごう》も疑わなかった。退位勅書●85の中でも、この権利を明文を以て保留した★148。また、絶対君主は、自己と神とを除き、地上の誰にも責任を問われないとする原則も、彼女には不可侵のものと思われた★149。この点については、コルネーユとその作品の主人公たちにためらいがなかったのと同様に、クリスティナはいささかも躊躇《ちゅうちょ》しなかった。コルネーユにとっても、絶対君主が過つ可能性はあろうが、綸言《りんげん》汗ノ如シの原則は揺るがない★150。結局二人とも、君主に授けられた絶対権は、外部に対してのみならず自己の内部に向かっても及ぼされるべきだとする点で一致する。他者に対する君主の至上権は、厳しい自己統御を前提とするものでなければならない。[★151] この二条件が満たされる限り、王権は単なる政治的理想でなく、道徳的理想としても自己主張することができる。さらに言えば、この形式の下では、王権は一般に道徳的行為の規範かつ基準たりうる。[★152] クリスティナは、モナルデスキに対する行為でも、この格律を守った。人からどれほど激しく非難され、断罪されようと、その行為はけっして盲目的情念の赴くがままのものではなかった。一時的な怒りに我を忘れてふるまったのではなかった。客観的かつ冷静に検討し、判断を下したのである。モナルデスキの弁明を聴き、その過ちを告白させた。いわば、彼みずから判決を下すように仕向けたのである。[★153] 女性の身で、もっと穏当な判決を下すべきだったであろうか。彼女はそのような譲歩を嘉とはしなかった。そのような譲歩は弱さの証拠と思ったであろう。すでに正鵠を射た指摘があるように、フランス古典悲劇で用いられる徳 vertu という言葉は、今日われわれの用いる意味とは違う、もっと深い意味をもっていた。すなわちこの語は、ラテン語の virtus、イタリア語の virtù に近く、語源からして一種の「男らしさ」の理想を意味した。この男性的感性は、そこに由来する諸々の義務とともにコルネーユ劇を支配し、そこに浸透している。女性の登場人物でさえ、意志の力によって際立っているだけでなく、時には意志の力にいわば陶酔したように行動する。『ロドギュンヌ』のクレオパートルや『テオドール』のマリュールのように、彼女たちには絶対に不可能なものはなく、どんな障碍も打ち砕きうることを証明するために、一見不可能に見える課題を自分に課す。このような理想的女性像はフランス古典悲劇だけに特有のものではなく、当時の文学全体に浸透していた。ジョルジュ・スキュデリーは『著名婦人伝または女傑伝』(*Les Femmes illustres ou les Harangues héroiques*. Paris, 1661)をものしたが、この中では、時代の趣味に合わせて、クレオパトラ、ポルティア、ルクレティア、カルプルニアなどの古代の女傑、烈婦たちが、いかなる不幸や逆境にもくじけずに、その英雄的行為を貫徹する。当時のフランス小説は、ラ・カルプルネード[●86]とスキュデリー嬢とによって、徐々に歴史＝英雄的様相を帯びつつあった。[154] コルネーユはといえば、あまりにも女丈夫な女性像を描いたという批判は甘んじて受けると明言している。この悲劇詩人がこのような非難におじけづくはずもないからであろう。彼が恐れなければならないとしたら、それは男性主人公をあまりにも柔弱で女々しい性格に描いたという批判であったろう（『ソフォニスブ』序文、『全集』VI・469）。[155] これによって、クリスティナが、どれほど「奇矯」にみえたとしても、彼の作品中の女性像はクリスティナの性格を解釈する鍵となる。これによって、当時の理想の一つに深く結びついていたことが了解されるからである。

これに似た考察によって、おそらくクリスティナの生涯に関する最も困難で闇に包まれた問題の一つを、先入観なしに解決し、歴史的に正当に評価できるであろう。クリスティナが自分の生涯を通じて最も英雄的な行為だと自負していた行動が、同時代人と後世の人びとから徹底的に批判されたのも、彼女の運命というほかない。すでにその存命時から、彼女の退位は、四面楚歌とはいわないまでも、理解しがたい不可解な行為とされていた。このような行為は軽率と虚栄心とからしか生まれない、と人びとは考えた。「北方諸国第一の女王、その政治的才覚と個人的才能により王位を保つことのできた女王が」、とある人は書いた、「自ら好んできままな放浪生活に入り、すべてに父の名にふさわしくない娘であることを示した」。[156] しかし、モラルの点からも心理の点からも、ここでもまた個別的問題を一般的問題に転換することによって、より明確で満足のゆく解釈を得ることができるであろう。この転換には、再びコルネーユ劇が対照点として役立つであろう。一七世紀の心理、とりわけ政治心理に関しては、コルネーユはほとんど無尽蔵の鉱脈だからだ。彼ほど政治的紛争を巧みに描写した作家はないし、政治への情熱の秘められた網目を内側から凝視させた者はいない。最晩年の劇ではこの支配的な関心事が強すぎるあまり、芸術がわざとらしさに堕している。たとえば悲劇『オトン』では、いろいろな登場人物、オトン、ヴィニウス、ガルバ、プロティーヌの誰一人として、不変の性格をもった確固たる人物ではない。詩人はこれらの登場人物を、われわれの目前で演じられる策謀劇の中で、あたかも将棋の駒のようにゲームの必要に応じて自由に動かす。コルネーユ劇の基本テーマは野心である。しかし、青年時代に書かれた大悲劇の中では、野心と両立するだけでなく、時には野心を凌ぐことさえある、もう一つの動機がまだ働いていた。当時の作品中の人物は、権力を渇望するが、それを享受することよりも、獲得までの道程に強くひかれる。彼らが権力を志向するのは、それを享受したいからではない。成果よりもむしろ辛苦を求めるのである。だから、権力を一旦手に握ると、それは急に色褪せ、空しいものと化す。最もよく知られた例は『シンナ』の中のオーギュストである。彼は絶対権力を手に入れるために手段を選ばなかったが、権力を握った今、それも自分の欲望を満たさないと感じている。至高の権力を握りながらも、退位を思う。真の自由を獲得するには、別の道を選ぶべきだということが突然はっきりする。登った道は下らねばならない。

地上と海上とにおよぶこの絶大な帝国、
全世界に対して私が持つこの至高の権力は、
［…］
うわべだけきらびやかな美女のようなもの、
楽しむことが許されるとなるや、たちまち飽きてしまう。
野心も満たされてしまえば、心に重く、
情熱もさめてしまえば、嫌悪感がいや増すばかり。
われわれの心は、最後の息をひきとるまでは、

何らかの目標を求めるが、
もはや何も求める目標がなくなれば、自らに立ち戻る。
絶巓も極めてみれば、後は下りを思うだけだ。（『シンナ』第二幕一場）

ここでもわれわれは、再び悲劇詩という鏡の中に、クリスティナと同じ運命と、彼女に特有の考え方とを見出す。オーギュストと同様に、彼女もまた、退位を自分自身に対する勝利と信じていたし、この勝利を納め得たこと、他の君主たちが頭上に頂いている王冠を自分が足下に置き得たことを、誇りに思っていた。[★157] 王冠は、「王者の心」と形影相伴うのでなければ、[★158] 換言すれば、権力を獲得し、増すだけでなく、捨てることもできるのでなければ、[★159] 彼女にとって無価値である。クリスティナがこのように考え、感じていたのは、ストア主義＝デカルト主義に固有の「自由の観念論」の行過ぎか、あるいは病的誇張によるものだったのだろうか。このような判断は慎まなければならない。われわれは、一七世紀には、反対の性格、つまり純粋に「現実主義的な」性格の人びとが、同じ感情を持ち得たことを想起すべきである。ランソンは、コルネーユの世代、彼によればコルネーユの詩にモデルを提供したあの世代の中からレ枢機卿の名前を挙げる。レ枢機卿は、生涯を通じて政治権力の獲得に精魂を傾けた野心家の典型であった。しかしその生涯は意外な結末をむかえる。一六七五年、突如枢機卿の紫衣を脱ぎ捨て、引退を表明したのである。友人たちは、信仰生活に入るためとはいえ、なにも枢機卿の身分まで捨てるにはおよぶまいと説得したが、無駄であった。彼は赤帽を教皇に返上した。この行為に対する世人の評価は十人十色であった。「この恭々しい辞任」を、どんな代償を払おうとも話題の主にならなければ気の済まないこの俗物の打った大芝居だとみる者もいた。ラ・ロシュフーコーはセヴィニェ夫人に宛てて、レ枢機卿の引退は彼の生涯で最も輝かしいが、同時に最悪の行為だと書いた。「枢機卿の引退は敬虔を口実にしてはいますが、実は自尊心の犠牲となったのです。彼は宮廷で望みを達することができずに去ったのですが、俗世間を離れようという決心も、世間に見かぎられたからなのです」。しかしセヴィニェ夫人はこの種の非難から枢機卿を弁護した。「あの方のお心はとても高いところにおありですから」、と夫人は娘に宛てて書いている、「凡人と同じ御最後を期待することは間違いです。この上なく偉大で英雄的な行為を目標とするとき、猊下の引退は時宜にかなったことで、猊下の友人たちが嘆くのもやむをえないことです」[★160]。セヴィニェ夫人の判断はいつでも当時の人びとの判断の特徴を示唆している。そこでわれわれは彼女のこの判断から、一七世紀には「英雄主義」がわれわれが今日用いている意味とは違った意味をもっていたと結論することができる。この世紀は、芸術の分野で、厳格な形式の理想を樹立したが、モラルの分野では節度の理想がこれに対応している。この倫理・審美的命令に従えば、限度のない欲望や活動は真の偉大さではないとされた。この時代には、権力にせよ武勇にせよ、ある瞬間に立ちどまることが要求された。単なる力の誇示や歯止めのない激発は尊重されなかった。真の力とは、意志によって、自己を抑制し、慎むことにあるとされた。行動の英雄主義だけでなく、断念の英雄主義も認められていた。このような心情の実例は、純粋に精神的な分野でも数多く見られた。ここでも、栄光の頂点にあった多くの人びとが、突如それを捨てる決心をする。クリスティナが王位を譲り、レが紫衣を脱いだのと同様に、ラシーヌもまた、『イフィジェニー』と『フェードル』を発表してその創作活動が絶頂に達したとき、詩人の桂冠をはずし、舞台を捨てた[●87]。クリスティナの思想と行動とを正当に評価したいのであれば、これらの現象を思い浮かべる必要がある。クリスティナはその時代の人である。その知的および道徳的教養はすべてその時代から汲みとったものであり、それを拒否することはできなかったであろう。理論的にみちびきだされた彼女の道徳的信念の全体像とそれが形成された経緯を考察し、ストア主義およびデカルトと彼女との関係を考慮に入れ、さらに彼女の著作を念入りに研究すれば、単なる軽はずみとか「芝居がかった誇大妄想癖」などという結論がでるはずはない。すべてはむしろ彼女の誠実さ、真理に対する渇望を示している。クリスティナの運命の悲劇は、欲求と実行とを、知識と生活とを一致させ得なかった点にある。ストア主義から学んだ内心の自由の理想に抗しえなかったが、外面的生活の善を放棄するというあの「自己充足」の域には到達できなかった。彼女の全存在は、最初から、栄光すなわち外面的華やかさの誇示へと向かい、これを捨てることができなかったばかりか、捨てる気もなかった。慧眼であり、真理を愛していた彼女は、この内面の葛藤を認めないわけにはいかなかった。他方、極めて精力的で情熱的でもあったから、妥協に甘んずることもできなかったのである。

アンゲルス・シレジウス[88]の「誰であれ、自分の理想像をもっており、それが実現しない限り、その幸福は完全とはいえない」という言葉は、クリスティナの性格と生涯とを解釈する鍵を与えてくれる。彼女は、幼いときに芽生え、古代哲学とデカルトの教えとを通して不動のものとなった英雄の理想を、断念することもできない一方で、完全に実現することもできなかった。この葛藤を女性ゆえの弱さであると嘆くが、それを免れる術を知りもしなければ、また逃れようと望んでもいなかった。[161]無論この説明は不十分なものである。彼女の内面生活と同様に外面的生活をも特徴づけるあの動揺と不安定には、もっと別の深い原因があった。彼女は、自分の置かれた立場にけっして甘んじることができず、十分に満足することのない、ゲーテの言うあの「問題の多い性格」の一人であった。[162]クリスティナの性格に根気が欠けていたというわけではない。生涯に幾度となくめぐりあった危機に際して、勇気と、あれほど尊重した「不屈の根気」を示してみせた。[163]しかしながら、一旦定めた目標は粘り強く追求したが、一種の不安定さをどうしても克服できなかった。[164]このため、内面の生活にせよ外面の生活にせよ、確固とした計画に従って生活を送ることがだんだん困難となった。とはいえ、彼女が単に興味深いというだけでなく、注目すべき人物であったことに変わりはない。それは、彼女自身がそうであっただけではなく、その属していた時代の大きな理想を、時には風変わりな曲折があったとはいえ、忠実に体現していたという点で、興味深く、注目に値するのである。

原注

1＊章分けすることなく、通し番号を付した。

2＊原文中にあるものでも、訳文中に組み込めるものは除いた。

3＊書名は原綴を原則とし、初出の箇所のみ日本語訳を参考のためにいれた。ただし頻出するものや広く知られている作品については日本語題名を用いた。

第一部◉デカルトとコルネーユ

第一章　心理的、道徳的親近性

★1——コルネーユの作品の引用は、MARTY-LAVEAUX版(Les Grands Ecrivains de la France 叢書、Paris, 1862：以下たとえば『全集』、II, 56のように略記し、第II巻56ページを示す)によった。デカルトの引用はADAM-TANNERY版(以下たとえば*A.-T.*, II, 56のように略記し、第II巻56ページを示す)によった。
★2——G. KRANTZ, *Essai sur l'Esthétique de Descartes*『デカルト美学試論』、Paris, 1882.
★3——René BRAY, *La formation de la doctrine classique en France*『フランスにおける古典主義学説の形成』、Paris, 1926, p. 125。同書p. 49、一七世紀の詩学における「アリストテレス崇拝」に関する資料を参照。
★4——G. LANSON, *Le héros cornélien et le《généreux》selon Descartes*「コルネーユの英雄とデカルトによる《高邁な人》」、*Revue d'Histoire littéraire de France*, 1894, (*Hommes et livres*『人と作品』、Paris, 1895に再録)。LANSON, *L'influence de la philosophie cartésienne sur la littérature française*「フランス文学に対するデカルト哲学の影響」、*Revue de Métaphysique et de Morale*, 1896, (*Etudes d'Histoire Littéraire*,『文学史研究』、Paris, 1930に再録、p. 58参照)。フランス古典主義とデカルトとの間に関係があるとする考えは、MORNET, *Histoire de la clarté française*『フランス的明晰の歴史』、Paris, 1929, p. 60以下にも主張されている。
★5——LANSON, *Hommes et livres*, p. 132以下。
★6——LANSON, *Corneille*, 4e éd., Paris, 1913, p. 179参照。
★7——FAGUET, *Dix-septième siècle -Études littéraires* -『一七世紀、文学研究』、Paris, s. d., p. 175参照。
★8——ヴォルテールは、デカルトの本性はほとんど詩人であり、その哲学構築においてさえ詩的想像力が働いたのだと主張したようだ(*Lettres sur les Anglais, Lettre XIV ; sur Descartes et Newton*,『イギリス人に関する書簡、第14書簡：デカルトとニュートンについて』を見よ)。だが、この判断をあまり真に受けてはなるまい。皮肉な調子が明らかなこの言葉を語っているのは、心理分析家ヴォルテールではなく、「自然に関するデカルトの作り話」に、簡潔で厳密なニュートンの方法を対置させようとする論争家ヴォルテールである。

★9——FERMAT宛書簡、一六三八年七月二七日付け、*A-T.*, II, 280を参照。

★10——詳細については、LANSON, *Corneille*, p. 40以下を参照。

★11——たとえば『シンナ』第五幕三場におけるオーギュストとエミリー；『ペルタリット』第五幕五場におけるグリモアル；『ニコメード』第五幕九場におけるアルシノエ。

★12——『ソフォニスブ』(第五幕七場)で、エリックスは恋敵ソフォニスブの死に際して次のように述べる。

「嫉妬深い運命も、不実な愛も、
ソフォニスブ様の高貴なお心を変えることはできなかった。
どんな苛酷な仕打ちにも打ち勝ったあのお方が、
最後の息をひきとるとき、征服者たちは恥じいるのです」。

★13——FENELON, *Traité de l'existence de Dieu*『神の存在に関する論文』、第二部、第一章。*Œuvre*『著作集』、Paris, 1787, t. II, p. 189

★14——J. LAPORTE, *La liberté chez Descartes*「デカルトにおける自由」、*Revue de Métaphysique et de Morale*, vol. 44, 1937, p. 164を参照。

★15——MERSENNE宛書簡、一六四〇年一二月付け、*A-T.*, III, 259：「私たちの自由意志が、それ以外のどんな第一概念とくらべても、私たちにとって同様に確実なものであるとおっしゃるのは正しいのです。なぜなら、自由意志も第一概念の一つなのですから」。

★16——第四省察、*A-T.*, VII, 57も参照。

★17——この理論と実践との乖離を、デカルトは『省察』への反論に対する答弁のなかで、極めて明確な形で強調している。『省察』第二答弁、*A-T.*, VII, 149を参照。

★18——『ソフォニスブ』、『セルトリユス』および『エディップ』に対するAUBIGNACの攻撃を参照。詳細については、BRAY, *La formation de la doctrine classique en France*, p. 72. を参照。

★19——BRAY, 同書、p. 219.

★20——「ストア主義の復興」については、後出「デカルトとスウェーデン女王クリスティナ」七七頁以下参照。一六世紀に関しては、Léontine ZANTA, *La renaissance du stoïcisme au seizième siècle*『一六世紀におけるストア主義の復興』、Paris, 1914を参照。

★21——GILSON氏の*Commentaire*『方法序説注解』、Paris, 1925のとくにp. 248以下を参照。デカルトの初期の道徳原理の形成に対する新ストア主義の重要性については、MESNARD, *Essai sur la morale de Descartes*『デカルトのモラルに関する試論』、Paris, 1936, p. 9以下を参照。

★22——デカルト哲学とストア哲学は、「モラルについては、同一である」(ライプニッツ、*Philosophische Schriften*『哲学著作集』、Gerhardt版、IV, 275)。私はこの判断が正しくないことの証明を試みた。後出「デカルトとスウェーデン女王クリスティナ」八九頁以下参照。

★23——詳細については、後出第二部「デカルトとスウェーデン女王クリスティナ」、第三章を参照。

★24——G. DU VAIRの作品と、一六世紀の精神史における彼の位置については、R. RADOUANT, *Guillaume Du Vair, l'homme et l'orateur, jusqu'à la fin de la Ligue*(*1556-1597*)『ギョーム・

デュ・ヴェール、人そして雄弁家、旧教同盟解散まで、1556-1597』Paris, 1907 およびP. MESNARD, *Du Vair et le néo-stoïcisme*「デュ・ヴェールと新ストア主義」、*Revue d'histoire de la philosophie*, II, 1928, p. 142 以下を参照。

★25――デカルトのこの書簡の原典はADAM-TANNERY版には載っていない。この版が出版されたとき、この書簡は編集者のCh. ADAM氏にまだ知られていなかったからである。その後発見されたこの書簡はLeon ROTH氏の編集した*Correspondence of Descartes and Constantyn Huygens, 1635-1647*, Oxford, Clarendon Press, 1926, p. 180 以下で発表された。

第二章　悲劇概説

★26――デカルトが一六一八年、二二歳のときにベックマンのために書いた*Compendium musicae*『音楽提要』も、Victor BASCH氏がその試論で述べたように、デカルトが芸術に関心を抱いていた証拠と見なすことはできないようである(Victor BASCH, *Y a-t-il une esthétique cartésienne ?*「デカルト的美学は存在するか?」、第9回国際哲学会論文集、Paris, 1937, II, 67)。デカルトは芸術愛好者としてではなく、理論家、思想家として語っているからである。デカルトが音楽を論ずるのは、数理物理学者、生理学者および心理学者としてである。彼自身、芸術的性向によって音楽理論の問題に手を染めたのではないと言明している。コンスタンティン・ホイヘンスに宛てて音楽を論じた書簡で、次のように述べている。「もし我慢をして読んでくだされば、ドレミの歌い方も知らず、他人の歌の上手下手も判断できない人間が、耳だけに依存する主題について見解を述べることを嘉としてくださるでしょう」(*Correspondence of Descartes and Constantyn Huygens*, 1635-1647, éd. L. ROTH, Oxford, 1926, p. 248)。詩歌に対するデカルトの趣味については、本書一一頁を参照。デカルトの書簡中には、一箇所だけ、その方法を展開するならば、悲劇に関する理論に到達したかもしれない指摘がある。それはエリザベート王女宛の書簡(*A-T.*, IV, 309)で、この中で彼は、悲劇の主題に人びとがよろこびを感じるのは、どのような情念であっても、たとえ悲しみの情念であっても、魂がその情念の圧力に簡単に屈するのではなく、その圧力をはねかえすことにより自らの力を意識する限り、魂にとって心地よいからだ、と説明している。また、『情念論』では、われわれが悲劇を見て感じるよろこびは、純粋に知的なものであって、他の情念と同様に悲しみからも生じ得るとされている(*A-T.*, XI, 441)。ここにはすでに後代の美学の主要モティーフの一つ、純粋観想のモティーフがうかがわれる。

★27――『悲劇について』、『全集』、I, 52；『アラゴンのドン・サンシュ』序文、『全集』、V, 406、その他各所。

第二部◉デカルトとスウェーデン女王クリスティナ

第一章　デカルトとクリスティナの改宗

★28――「ライプニッツ手稿によるデカルトの手記、1619-20」、FOUCHER DE CAREIL 編 *Œuvres inédites de Descartes*『デカル

ト未公刊作品集』, Paris, 1859, p. 8 ; *A-T.*, X, 216 以下を参照。

★29——Guideon HARVEY, *Vanities of Philosophy and Physics*『哲学と物理学の虚栄』; ARCKENHOLTZ, *Mémoires concernant Christine, reine de Suède*『スウェーデン女王クリスティナに関する覚書き』, 4 vol., Amsterdam et Leipzig, 1751-1760, I, p. 226 を参照。

★30——BAILLET, *La Vie de Monsieur Descartes*『デカルト伝』, Paris, 1691, II, p. 432 以下 ; BRUCKER, *Historia crit. Philos.*『批判的哲学史』, Leipzig, 1742-144, t. IV., pars 2, p. 243.

★31——K. FISCHER, *Descartes' Leben, Werke und Lehre*「デカルトの生涯，作品および学説」, *Geschichte der neueren Philosophie*『新哲学史』, 4 Aufl., Heidelberg, 1897, Bd I, p. 266.

★32——W. H. GRAUERT, *Christina Königin von Schweden und ihr Hof*『スウェーデン女王クリスティナとその宮廷』, 2 vol., Bonn, 1837-1842, vol. II, p. 38 以下。

★33——Curt WEIBULL, *Drottning Christina, Studier och Forskningar*『クリスティナ女王，研究と探究』, 第二版, Stockholm, 1934, p. III.

第二章　一七世紀における「普遍神学」と自然宗教の問題

★34——*Appendix Epistol. Naudaei ad Gassendum*『ノーデのガッサンディ宛書簡付録』, p. 336 (ARCKENHOLTZ, t. II, 付録資料, No. XVIII) を参照。

★35——*Pensées de Christine Reine de Suède*『スウェーデン女王クリスティナの随想録』, éd. de BILDT, Stockholm, 1906 ; *Sentiments*『所感録』, No. 430 ;「人間を前より賢く幸せにしないものは，科学においては無用である」(*Ouvrage du Loisir*『閑摘録』, BILDT, No. 90).

★36——*Ouvrage du Loisir*, BILDT, No. 155 ;「読書は貴顕の人びとにとって義務の一部である」(同書，152)。

★37——CUSANUS, *De pace fidei*『信仰の平和について』, 第一五章。詳細については，カッシーラー，*Individum und Kosmos in der Philosophie der Renaissance*『個と宇宙』, Stud. der Bibl. Warburg, X, Leibzig, 1927, p. 29.

★38——*Das Heptaplomeres des Jean Bodin*『ジャン・ボーダンのヘプタプロメレス』, G.-E GUHRAUER による独訳と編集，Berlin, 1841, p. 156 以下を参照。

★39——GUHRAUER，同書，序文，p. LXXV 以下の指摘を参照。

★40——DILTHEY, *Das naturliche System des Geisteswissenschaften im 17. Jahrhundert*『一七世紀における精神科学の自然体系』, *Gesammelte Schriften*, II, Leibzig, 1914, p. 90 以下。

★41——*La Vie de la Reine Christine faite par elle-même*『クリスティナ自伝』第八章の次の一節を参照 :「家庭教師には心を打ち明けることができました」(ARCKENHOLTZ, t. III, p. 55) ; クリスティナの成長とその宗教上の変化に対するヨハネス・マティエの影響について，詳細は，Curt WEIBULL, *Drottning Christina*, p. 86 以下を参照。

★42——Martin WEIBULL, *Om Mémoires de Chanut*「シャニュ

の覚書きについて」、*Hist. Tidiskrift*, VII, 1887, p. 69 所収のシャニュの *Portrait*『肖像』を参照。

★43——クリスティナの宗教上の変化に関する彼女自身の証言については、BILDT, *Christine de Suède et le Cardinal Azzolino*『スウェーデン女王クリスティナとアゾリーノ枢機卿』、Paris, 1899, p. 12 以下を参照。

★44——この会話の内容については、CHANUT, *Mémoires*, III, p. 358 以下を参照；また、GRAUERT, *Christina*, I, p. 574；II, p. 56 以下も参照。

★45——EDING 宛書簡(一六三八年八月付け：*A-T.*, II, 346)参照：一六三九年八月二七日付けメルセンヌ宛書簡、*A-T.*, II, 570；また *A-T.*, II, p. 647 も参照。

★46——第四および第五省察：『哲学の原理』、第一巻、三〇節以下を参照。

★47——後出、七三頁参照

★48——ボシュエがデカルト主義の幾つかの主要命題を捨てたのは、主として、一六八七年五月二一日付け書簡に表明されたマルブランシュの教説に対する批判に起因するものである。これに対して、デカルトから確かに影響を受けたことは *Traité de la Connaissance de Dieu*『神の認識について』に徴して明らかである。

★49——ヨハネス・マティエに対する訴訟に関する詳細は、Curt WEIBULL, *Drottning Christina*, p. 96 以下を参照。

★50——この件に関しては、Curt WEIBULL の論文、前掲書、p. II 以下を参照。

★51——RANKE, *Französische Geschichte*『フランス史』、Buch XII, Cap I, 3te Aufl., Stuttgart, 1877, III, p. 186.

★52——*Sentiments*, BILDT, No. 11 ほか各所を参照。

★53——PALLAVICINI, *Vita Alexandri VII*『アレクサンデル七世伝』、Appendix；RANKE がその *Die römischen Päpste*『ローマ教皇』、II Aufl., Leibzig, 1907, III, p. 59 のなかで引用(スウェーデン女王クリスティナに関する逸話)。

★54——『クリスティナ自伝』、第一〇章；BILDT, *Christine de Suède et le Cardinal Azzolino*, Paris, 1899, p. 23.

★55——Storza PALLAVICINI が *Vita Alexandri VII* のなかで伝えている話(RANKE が *Die römischen Päpste*, III, p. 59 で引用)。

★56——この件については、CASATI から教皇アレクサンデル七世への報告(RANKE の前掲書、III, p. 61 以下に引用)を参照。

★57——デカルトがこの点でトマス主義の立場を守ったことは、彼自身しばしば認めている。たとえば *A-T.*, III, 215, 274 を参照。またビュルマンとの対話の次の一節を参照：「たしかにわれわれは神学の真理が哲学の真理に矛盾しないことを証明することができますし、またそうすべきですが、どんな仕方であれ、神学の真理を検証すべきではないのです」(*A-T.*, V, 176)。

★58——『方法序説』、第三部：「これらの格率をこのように確かめ、これらを[…]信仰の真理とあわせて、ひとまず別にしたのちは、自分の意見の残り全部について、それらを自由に捨て去ることができると判断した」(*A-T.*, VI, 28)。

★59——デカルトは宗教についてつねに二種類の真理を区別した。一方(神の存在や魂と身体との区別など)は厳密な証明が可能であるのに対して、もう一方(化体や三位一体など)は、けっして理性に反するものではないが、理性によって発見されることも、完全に理解されることもできず、特別の啓示を必要とする。この区別は、私の知るかぎり、レギウスに対する論争的著作のなかで最もはっきりと表明されている。*A-T.*, VIII, 353 以下を参照。

★60——GALDENBLAD の伝えた話：ARCKENHOLTZ, III, 210 の注を参照。

★61——『クリスティナ自伝』、ARCKENHOLTZ, III, 55.

★62——この点については、後出第三章および第四章参照。

★63——ARCKENHOLTZ の前掲書(IV, p. 19)に収録された証言のテキストを参照。(*A-T.*, XII, 600 も参照)。

★64——「女王がカトリックの信仰に入るのを妨げていた多くの問題——これが女王の二つ目の話題であった——を解決できたのは、女王がデカルト氏より聞いたことによったのである」(POISSON, *Relat. Ms. de son entretien avec la Reine de Christine à Rome en 1677* ; BAILLET,『デカルト伝』, II, p. 433 参照)。

この発言が先の言葉と一致しないこと、そしてこちらはデカルトの影響をそれほど大きなものとしていないことは明らかである。ここから歴史的研究に関して、この二つの発言のどちらを重視すべきか、どちらに客観的立証能力を認めるべきであろうか、という問題が生ずる。現在のところ、これに関する諸家の見解は極めて多様であり、その反応はもっぱら個人的好みに左右されている。クリスティナの改宗に対してデカルトが寄与したという意見に与したくなかったクーノ・フィッシャーは、この二つの告白の違いをとらえて、クリスティナの証言を十把一絡げに排斥する。「女王のこの証言は不正確であるし、とるに足らぬ追従から出たものである。個人的発言の方が、はるかに誠実に自分の気持ちを打ち明けている」(*Geschichte der neueren Philosophie*, I, p. 266 ; 前出箇所五一頁も参照)。バイイの意見はまったく異なる。敬虔なカトリック教徒バイイは、デカルトの信仰心と正統性とを証明するものであれば、何であれ強調しようとする。このため女王の個人的発言にみられる留保を次のように説明する：「女王は、とくにイタリアに居を定めて以来、最も尊敬する人たちのことをわざと冷淡に話すのが常であった」(BAILLET,『デカルト伝』, II, p. 433)。バイイのこの言葉の意味はよく分からない。なぜ女王はそれほど「冷淡をよそおう」必要があったのだろうか。バイイは、クリスティナが、イタリア人の国民的先入観を慮って、彼女の改宗に決定的役割を果たした名誉をフランス人デカルトに与えないようにしたのだと、示唆するつもりなのであろうか。この説明は信じ難いというだけでなく、問題の言葉がフランス人のオラトワール会士ポワソン師との会話に出たものであることを考えると、あり得ない話である。実際、クリスティナの二つの証言——一つは公的、一つは私的な——は、それが発せられた個別的状況を考慮に入れるとき、非常によくつじつまがあうのである。公的証言の方は少しも不正確ではないのだが、特定の目的で発せられたものである。すなわち、これは宗教当局に向けて、デカルトが正統カトリック教徒であることを証明するためのものであった(詳細については、*A-T.*, XII, 594 以下を参照)。これに対して、私的宣言の方には底意がまったくない。これはいうなれば直接後世に向けて発せられたものである。つまり、この発言はポワソン師との会話で出たのだが、女王は同師がデカルトの伝記を書くと考えており、すでに自分の意向を伝えていたということである(BAILLET,『デカルト伝』、序文p. 12を参照)。こういう状況がある以上、私的発言の方が純粋に客観的であることが疑いなく、その歴史的価値はとくに高いと評価すべきである。

★65――『クリスティナ自伝』への GALDENBLAD の注(ARCKENHOLTZ, III, 209)を参照。

★66――Curt WEIBULL, 前掲書、p. 93を参照。

★67――Sentiments, BILDT, 264-265 ; *Ouvrage du Loisir*, BILDT, 1057-1058を参照。

★68――「指導者 Directeur という言葉は知性ある人間にとって耐え難いものでなければならない」。

★69――デカルトが、その精神の傾向と思考方法から判断して、「布教者」となることなどできなかったし、また望みもしなかったことは、彼の性格を知る上で最も重要で示唆に富む文献である、ファルツ選帝侯王女エリザベートとの往復書簡に窺うことができる。エリザベート王女との関係はクリスティナとのそれよりもはるかに親密であった。デカルトは王女を指導し、その精神的発達に決定的影響を与えた。彼の書簡の調子と、その主著『哲学の原理』の献辞は、個人的にどれほど彼女に親近感を抱いており、また高く評価していたかを雄弁に語っている。しかし、デカルトの書簡や作品のどこをみても、彼女が守り通した改革派の宗教をデカルトが捨てさせようとはたらきかけたなどという徴候は、少しも認められない。

★70――「女王は謎の人物としてヨーロッパを往来した。明らかな目的も持たずにしばしば諸国を渡り歩き、他人には合点のいかない振舞いをした。人びとに残したのは、奇抜でわけの分からない出没の思い出だけだった」(BILDT., *Correspondance de Christine avec le cardinal Azzolino* 序文、Paris, 1899)。文学史的興味からいえば、E・ルナンの最初の散文作品がクリスティナ女王の謎を題材としたものであることを指摘することができる(RENAN, *Valentine de Milan, Christine de Suède, deux énigmes historiques*, éd. originale avec une préface de Jean PSICHARI, Les Amis d'Edouard, No. 48)。

★71――PALLAVICINI の言葉、GRAUERT, Christina, II, 57を参照。

第三章　一六世紀と一七世紀におけるストア主義の復興

★72――とくに Curt WEIBULL の論文、p. 79以下を参照。

★73――「良識は勇気なしには長続きしない」(*Ouvrage du Loisir*, BILDT, 538) ;「欲しいものなら強く望まねばならない」(同書、462)。

★74――DILTHEY, *Der entwicklungsgeschichtliche Pantheismus*『発達史的汎神論』等。Ges. Schriften, II, p. 349を参照。

★75――「その人の功績が、その行動を価値あるものとする」(*Ouvrage du Loisir*, BILDT, 37).

★76――*Ouvrage du Loisir*, ARCKENHOLTZ 所収、1 ère Centurie, No. 42.

★77――「真の偉大さとは、欲求をすべて実行することではなく、自分のなすべきことしか望まないことである」(*Sentiments*, BILDT, 130) ; *Ouvrage du Loisir*, BILDT, 147も参照。

★78――「人がどんな身分で、どんな生活を送っているかはどうでもよいことである。生活をありのままに考察してみれば、思い悩むにあたらないことがわかる」(*Sentiments*, BILDT, 30)。

★79――*Sentiments*, BILDT, 34.

★80――クリスティナの次の言葉を参照：「人の資質は天与のものである。それを失うことなく死ぬ者は幸せである」(*Ouvrage du Loisir*, BILDT, 17)；「資質を持たぬ人間に、それを与えることはできない」(同書、BILDT, 2)

★81――「時と所こそちがい、第一級の人びとを結びつける星がある」(*Ouvrage du Loisir*, BILDT, 157)

★82――*Sentiments*, BILDT, 117

★83――『情念論』二〇三項そのほか各所も参照

★84――「われわれ自身の他には、なにものもわれわれを傷つけることはできない。外部から来るどんなものからも、われわれは安全である」(*Sentiments*, BILDT, 227)；「偉大な魂は、軽蔑の念をもって、けだかく復讐する」(*Ouvrage du Loisir*, 24)；「復讐の喜びは偉大な心にはふさわしくない」(同書、26)；「ところで、怒りを過度に走らせるのはなによりも高慢であるから、思うに、高邁こそ怒りの行き過ぎに対する最良の治療法である。なぜなら、高邁は、奪われることがあるような善をすべて軽んじるようにするものであり、それと反対に、自由や絶対的な自己支配権――これらは誰かに腹を立てたときには失われてしまうものである――を大いに重視させるから、他の人ならさぞ腹を立てるに違いないような損害に対しても、軽蔑か、あるいはたかだか憤りを持つだけですむようにさせるからである」(『情念論』二〇三項、*A.-T.*, XI, 481).

★85――*Sentiments*, BILDT, 75.

★86――シャニュの *Portrait* (Martin WEIBULL, *Om Mémoires de Chanut, Hist. Tidskrift*, VII, 1887, p. 70) を参照。

★87――シャニュのマザラン宛書簡、一六四八年一〇月一二日付け (*A.-T.*, XII, 530) を参照。

★88――GRAUERT, 前掲書、I, 374 を参照。

★89――Freinsheim の Is. Vossius 宛書簡、一六四八年一〇月付け (*ARCKERHOLTZ*, IV, 236 所収)。

★90――「女王はギリシア人の著作に通じていたが、とりわけ新約聖書、M・アントニヌスおよびエピクテトスを好んでいた。これらの書物は彼女の精神にとって日々欠くことのできないものであった」(PLANTIN の証言、ARCKERHOLTZ, I, 345 所収)。

★91――「女王陛下は、その長口舌をお聞きになるや、彼らは問題の表面をあげつらっているだけだとお考えになり、私の意見を聞く必要があると申されたのです」(エリザベート宛書簡、一六四七年一一月二〇日付け、*A.-T.*, V, 89)。

★92――詳しくは DILTHEY, *Die Funktion der Anthropologie in der Kultur des 16ten und 17ten Jahrhunderts*『一六世紀および一七世紀の文化における人間学の役割』, *Ges. Schriften*, II, p. 416 以下を参照。

★93――『エセー』第一巻二六章「子供の教育について」。

★94――『エセー』第一巻二五章「衒学について」。

★95――『エセー』第三巻一三章「経験について」。

★96――『エセー』第三巻二章「後悔について」。

★97――CHARRON, *De la Sagesse*『知恵について』第一巻一九章

(éd. de Paris, 1783, I, p. 147 以下)。

★98――*De la Sagesse* のとくに第二巻二章を参照。

★99――「このように、人間では理性が至高のものである。理性は、その下位に、あたかも司法官のように、評価・想像力を従えており、これにより、眼前するあらゆるものを感覚の報告に基づいて認識、判断し、またその判断を実行に移すためにわれわれの感情を動員する。人間には、その任務を遂行するために、自然の法則と光とが与えられている。そのうえ、なにか疑わしいことがあれば、上長者にして至高者である理性の助言をあおぐという方法もある。これが人間の幸福な生の秩序である」(*De la Sagesse*, 第一巻二〇章)。これについてはDU VAIR, *Philosophie morale des Stoïques*『ストア主義者の道徳哲学』, p. 282 以下を参照。

★100――正統神学の教義からは、このような調和の試みはいずれも手厳しく批判された。シャロンの作品が危険な「無神論かつ無信仰」とされたのもそれである。この敵意むきだしの表現は、*La doctrine curieuse des beaux esprits de ce temps*『当代の才子たちの奇妙な教説』, Paris, 1623 という著作をものして *De la Sagesse* を攻撃したGARASSE師の罵詈雑言だけではなかった。MERSENNEの *Impiété des déistes et des athées*『理神論者および無神論者の不信心』, Paris, 1624 は、そもそもその題名からして、シャロン、カルダーノ、ジョルダーノ・ブルーノおよび「理神論者」の諸説を同一視している。

★101――*De la Sagesse*, 第二巻、三章および五章。この一節は主としてモンテーニュの『エセー』、第三巻、一二章「人相について」に依拠している。モンテーニュもシャロンも、近代世界においてはじめて「自律的」モラルの公準を表明したピエトロ・ポンポナッツィの影響を受けている。E. CASSIRER, *Das Erkenntnisproblem*『認識の問題』, 3 Aufl., I, p. 114 以下、および Henri BUSSON, *Les sources et le développement du rationalisme dans la littérature française*『フランス文学における合理主義の根源と発達』, Paris, 1922 を参照。

★102――ARNAULD の著作 *Examen d'un écrit qui a pour titre : Traité de l'essence du Corps, et de l'union de l'Âme avec le Corps, contre la Philosophie de M. Descartes*『デカルト氏の哲学に対抗して発表された《物体の本質、ならびに魂と身体との合一に関する論文》と題された著作の検証』, 1680 を参照。

★103――パスカル、『ド・サシ氏との対話』(1654-55年)、『パンセ』(Ernest HAVET版, 第五版, Paris, 1897, t. I, p. CXXI)。この対話に表明された精神史上の転回点については、SANTE-BEUVE, *Port-Royal*, 第三巻一章(第五版, Paris, 1888, II, p. 379 以下)を参照。

★104――クリスティナ宛書簡、一六四七年一一月二〇日付け、*A.-T.*, V, 81-86。純粋神学の問題には手をつけないという原則を忠実に守り、デカルトはその主要哲学著作のなかでは、人間の自由と神の全知との両立の問題に関し、自分の見解を表明することを避けた。彼の見解を再構成するためには、伝記的資料、書簡、および対話に拠らざるをえないが、ジルソン氏が *La liberté chez Descartes et la théologie*『デカルトにおける自由と神学』, Paris, 1913 のなかで明らかにしたように、そこから統一的見解は得られない。特殊な状況や個人的考察によって決定された偶発的な発言しか見つからないからである。最近、ジルソン氏のこの見解に対して、ラポルト氏がLa liberté chez Descartes「デカルトにおける自由」*Revue de Métaphysique et de Morale*, 1937, p. 101-164を発表して反論したが、この論文によってジルソン氏の見解が大きくゆらいだとは思われない。私は、ラポルト氏の指摘したテキストを検討したが、デカルトがこの問題に関して一貫した見解を持っていたとか、その学説が厳密な「反モラリスト」の方向に向いていたなどという結論は、出てこないと思う。この点について、詳細はRomano ALMERIO, Arbitrarismo divino, liberta umana e implicanze teologiche nella dottrina di Cartesio「デカルトの学説における神の自由裁量権、人間の自由およびその神学的帰結」*Rivista di Filosofia Neo-scolastica*, Suppl. spec. al vol. XXIX, Milano, 1937 のとくにp. 33以下を参照。

★105――この点については、CHANUTの*Portrait* (Martin WEIBULLの前掲書所収)p. 69を参照。

★106――*Instruzione ai due Padri da mandarsi nella Svesia*「二名のスウェーデン派遣神父への指示」(C. WEIBULLによる引用、前掲書p. 116)。

★107――すでに引用した一六四八年一〇月付けのFreinsheimの書簡(ARCKENHOLTZ, IV, 236)の次の一節を参照：「女王は諸王のなかで最も偉大なこの帝王が好きで、それを手本とし、さらには越えようとさえ努めておられる。自分はキリスト教徒だからできるはずだとおっしゃるのだ」。

★108――Henri GOUHIER氏はこの意味でデカルトと「デカルト主義」とを区別する必要を主張している。同氏の*La pensée religieuse de Descartes*『デカルトの宗教思想』Paris, 1924、および*Descartes et la religion*「デカルトと宗教」, *Rivista di Filos. Neo-scolastica*, Suppl. al vol. XXIX, Milano, 1937, p. 417以下を参照。

第四章　デカルトの情念理論と思想史におけるその役割

★109――DILTHEY、前掲書、p. 449以下。

★110――クリスティナの教育に関するJ. MATTHIAEの話(ARCKENHOLTZ, IV, 196所収)を参照。

★111――*Justi LIPSI Politicorum libri sex*『ユストゥス・リプシウスの政治論六巻』、I. FREINSHEIM版、Argentorati, 1641を参照。

★112――MATTHIAEの報告には次のように書きとめられている：Ger. Jo. Vossii Elementa Rhetorica oratoriis ejusdem partitionibus accomodata「Ger. Io. フォシウスの修辞学原論―弁論部門へのその応用」。

★113――Ger. VOSSはその著書*De historicis graecis*『ギリシアの歴史家たち』をクリスティナに献呈したいと思っていたが、その死によりこの計画は成らなかった。：GRAUERTの前掲書(付録)、第二巻、p. 433を参照。

★114――*Ouvrage du Loisir*, BILDT, 157, 参照。前出原注81を見よ。

★115――この点に関しては、特にクリスティナに関する一六五三年のMANNERSCHIEDの次の話(ARCKENHOLTZ所収)を参照：「女王の言によれば、世界はわずか二種類の民族で構成されている。一つは《高貴な人びと》であり、他方は低俗な民族である。彼女は前者を愛し後者を憎む。地上に住むいろいろな人びとがどんな名前で呼ばれているかにはまったく関心がない」。

★116——前出「デカルトとコルネーユ」、二七～二八頁参照。

★117——とくにデカルトのシャニュ宛書簡、*A-T.*, IV, 538を参照。

★118——*Sentiments*, BILDT, 437.

★119——「情念それ自体は罪のない自然なものである。——情念は生活の塩であり、それなしの生活は味気ない。哲人たちの褒めそやす平静さなどは、生彩も味気もない状態である」(*Ouvrage du Loisir*, BILDT, 360-362)；「情念は生活の塩である。人が幸福になるのも不幸になるのも、ひとえに、どれだけ激しい情念を持つかによる。——情念は不正でもなければ罪でもない。人がそれにどんな目的を与えるかによって、罪にもなり、正しいものともなる」(*Sentiments*, BILDT, 180-181)；次の主張もまさにデカルトのそれと異ならない。「情念は互いに相争う」(*Ouvrage du Loisir*, BILDT, 400)。デカルト『情念論』四五項、*A-T.*, XI, 362を参照。

★120——この座右銘を刻して彼女が鋳造させたメダルは、ARCKENHOLTZ, II, p. 309に復元されている。

★121——ラブレー、『ガルガンチュア』第四の書三二章：「フィジーの神が、最初に懐胎して産み落としたのが、美と調和だった」。

★122——モンテーニュ、『エセー』第三巻一二章「人相について」。

★123——ラブレー、『ガルガンチュア』五七章を参照。

★124——ヴォルテール、*Le siècle de Louis XIV*『ルイ一四世の時代』、三二章。

★125——「女王は古代のすべての詩人を読んで、知っておられる。イタリアやフランスの新しい詩も覚えておられるようだ」。MANNERSCHIEDの証言(ARCKENHOLTZ, II, Appendice, No. XLVIII, p. 96所収)。

★126——BILDT編*Pensées*序文、p. 8を参照。

★127——演劇はクリスティナが生涯にわたり熱中したものの一つであり、ローマにおけるその宮廷でも定期的に上演されていた。女王はその*Maximes*のなかでも、演劇の道徳的価値を弁護している。「よい劇ほど役に立つ娯楽は少ない」(*Ouvrage du Loisir*, BILDT, 400)；「宮廷には演劇が必要であるし有用でもある」(同書、p. 566)。観劇中の女王の様子を描写したド・モットヴィル嬢の興味深い話(ARCKENHOLTZ, I, p. 545所収)は、女王が舞台にどれほど熱中していたかを示している。

★128——コルネーユは『劇詩の効用と構成部分について』の中で次のように述べている。「劇詩の効用は悪徳と美徳との自然な描写にあり、この描写がすぐれたもので、またその表現が善悪を混同したり取りちがえる心配のないようにきちんと配慮されているならば、必ずその目的を達成できる」(『全集』、I, 20)。

★129——とくに一六四八年のCHANUTの*Portrait*の次の一節を参照：「女王が顧問会議でどれほど力をもっているかは、とても信じ難いほどです。女王としての資質に加えて、気品、信用、善意そして説得力がそなわっているからです」。(Martin WEIBULL, *Om Mémoire de Chanut*, *Hist. Tideskrift*, VII, 1887, p. 72)。

★130——この点については、WEIBULL の詳細な論文と判断を参考にした。同書、p. 29。

★131——G. LANSON, *Corneille*, p. 174, *Hommes et livres*, p. 131 以下を参照。

★132——*Ouvrage du Loisir*, BILDT, 636.

★133——「主よ、恩寵により、私の身体の他の部分と同様に、私の魂も男性的なものにお創り下されたこと、私の性のもつ弱さを少しもお入れにならなかったことに感謝いたします」(『クリスティナ自伝』、ARCKENHOLTZ, III, 23).

★134——*Ouvrage du Loisir*, BILDT, 469.

★135——『クリスティナ自伝』、ARCKENHOLTZ, III, 57.

★136——クリスティナは、ポーランド王選出に際して行った宣言の中で、結婚を条件にするのであれば、王位にはつかないと言った。「結婚という耐え難いくびきは私には不倶戴天の敵であるから、たとえ全世界の統治権とひきかえでも、けっして受け入れることはできない」(ARCKENHOLTZ, III, 361)。クリスティナがこの点でも、一七世紀に親しまれ文学で称揚された女性の典型、理想的女性の化身であったことは、当時のロマネスク文学を一瞥すれば分かる。スキュデリー嬢はその小説『グラン・シリュス』第一〇巻で、自分を女流詩人サッフォーになぞらえて描いている(詳しくは Victor COUSIN, *La société française au dix-septième siècled d'après le Grand Cyrus de Mlle de Scudéry*『スキュデリー嬢の《グラン・シリュス》に見る一七世紀のフランス社会』、Paris, 1858 を参照)。ところで、この作品に中に、サッフォーと、その崇拝者の一人が結婚について交わす会話がある。「きっとあなたは結婚をつまらないものと思っておられるのですね」、と男はサッフォーに言った。——「ええ」、とサッフォーは答えた、「私は結婚は長い隷属だと思いますわ」。——「それでは男は皆暴君だとおっしゃるので?」——「少なくともその可能性はありますわ。[…]男性を夫として見たとき、それが主人、しかもすぐに暴君になるかもしれない主人だと思うと、どうしてもいやになります。私が結婚嫌いに生まれついたことは神様のお恵みと感謝しています」。

★137——「ひそかな結びつき、心の通じ合いというものがありますもの。

その甘美な呼応のおかげで、似合いの魂は、
たがいに惹きつけられ、なんとも説明できないものによって、
激しく恋心を揺さぶられるのです」。(『ロドギュンヌ』第一幕五場)

「時には、なにか説明のできないものが、
私たちをとりこにし、夢中にさせ、愛さずにいられないようにするのです」。(『メデー』第二幕五場)

★138——ヴォルテール、*Commentaires sur Corneille*『コルネーユ注釈』の中の『ロドギュンヌ』第一幕五場に関する注(*Œuvres de Voltaire*, édit. BEUCHOT, t. XXXV, p. 521, Paris, 1829 年)を参照。

★139——たとえば、ラエリュスとマッシニッサとの次の対話を参

照。

「陛下がかくまで恋心を口にされるとは。正直申して、
これほど弱いお心をおもちとは、不名誉と申さねばなりますまい。

［…］

しかし君主たるもの、恋心にそのつとめを忘れ、
快楽に心を奪われるなど、王のなすべきことではございませんぞ。
国王たる者、国事を主宰しようという身で、
恋心など、王位に対する邪悪な攻撃と心得て、きっぱりと捨てるべきです。
王たる心は、このような低俗な誘惑を見下して、
常に国事のために全力を尽くすのです」。(『ソフォニスブ』第四幕三場)

★140——これと同様に、婚約者の死を嘆き悲しむカミーユに老オラースは次のように言う：

「カミーユ、いつまでも涙を流しているのではない。
これほどの名誉を得たというのに、涙を流す者があろうか。
身内の犠牲を嘆くのは心得ちがいというもの、
それにより国が救われたのだからな。
ローマはアルバに勝った。わしらにはそれで十分だ。
そのために払った代償は、すべてよろこばしいものとおもわねばならぬ。
許婚が死んだとて、男を一人なくしただけのこと、
ローマで代りを見つけるのは容易なことだ」。(『オラース』第四幕三場)

これらの詩句に表明された見解は、コルネーユ劇すべてに通底している。これはコルネーユの創作の初めから終りまで変わることのなかった常用テーマであった。われわれが引用した『ル・シッド』や『ソフォニスブ』以外にも、次のものを参照されたい：『メデー』第一幕一場(29行)：『オトン』第一幕二場(189行)：『アジェジラス』第三幕四場(1253行)：『ティットとベレニス』第五幕一場(1435行)：『ピュルケリ』第四幕一場(1330行)：『シュレナ』第三幕三場(1025行)。

★141——「凶暴なあの方たちの美徳は、無理にも幸せと思えと命ずる。
野蛮でなければ、勇敢といえないなんて。
わが心よ、勇敢な父にとって、不肖の娘となろう。
あれほど勇敢な兄にとって、ふさわしくない妹でいよう。
狂暴さが高い美徳を作るというのなら、
弱い心と思われるほうが光栄だもの」。(『オラース』第四幕四場)

★142——『ル・シッド』のなかの王女の次の言葉を参照：

「わが王家の名を汚すほど堕落するくらいなら、
自分の血を流す覚悟はできています。

［…］

わたしも王の娘である以上、
自分の相手が王でなければならないことは承知しております」。(『ル・シッド』第一幕二場)

「王子さま、たとえあなたのためでも、これ以上は無理でございます。
わたしの心は、王女と生まれた誇りに満ちているのですから、
たとえ恋の力がどれほど大きくとも、
国王陛下のご恩を忘れることなどできません」。(『ロドギュンヌ』第四幕一場)

★143――

―マルシアン
「しかし陛下は約束されました、そして陛下を縛る誓いは…」
―ピュルケリ
「今のわたしは女帝です。わたしがピュルケリであったのはむかしのこと。
切ない恋心など敵とみなす玉座についたわたしには、
恋心も臣下の一人にかわりません。
恋心とて、王位に対しては敬意を払い、
王であるこの身を危うくするようなことがあってはなりません。
恋心は、わたしの意志を裏切ることなく、わたしに従わねばなりません。
万人に対して、服従の範を垂れるのです。
わたしにはこの至高の権力こそ何よりも大切なもの、
万人にこれを示すために、私は耐えるのです」。(『ピュルケリ』第三幕一場)

★144――レオンとピュルケリとの次の対話を参照：

―レオン
「あなたへの想いを断ち切れと、この恋心を捨てよとおっしゃるのですか」。
―ピュルケリ
「どうぞわたくしを慕って下さいませ。いいえそうして下さい。
でもそれは女帝としてのわたくしのこと、もう恋人と思っては下さいますな。
恋の炎をしずめ、臣下としての熱誠を増して下さい。
[…]
そして、あなたに名誉と安楽な運命を与える方法を
あなたよりよく心得たこのわたしに、導きをお任せ下さい。(『ピュルケリ』第五幕六場)

クリスティナとカルル・グスターフとの会話の内容については、WEIBULL, *Drottning Christina*, p. 14 以下を参照。

★145――『ル・シッド』第三幕四場、『ポリュークト』第五幕三場。

★146――*Sentiments*, BILDT, 269：「良き行為のためにその後の人生が不幸になろうとも、けっしてそれをためらったり、後悔してはならない」。(*Ouvrage du Loisir*, BILDT, 148)

★147――Curt WEIBULL が公刊したモナルデスキの死に関する全資料，*Monaldescos Död, Aktstycken och Berättelser*「モナルデスキの死、記録と物語」(*Göteborys Högskolas Å rskrift*, XLIII, 1973, 4) を参照。

★148――この点については，C. WEIBULL, *Drottning Christina*

och Monaldesco「クリスティナ女王とモナルデスキ」, Stockholm, 1936, p. 89 以下を参照。

★149――クリスティナは一六五七年一一月一七日にフォンテーヌブローからサンティネリに宛て次のように書いている：「わたしのとった行動について、あなたが弁護してくださる必要はありません」。「わたしはそのことについて、神御一人以外には、誰にも説明するつもりはありません。もしわたしがあの裏切り者を、すなわち彼の犯した大きな罪を許していたとするならば、神御自身がわたしに代わり、彼を罰して下さったことでしょうから」。(WEIBULL, *Monaldescos Död*, p. 10；また同書 p. 21 の Le Bel 師の報告も参照)。

★150――「国王の絶対権に対する尊崇の念から、
国王の思召しには、とやかく申さず従わねばならぬ」。
(『ル・シッド』第一幕三場)

★151――「だが、声高に万人に向けて法を公布できる時に、
自分自身に打ちかつことは立派なこと。
[…]
華々しい大事を行うべく生まれた王は、
自分の情念をも統御し、
その至上権を自分自身に対して行使してみせるのでなければ、
自ら王をもって任じるわけにはまいらぬ」。(『アジェジラス』第五幕六場)

★152――コルネーユ劇のこの基本原理は、私の知る限り、老オラースの次の台詞に最もよく表れている：

「いかなる小さな行為にも、完璧な勇気が発揮されることを見てくださるのは、
国王方であり、お偉い方たちであり、賢明な方たちなのだ。
真の名誉を授けてくださるのは、このような方たちだけなのだ。
この方たちだけが、本当の英雄の思い出を語り続けてくださるのだ」。(『オラース』第五幕三場)

★153――クリスティナ自身とモナルデスキの死との関係については、WEIBULL, *Monaldescos död*, p. 10 を参照。

★154――詳細については、F. BRUNETIERE, Le Roman français au dix-septième siècle「一七世紀のフランス小説」(*Etudes critiques sur l'histoire de la littérature française*『フランス文学史の批判的研究』, 4e série, Paris, 1891 所収) p. 27 以下を参照。

★155――この点について、クリスティナが、当時のフランス文学において、新しい理想的「英雄」を代表していた文芸サークルと個人的に密接な関係をもっていたことを指摘できるのは興味深い。ジョルジュ・スキュデリーは女王に彼の叙事詩篇『アラリック』(*Alaric*, 1654)を献呈し、また妹のマドレーヌ・ドゥ・スキュデリーはその作品『ル・グラン・シリュス』のなかに、クリスティナの肖像を挿入した。この作品には、歴史小説の形の下、フランスの宮廷およびフランス社会の数多くの男女を描いている。(詳しくは Victor Cousin, *La société française au dix-septième siècle*『一七世紀におけるフランス社会』I, p. 210 以降を参照。)

★156――*Kuno FISCHER*, *Descartes*, p. 253.

リスティナとアゾリーノ枢機卿との往復書簡がとくにこの印象を与える。

★157——一六四八年のCHANUTの*Portrait*の余白にクリスティナは次のように書き込んだ：「それゆえ、彼女は他の国王たちが頭上に頂いているものを、足下に置いたことを栄光とみなしているのだ」(WEIBULL, *Mémoires de Chanut*, *His. Tideskrift*, 1887, p. 70参照)。

★158——「王者にふさわしい心情をもたぬ者は、王とはいえない」(*Ouvrage du Loisir*, BILDT, 901).

★159——『ロドギュンヌ』第一幕三場の次の言葉を参照：

「高邁な心の持ち主は、王冠を譲り、それにより栄光を得る。

この勇気ある行為によって、人びとの記憶に残るのだ」。

★160——セヴィニェ夫人の娘宛の書簡、一六七五年六月五日付け。本書におけるレ枢機卿の引退に関する指摘は、R. DE. CHANTELAUZE, *Le cardinal de Retz et les Jansénistes*「レ枢機卿とジャンセニストたち」(SAINTE-BEUVE, *Port-Royal*, 5e éd., Paris, 1888, V, p. 526-605に付録として所収)に拠っている。クリスティナとレ枢機卿との関係については、CHANTELAUZE, *Le cardinal de Retz et ses missions diplomatiques à Rome*『レ枢機卿とローマにおけるその外交任務』Paris, 1879, p. 416を参照。

★161——『クリスティナ自伝』、ARCKENHOLTZ, III, 68を参照。

★162——ゲーテ、*Maximen und Reflexionen*『箴言と省察』Max HECKER編、Weimar, 1907, No. 134.

★163——「不屈の勇気は何ごとにもたじろがない」(*Ouvrage du Loisir*, BILDT, 125)。

★164——BILDTの編集による一六六六年から一六六八年までのク

第一部◉デカルトとコルネーユ

第一章　心理的、道徳的親近性

●1――ランソン Gustave Lanson (1857-1934)　フランスの文学史家、ソルボンヌ大学教授。一九世紀の歴史学に範を求めた、厳密な考証的手法による文学史を樹立した。

●2――シャプラン Jean Chapelain (1595-1674)　フランスの詩人、文芸批評家・理論家。詩人としては凡庸であったが、宰相リシュリューの信頼を得て、アカデミー・フランセーズでその代弁者の役割を果たした。「ル・シッド論争」では、リシュリューの意向を汲んで『ル・シッドに関するアカデミーの意見』(一六三八年)を発表した。

●3――詩と歴史との区別に関するアリストテレスの考え「……歴史家はすでに生起した事実を語るのに対し、詩人は生起する可能性のある事象を語る……。このゆえに、歴史に比べると詩の方が、よりいっそう哲学的すなわち学問的でもあるし、また品格もよりいっそう高い。その理由をさらに換言してみれば、詩が語るのはむしろ普遍的な事柄であるのに対し、歴史が語るのは個別的な事件だからである」。(『詩学』第九章：1451b)

●4――ファゲ Emile Faguet (1847-1916)　フランスの文学史家、文芸批評家。『デバ』誌の劇評欄を担当するとともに、一六世紀から一九世紀にわたって、幅広い分野にわたり論評を発表した。一九〇〇年アカデミー会員に選ばれた。

●5――プラトンの詩に関する評価　詩(および悲劇)は「聴く人々の心に害毒を与える」(『国家』第一〇巻：595B)：「ホメロスをはじめとしてすべての作家(詩人)たちは、人間の徳……に似せた影像を描写するだけの人々であって、真実そのものについてはけっして触れていない」(同：600E)：「真似を事とする作家(詩人)というものは……真理とくらべれば低劣なものを作り出し……、魂の低劣な部分と関係を持ち、最善の部分とは関係をもたない……」。(同：605A-B)

●6――物理的影響　influx physique, physischen Einfluß　ライプニッツによれば、単純実体すなわちモナドは自己のうちに一切の変化の原理をもつのであるから、他のモナドから物理的な影響を受けることがない。

「しかし、単純実体の場合、あるモナドは他のモナドに観念的な影響 une influence idéale をおよぼすだけであり、これも神の仲介によらなくては効果をもつことはできない。……なぜなら、創造されたモナドは他のモナドの内部に物理的な影響をおよぼすことはできない……」。(『モナドロジー』五一節：ただし「影響」の原語は influx ではなく influence である／西谷裕作訳、『ライプニッツ著作集』第九巻、工作舎、一九八九年)。

●7――予定調和　harmonie préétablie, prästabilierter Harmonie　ライプニッツの基本概念の一つ。前項に述べたように、一つ一つのモナドは個別的実体であって、互いに影響を及ぼし合うことがないのであるが、全体としてこの世界を構成するものとして、一つのモナドに生ずる変化は常に他のモナドのそれと対応して、一つの調和体を構成している。それは神が、世界を創造するにあたって、この根本的調和を予定したからであるとされる。

●8——植物的魂と感覚的魂　アリストテレスによれば、「魂は生物体の原因であり原理である」(『デ・アニマ』第二巻第四章、415b)であるが、魂の能力としては「栄養的なもの、感覚的なもの、欲求的なもの、場所的に移動できるもの、思考的なもの」(同第三章、414a-b)がある。このうちで、「植物には栄養能力だけが備わり、他のもの(=動物)にはこれと感覚的能力が備わっている」(同、414b)とされる。この分類法は、基本的にスコラ哲学に受け継がれた。「霊魂をその活動との関連において考察するならば、三重の能力、すなわち栄養的・感覚的・理性的能力が現れる。……すなわち、植物やその根の中にあるのが栄養的霊魂、獣の中にあるのが感覚的霊魂、人間の中にあるのが理性的霊魂である」(バルトロマエウス・アングリクス『事物の属性について』多井一雄訳、『中世思想原典集成』一三巻、平凡社)。なおデカルトは植物的霊魂および感覚的霊魂は心身の混同によるものだとしてこの分類を認めなかった。「……そのためわたしは、次のように想定することで満足した。神は、手足の形状も器官の内部構造も、われわれの一人とそっくりの一個の人体を作ったのだ、と。しかも神はわたしが記述した物質だけを用いてそれを組み立てたのであり、最初はその人体のなかに、理性的魂âme raisonnableも、植物的あるいは感覚的魂âme végétante ou sensitiveの働きをする何ものも宿らせることなく、ただわたしが先ほど説明したあの光なき火の一種をその心臓のなかに生じさせた」(『方法序説』第五部参照/谷川多佳子訳、岩波文庫、一九九七年)。

●9——魂の基体　fundus animi　ライプニッツによれば、「真の一性を有する単純実体がすべて、始まりも終わりも奇蹟によってのみ与えられ得るとするならば、それは創造によってのみ生成し絶滅によってのみ死滅するということになる」(『実体の本性と実体相互の交渉ならびに心身の結合についての新たな説』佐々木能章訳、『ライプニッツ著作集』第八巻、工作舎、一九九〇年)。動物の発生という問題について、当時ようやく本格化した顕微鏡を用いた新しい生物学の研究成果をモナド説によって説明できるとし、ライプニッツは、「動物とそれ以外のすべての有機的実体は、われわれはそれが出生したと思っていても[実際に]出生しているのではない、その見かけの発生は実は展開でしかなく、それは一種の増大なのである」(同書)とし、基体たるものは不変不滅であるとした。「しかし最大の問題がまだ残っていた。つまり、魂もしくは形相が、動物の死すなわち有機的実体としての個体の破壊によって如何なるものになるかという問題である……とるべき合理的な途はただ一つだと私は判断した。つまり、魂だけが保存されると考えるのではなく、動物そのものとその有機的機械も保存されると考えた」(同書)。このライプニッツの考えを、ピエール・ベールは『歴史批評辞典』のRorariusおよびSennertの項で批判した。「(ライプニッツ氏は)世の始めから魂はずっとひきつづき組織された体と結合しており、発生ないし誕生ははじめからずっと魂の基体だった個体が拡大・膨張するにすぎず、その基体は死によっても破壊されないで、物質の諸部分をふえた分だけ失うにとどまり、もう一度生まれ変わるときはまた新たな諸部分を取り戻す、というのである」(『歴史批評辞典』Sennert の項：野沢協訳『ピエール・ベール著作集』第五巻、法政大学出版局、p. 542)。

●10――レッシングの反論　レッシング Gotthold Ephraim Lessing (1729-1781)は、一七六七年にハンブルク国民劇場の劇場付作家に就任し、演劇評論を発表した。これが『ハンブルク演劇論』である。レッシングは『ハンブルク演劇論』の中で、フランス古典悲劇はコルネーユがほとんど完成の域に高め、ラシーヌが最後の仕上げをした完璧なものと自惚れているが、とんでもないとする(第81号、一七六八年二月九日)。二人のうちでも罪の深いのはコルネーユの方である。なぜならば、「ラシーヌは手本を示して誘惑したにすぎないが、コルネーユは手本と一緒に理論を示して誘惑したからである」(同)。コルネーユは、悲劇に関しこれまで最も深甚な考察を加えたアリストテレスの法則を、自作の都合のよいように「一つ一つ骨抜きにし、台無しにし、曲解し、無効にする」(同)。たとえば、アリストテレスは、悲劇においては何の罪もない善良な人物を不幸にしてはならない、悲劇の登場人物には倫理的品行が要求されるとしているのに、コルネーユは『ロドギュンヌ』のなかで、悪の権化といってよいクレオパトラに前代未聞の悪事をはたらかせ、しかも「彼女の犯罪はすべて一種の心の壮大さと結びついており、崇高といえるなにかがあるので、人々は彼女の行為を呪いはするものの、その行為の根源は賞賛せずにいられないのだ」と自賛しているが、これは真の悲劇としては邪道である(第83号、一七六八年二月一六日)。真の天才の仕事は単純かつ自然なものであるべきだ(第30号、一七六七年八月一一日)として、舌鋒鋭くコルネーユを批判した。邦訳、レッシング『ハンブルク演劇論』：奥住綱男訳、現代思潮社、一九七二年。

●11――ヘンリー王子　シェークスピアの『ヘンリー四世』(初演1597/8頃)に登場する皇太子ヘンリー(後のヘンリー五世)。理想的な王者として描かれている。

●12――ボワロー Nicolas Boileau-Despréaux (1636-1711)　フランスの詩人、批評家。とりわけその『詩法』*L'Art poétique* (1674)によって、フランス古典主義時代の詩歌理論を集大成した。引用箇所は『詩法』第3歌、361-366行。

●13――ゲーテの『シェークスピアを記念して』　ゲーテは一七七〇年四月から一七七一年八月までストラスブールに遊学したが、そこでヘルダー(Johann Gottfried Herder, 1744-1803)と知り合い、フランス古典劇を批判し、シェークスピアを高く評価していた彼の影響を強く受けた。この講話は実際にはストラスブールで行われたものではなく、フランクフルトに帰って間もない一七七一年一〇月一四日に、父の屋敷で友人たちを前にして『シェークスピア祭に』*Zum Schäkespears Tag* と題して行われたものである。ゲーテはこの中で、規則ずくめのフランス古典主義演劇、とりわけコルネーユ劇を「牢獄のように窮屈なもの」と批判し、その一方でシェークスピア劇を、「そして私は叫ぶ、自然!、自然!　シェークスピアの人間にまして自然なるものはない」と高く評価した。

●14――アルキメデスの点　「……そして何か確実なものに、あるいは、もし他のことが何もできないのなら、少なくとも次のこと、すなわち、確実なものは何もないということ自体を確実なものとして認識するにいたるまで、さらに先へ歩み続けよう。アルキメデスは、全地球をその場所から移動させるために、確固不動の一点以外には何も求めなかった。もし私がきわめてわずかなものであれ何か確実で揺るぎないものを見出すならば、私はまた大いなる希望を抱いてよいはずである」(『第二省察』: A-T., VII, 24)。

　もともとは、アルキメデスが「任意の力で任意の重量物を動かす」という問題の解を発見し、「わたしに立つ場所を与えてくれるなら、大地を動かして見せよう」と言ったという話による。

●15——フェヌロン　François de Salignac de La Mothe-Fénelon (1651-1715)　フランスの聖職者、思想家。パリのサン・シュルピス神学校に学んで聖職の道に入り、一六七八年ヌーヴェル・カトリック修道院長に就任。一六八五年のナントの勅令廃止後には各地に布教活動に赴いた。『マルブランシュの《自然と恩寵論》反駁』(一八二〇年刊、執筆は一六八七年)では、マルブランシュが神の自由を制限し、世界の必然性を主張していると非難し、世界は神の摂理によって動かされているというアウグスティヌス主義的傾向の強い思想を表明した。一六八九年国王ルイ一四世の孫のブルゴーニュ公の師傅に任ぜられ、一六九五年にはカンブレーの大司教に任ぜられた。フェヌロンはブルゴーニュ公の教育に資するため『テレマックの冒険』(一六九九年刊)などの作品を書いたが、この作品にルイ一四世の絶対主義的統治に対する辛辣な風刺が散りばめられていたため国王の不興を買った。また、ギュイヨン夫人の影響を受けて神秘主義的傾向を強め、ボシュエとの間でいわゆる「キエティスム論争」を起こしたが、教皇インノケンティウス一二世より譴責を受け、その後カンブレーに引退し、文筆生活を送った。
　原注13にあげられた弁神論『神の存在について』は、その執筆年が未確定であるが、一六八〇年代に書かれたものと推定される。一七一三年(または一七一二年)にその第一部「自然の認識から導き出される神の存在」が刊行され、彼の没後、一七一八年には第二部「知的観念より導き出される神の存在及び属性について」が刊行されて完成をみた。第一部では「眼を開けば、森羅万象の中に燦然と輝く、妙なる神の御業を観賞しないわけにはゆかない」という冒頭の句に言い尽くされているように、深く自然の光景や営みから造化の神の存在を、流麗な文体をもって証明したものである。第二部では、一転して、デカルト流の「方法的懐疑」より出発して、懐疑の果てに「無」に、絶望に陥るが、形而上学的苦悩を超えて、アウグスティヌス的光明にたどり着く。難解な内容であるが、一七世紀から一八世紀への過渡期における弁神論として注目すべき書である。

●16——第一概念　notions premières　原始的概念 notions primitives あるいは共通概念 notions communes とも呼ばれる。デカルトによれば、事物の概念には単純なものと、複合されたものとがあり、単純なものは、われわれがきわめて明瞭かつ判明に認識でき、それ以上判明な部分へと分割することはできない。われわれが確実な認識へ到達する道としては、明証的な直観と必然的な演繹の二者しかないのであるが、この単純な事物の本性は、定義によって説明されるべきものではなく、ほかの全てのものから切り離して、各人が自分の知能の光によって、ただ注意深く直観すべきものであるとされる(『精神指導の規則』規則一二)。

●17——普遍数学　mathesis universalis　デカルトは、若い頃から学問の統一性を強く意識していた。すなわち、「学問はなべて人間の知恵にほかならず、この知恵は、どんなに異なったことがらに適用されても、それ自身は常に同一のもの」(『精神指導の規則』規則一)であるから、「全ての学問は、互いに結びついており、一つを他のものから切り離すよりは、全部を一度に学ぶ方が、はるかに容易である」(同)としていた。しかし、これを学ぶには確固たる方法が必要である。この方法に要求されることは、「真理に反対の誤謬に陥らないために、精神の直観をいかに用いるべきかということと、すべてのものの認識に達するために演繹をいかに行うべきかということを説明する」(規則四)ことである。デカルトは、破綻したスコラ学に代わりうる新しい学問体系樹立の可能性を信じ、その基礎になりうるのは数学であると考えていた。「しかしこれはわれわれの時代の通常の数学とは全く異なった数学である。……したがって、特殊な質料とは関係なしに、およそ秩序と度量とについて問題にされうるかぎりのことをすべて説明するような、ある一般的な学問がなければならないことになる。そしてこの学問は、外から借りてきた言葉によってではなく、古くからあり一般に受けいれられている言葉によって、普遍数学と名づけられるべきである」(規則四)。

●18――カントの有名な言葉　『道徳形而上学原論』Kant, *Grundlegung zur Metaphysik der Sitten*, 第一章冒頭の言葉。

●19――ル・シッド論争　一六三七年一月に初演され大当たりをとったコルネーユの悲喜劇『ル・シッド』は、他の劇作家たちの嫉妬と反感を買った。同年四月、ジョルジュ・ド・スキュデリー Georges de Scudéry(1601-1667)は、アリストテレスの基準に照らしてこの作品は規則に違反しているとして批判ののろしを上げた。これが発端となって多くの文人が論争に加わったが、一〇月には泥沼化した論争に終止符を打つべく、宰相リシュリューが両陣営に発言を禁じ、アカデミー・フランセーズの裁定を仰ぐよう命じた。しかしリシュリューの意図は、自ら主宰して設立したばかりのアカデミーの権威を、この機会を利用して確立しようという点にあった。アカデミーの『意見』を起草したのはシャプランであったが、宰相自らこれを推敲したとされる。こうして一二月には『悲喜劇ル・シッドに関するアカデミー・フランセーズの意見』が発表された。この中で、『ル・シッド』は理性と節度とに欠け、規則にも礼節にも悖ると裁定された。この論争は、それ以後のフランス古典主義演劇の発展に大きな影響を与えた文学史上の一大事件であった。

●20――デュ・ヴェール Guillaume Du Vair　(1556-1621)　フランスの政治家、思想家。新旧両派が激しく対立していた一六世紀後半のフランスで、パリ高等法院に拠るポリティーク派の法律家、政治家として活躍した。国王アンリ三世の暗殺(一五八九年)後、旧教同盟がスペインの王女をフランス王位につけようとする動きにでたとき、サリカ法の順守を唱えて反対に回り、新教徒のナヴァール王アンリ(アンリ四世)を推戴した。この功によりブルボン王朝に重用され、一六一六―一六一七年には国璽尚書に任ぜられ、一六一七年にはリジュー Lisieux の司教に叙任された。

彼の思想は特に独創的なものではないが、当時の困難な社会的、政治的状況を的確に見据え、これを是正しようとする意欲に満ちた、積極的かつ実践的なものである。ストア主義の普及(とりわけエピクテトスの『提要』の仏訳)に貢献したとともに、ストア主義とキリスト教との調和を試みた作品(『聖なる哲学』*La Sainte Philosophie*、『ストア主義者の道徳哲学』*La Philosophie Morale des*

Stoïques』『社会の災禍に際しての恒心と慰めについて』*De la Constance et de la Consolation ès Calamites Publiques*)を発表して、次項のユストゥス・リプシウスとならんで、いわゆる新ストア主義 Le néo-stoïcisme あるいはキリスト教的ストア主義 Le stoïcisme chrétien の頭目とみなされた。その他、『フランスの雄弁』*L'Eloquence françoise* 等によって、フランス古典主義文学にも大きな影響を与えた。その『著作集』は一七世紀を通じて多くの版を重ね、広く読まれた。

●21——ユストゥス・リプシウス Justus Lipsius(1547-1606)　オランダの人文学者、政治学者。イスク(現ベルギー)に生まれ、ケルンのイエズス会の学校に学び、その後ルーヴァンで法律を修めた。グランヴェル枢機卿の秘書としてローマに赴き、タキトゥスやセネカなどの古典を収集した。彼自身はカトリックであったが、ルター派のイエナ大学(一五七四年まで)、その後カルヴァン派のレイデン大学(一五七八―一五九一)で教えるに際して、何回か改宗し、最後は再びカトリックに戻った。イエナ時代の一五七四年に刊行したタキトゥスの校訂版によって文献学者としての地位を確立した。レイデン時代にはオラニエ公マウリッツを教えた。一五八四年に発表した『恒心論』*De Constantia* は、現世の苦難に対して自律的な人間理性を以て抵抗すべしとする倫理的要請を説いたもので、著者の名は一躍全ヨーロッパに広まった(前項のデュ・ヴェールの『恒心論』はこの著作に想を得たものである)。一五八九年に発表した『政治論』*Politicorum seu civilis doctrinae libri sex* は、賢慮 prudentia と徳 virtus とによる国家の建設と護持を説いて、近代的国家理論を提示し、全ヨーロッパで熱狂的に迎えられ、版を重ねた。ちなみに、フラインスハイムが刊行した校訂版(本文九五頁、原注111参照)は、索引を完備した完全校訂本であり、広く流通した。この作品は、全面的な宗教的寛容を主張するコールンヘルトとの間に激しい論争をひきおこした。リプシウスは一五九〇年に『唯一の宗教について』*De una religione* を発表して、国家の政治的安定のためには唯一の宗教が理想であり、場合によっては宗教的分派活動の弾圧も許されるとする持論を展開した。これらの活動に対する非難、攻撃の激化によってレイデンを去り、一五九二年以降はルーヴァン大学で教えた。晩年の一六〇四年にいたり、ストア主義に関する二書、『ストア哲学入門』*Manuductio ad philosophiam stoicam* および『ストア主義の生理学』*Physiologia stoicorum* を著した。

　なおリプシウスおよび新ストア主義と近代国家論との関係については、ゲルハルト・エストライヒ『近代国家の覚醒』山内進ほか編訳、創文社、および山内進『新ストア主義の国家哲学』千倉書房を参照。

●22——ジルソン Etienne Gilson(1884-1978)　フランスの哲学者、哲学史家。一九〇七年哲学の教授資格を取得し、一九一三年まで地方のリセで哲学を教えた。一九一三年、『デカルトにおける自由と神学』によって国家博士号を得た。第一次世界大戦後、一九一八年にストラスブール大学、一九二〇年にソルボンヌ大学の中世哲学講座教授に就任。一九三二年コレージュ・ド・フランスの中世哲学史講座教授となり、一九四六年にはアカデミー会員に選ばれた。哲学をはじめとして、多くの分野にわたり六〇冊以上の著作と六〇〇編以上の論文を発表したが、代表的著作としては次のものがあげられる。中世哲学に関しては、*La philosophie du Moyen Age*

(1922)、*L'Esprit de la Philosophie Médiévale*（初版1932、改訂第二版1943、服部栄次郎訳『中世哲学の精神』筑摩書房、一九七五年）、*Introduction à l'étude de saint Augustin* (1929)、*Le Thomisme-Introduction à la philosophie de saint Thomas d'Aquin* (1942)があり、*Héloïse et Abélard* (1938、中村弓子訳『アベラールとエロイーズ』みすず書房）も中世における humanisme 研究の上で重要である。デカルト哲学関係では、前記博士論文以外にも、*Etudes sur le rôle de la pensée médiévale dans la formation du système cartésien* (1930)、*Index scolastico-cartésien* (1913) などがあり、またデカルトの『方法序説』の詳細な注解 *Discours de la Méthode, Texte et Commentaire* (1925)がある。哲学以外にも演劇、言語学、美術などに関し多くの著作があり、邦訳も多い。

●23――自然＝本性ニ合意シテ生キヨ　ゼノンの言葉とされる、ストア哲学における行為の究極的目的を表現した言葉。ディオゲネス・ラエルティオス『ギリシア哲学者列伝』第七巻一章87など参照。この格率を理性的存在者である人間に関していえば、「自然＝本性に合意して生きる」とは「理性に従って生きる」ことを意味した。

●24――キリスト教的ストア主義　le stoïcisme chrétien　新ストア主義 le néo-stoïcisme とも呼ばれる。ルネサンス以来の古典の復活のなかで、セネカ（リプシウスにはすぐれたセネカの校訂本がある）やエピクテトス（デュ・ヴェールによる『提要』の翻訳など）の作品の校訂版が相次いで出版され、これが大きな契機となって、一六世紀後半から一七世紀前半にかけて、フランスとオランダを中心にストア主義が復活をみた。この思潮を代表するのは上記のリプシウスおよびデュ・ヴェールであり、またシャロンもその流れを汲んでいる。これは古典古代のストア主義の単なる復活ではなく、古代ストア主義の主張する人間理性への信頼に立脚し、キリスト教思想との調和を希求した折衷的なものであり、ルネサンス以来の近代的自我形成の流れの上に位置づけることができる。

●25――人間を「自然の主人にして所有者」…「この実践的な哲学によって、火、水、空気、星、天空その他われわれをとりまくすべての物体の力や作用を、職人のさまざまな技能を知るようにはっきりと知って、同じようにしてそれらの物体をそれぞれ適切な用途にもちいることができ、こうしてわれわれをいわば自然の主人にして所有者たらしめることである」（『方法序説』第六部）。

●26――エリザベート宛書簡　ここに引用された部分はカッシラーによって組み替えられている。原文は次の通り：

「さて至高善、ないしわれわれの行為の目的に関しては、異教の哲学者たちの間に三つの主な意見があります。すなわちそれは快楽であるとするエピクロスの意見、徳であるべきだとするゼノンの意見、ならびに、精神と肉体のあらゆる完全性をもってそれを組み立てた、アリストテレスの意見です。好意的な目で見る限り、以上の三つの意見は、真理として、かつ相互に矛盾するところのないものとして、受けいれることができると思います。

実際アリストテレスが考えたのは、一般的な意味における人間性全体の至高善、いいかえるならば万人のうちで最もすぐれた人がもちうる至高善であったため、それを人間の本性が達しうる全ての完全性によって組み立てようとしたのは、間違いではなかったのです。しかしそれではわれわれが用いようとしても、役には立ちません。

反対にゼノンは……精神居士くらいのところでございましょう。最後にエピクロスですが……やはりいかなる幸福をも享受することができないでありましょう」。

第二章　悲劇概説

●27——悲劇概説　ドイツ語原文にはこのタイトルはない。

第二部◉デカルトとスウェーデン女王クリスティナ

第一章　デカルトとクリスティナの改宗

●28——曖昧な表現　représentations obscures　表現はライプニッツの哲学思想の基本概念の一つ。単純実体であるモナドは、「そこを通って何かが出たり入ったりできるような窓はない」(『モナドロジー』七節)、換言すれば相互に「物理的影響」を及ぼし合うことはないが、この単純実体は同時にその内に「多を含み envelopper、かつ多を表現している représenter 存在である」(同一四節)。この意味においてモナドは世界を写す鏡、それも「生きている鏡 le miroir vivant、即ち内的作用を持った鏡であり、自分の視点に従って宇宙を表現し、宇宙そのものと同じように規則立っている」(『理性に基づく自然と恩寵の原理』三節／米山優訳、『ライプニッツ著作集』第九巻、工作舎)である。モナドはそれぞれ内的性質と内的作用をもち、それによって個々の瞬間において他のモナドと識別されるが、その内的作用あるいは内的性質とは、「モナドの［持つ］表象 perception(言い換えれば、複合的なものの、即ち外にあるものの、単純なものの内での表現)とモナドの［持つ］欲求 appétitions(言い換えれば、一つの表象から他の表象へのモナドの傾向)以外のものではあり得ない」(同二節)。モナドの内的作用である表現は必ずしも明晰であるとは限らない。時には曖昧(錯雑)である。表現のこの明晰さと曖昧さ(錯雑性)とを基準として、魂は「単なる表象」ないし「微小表象 petite perception」しかもたない「単なるモナド」(『モナドロジー』二〇節)あるいは「裸のモナド monade toute nue」(同二四節)の段階から、思惟し、神を知り、永遠の真理を知りうる実体である「理性的魂」あるいは知的魂である精神 esprit の段階まで、連続的に段階づけられる。「広い意味での表象と欲求をもつものすべてを、魂と呼ぶことにすると、単純実体すなわち創造されたモナドは、すべて魂と呼ぶことができよう。しかし、知覚は単なる表象以上のものであるから、表象だけしかもっていない単純実体には、モナドとかエンテレケイアという一般的な名称で十分である」(『モナドロジー』一九節)。これに対して、魂とは「もっと判明な表象をもちかつ記憶を伴っているモナド」(同一九節)をいう。すなわち「記憶は魂に一種の連絡作用 consécution を与える」(同二六節)。しかしこのような魂は動物にもあるもので、われわれ人間は、さらに、「必然的かつ永遠の真理を認識しており、……理性的な魂、すなわち精神 esprit と呼ばれるもの」(同二九節)をもつのである。表象作用は思惟に、欲求作用は意志に高められ、個々に自覚的精神、すなわち一個の人格が形成される。精神における表象作用は思惟であるが、この思惟にも曖昧な(錯雑な)ものから明晰なものまで段階がある。われわれは常に思惟しているが、それをきわめて曖昧な仕方で

行っていることが多い。「感覚」とはこのような思惟に他ならない。デカルトは情念を「魂にとって受動」les passions de l'âme と定義したが、これは誤りである。思惟は全て能動的な活動であるから、受動的な情念とされているものも、「非意志的でかつ認識されていないものを含む、混濁した思惟 les pensées confuses, où il y a de l'involontaire et de l'inconnu」(『予定調和に体系に関する、ベール氏の《歴史批評辞典》第二版、《ロラリウス》の項目に含まれた考察に対する回答』)に他ならない。

●29――シャニュ Pierre Chanut (1600-1662)　フランスの外交官。一六四五年から一六四九年まで駐スウェーデンフランス大使をつとめ、クリスティナの信望がきわめて厚かった。深い教養を備えた篤実な人物で、バイイの『デカルト伝』によれば、一六四四年に義弟クレルスリエを介して初めてデカルトと出会って以来親交を結び、重要な文通相手となった。ストックホルム行きに腰の重かったデカルトが、遂にクリスティナ女王の招聘に応じたのも、シャニュの仲介の労が大きかった。デカルトの死後はその葬儀など残務一切を取り仕切った。その後一六五〇年リューベック全権大使、一六五三年には駐オランダ大使に任ぜられ、帰国後は国務院入りした。スウェーデン時代の『覚え書き』*Mémoires* (3 vol, 1677)を残した。

●30――宗教は「超自然的」真理……　「わたしは、われわれの神学に敬意を抱き、だれにも負けないくらい天国に到達したいと望んでいた。しかし、天国にいたる道はどんな無知な人にも、もっとも学識ある人に劣らず開かれていること、天国へ導く啓示された真理はわれわれの理解力を越えていること、それがきわめて確かなものであると学び知り、そうなると、これらの真理をわたしの脆弱な推論に従わせる勇気などなかった」(『方法序説』第一部)。および原注58参照。

●31――バイイ Adrien Baillet (1649-1706)　フランスの学者、哲学者。コルドリエ会の学院で学び、一六七六年に司祭に叙任された。ボーモンでゴッドフロワ・エルマン Godefroid Hermant と知り合い、その影響によってジャンセニスムに帰依した。一六八〇年にパリ高等法院次席検事ド・ラモワニョン François Chrétien de Lamoignon の司書となり、その蔵書目録作成を契機として、浩瀚な『諸家の主要著作に対する学者たちの見解』*Jugements des sçavants sur les principaux ouvrages des auteurs* を一六八五年に出版した。これは当時の学会、文芸界の動向を知る人名・事項辞典として今なお有用である。しかしバイイの名を不朽のものにしたのは一六九一年に出版された『デカルト伝』*La Vie de Monsieur Descartes* である。デカルトの伝記を書くのに最適任者と目されていたシャニュやクレルスリエが結局何も残さずに没した後、デカルトの遺稿はルグラン師 le père Legrand の手に渡った。バイイは同師の依頼により、この資料を中心にして、その他自分でも資料を集めて『デカルト伝』を書いたとされる。出版の翌年一六九二年には要約本も出た。しかし『デカルト伝』中の個々の事項については、当初から正確さを欠くものが多いとされ、ユエ(Yuet, *Nouveaux Mémoires pour servir à l'histoire du cartésianisme*, 1693)やライプニッツ(*Remarques sur la vie de M. Descartes*)による批判の書がある。要約本の方は邦訳がある(『デカルト伝』井沢義雄・井上庄七訳、講談社、一九七九年)。

●32――ブルッカー Johan-Jacob Brucker (1696-1770)　ドイツの

学者、哲学者。主著『世界の初めから当代までの批判的哲学史』*Historia critica philosophiae a mundi incunabulis ad nosram usque aetatem deducta*(Leibzig, 1741-1744, 5 vol, in -4°)などによって、哲学的折衷主義の立場から、哲学を批判的意味で歴史的に研究した最初の学者である。

第二章　一七世紀における「普遍神学」と自然宗教の問題

●33――ノーデ Gabriel Naudé(1600-1653)　フランスの医師、書誌学者、思想家。パリおよびパドゥアで医学を修めた後、Bagni枢機卿の秘書としてローマに赴き、さらに教皇ウルバヌス八世の甥のBarberini枢機卿の司書となった。リシュリューは『キリストのまねび』*Imitation de Jésus Christ* の真の著者の調査をノーデに依頼したが、この調査活動を通じてノーデの高い学識を知るところとなり、一六四二年にパリに呼び戻して自分の司書に任じた。リシュリューの没後は、後を襲ったマザランの命に従い、ノーデは一〇年の歳月をかけて四万巻に及ぶ大文庫(マザラン文庫と称される)を作り上げた。フロンドの乱の混乱で、精魂込めたマザラン文庫が散逸すると、失意のノーデはクリスティナ女王の求めに応じてストックホルムへ赴任した。本文中の引用書簡はこのときのものである。フロンドの乱に勝利を収めたマザランに召還され、文庫の再建に尽くしたが、志を達しないうちに没した。René Pintard は、ノーデをDiodati、La Mothe Le Vayer および Gassendi(次項参照)とならんで「碩学の自由思想家」libertins érudits に数えている(*Le libertinage érudit dans la première moitié du XVIIe siècle*, 1943)。

●34――ガッサンディ Pierre Gassendi(1592-1655)　フランスの自然学者、哲学者。南仏のディーニュ近郷に生まれ、古典語と神学を学び、一六一四年に神学博士号をえたのち、エックス大学で神学を教授すると同時に、聖職に就いた。一六二〇年代はおもに天文学などの自然学研究で知られ、一六二四年に懐疑主義的傾向の強い最初の著作『アリストテレス主義者に対する逆説的論考』*Exercitationes paradoxicae adversus Aristoteleos* を発表し、スコラ学の煩瑣な形式主義や権威主義を批判した。教条主義や権威主義を嫌い、「敢えて賢者たれ」Sapere aude(七八頁および訳注58参照)を座右銘としていたといわれる。この著作と、その後に行ったヨーロッパ各地の旅行とによって、知識人の仲間入りを果たし、Peiresc や Mersenne の知遇を得るとともに、ガリレオをはじめとして各国の自然学者や哲学者と文通を交わすこととなった。とくにパリにおいては、前項のノーデたちと親しく交わり、「五人組」la Tétrade と称された。一六二六年以降、エピクロス研究に手を染め、これによりエピクロスの原子論の流れを汲む自然学と、原子論とキリスト教思想を折衷した形而上学を打ち立てた。デカルトの『省察』に対して第五反論を書いて反論したが、両者の議論は必ずしもかみ合ってはいない。当時よりデカルトと並び称された有名人で、クリスティナ女王との間にも書簡の往復がある。一六五〇年のデカルトの死後、女王はガッサンディをストックホルムに招聘しようとした。

●35――クザーヌス Nicolaus Cusanus(1401-1464)　ドイツ生まれの神学者、哲学者。オランダの「共同生活の兄弟団」で教育を受け、トマス・ア・ケンピスなどの神秘主義的思想の影響を受けた。

その後ハイデルベルクに移り、ここでおそらくオッカム主義的自然学に触れた。さらにパドゥア大学で法学、神学を学び、そのかたわら数学を研究した。一四二四年帰国したが法律家としては立たず、一四三〇年に僧籍に入った。一四三二年にはバーゼル公会議に参加し、はじめは公会議派として活動したが、後に教皇派に転じた。東西両教会の合同のために、一四三七年にコンスタンティノープルへ派遣された。一四四八年枢機卿、一四五〇年ブリクセン司教に叙任された。

クザーヌスによれば、われわれの認識は「類似」、すなわち対立や比例関係を測定することによって成立する。無限な存在である神はあらゆる対立、比例関係を超越した一者であるから、われわれは神を直接知ることはできない。絶対者としての神は絶対的な否定的規定によってしか示されない。ゆえに「われわれが最大者を探求しようというのであれば、単純な類似による手法を超えた、象徴による手法」(『無知の知』第一部一二章)に訴えなければならない。この手法によってなら、われわれは絶対者を捉えうる。この認識はもちろん厳密で確実な真理とはいえず、「臆見」conjectura に過ぎないが、しかし全くの虚偽でもない。かくして、絶対者に関するわれわれの絶対的無知の自覚の上に立って、神についての認識の道を開くいわゆる「無知の知」docta ignorantia の教説が打ち立てられた。

宗教的対立の解消という問題については、「神を崇拝せず、しかも神が絶対的最大者であると信じなかった民族は、いまだかつてなかった」(『無知の知』第一部七章)とするクザーヌスは、後の普遍的有神論の先駆けであった。

カッシーラーは、ルネサンスの哲学を体系的に統一したものとして把握するためにはクザーヌスを出発点とすべきであり、クザーヌスこそ中世的思考様式の限界を自覚し、「プラトニズムの基本的諸原典に対して自立的な洞察をなしえた、おそらく最初の西洋の思想家であった」(『個と宇宙』)と位置づける。カッシーラーのクザーヌス評価について、詳しくは *Individuum und Kosmos in der Philosophie des Renaissance*, 1927(邦訳『個と宇宙——ルネサンス精神史』薗田担訳、名古屋大学出版会、一九九一年)を参照。

●36——神人同形論 anthropomorphisme, Anthropomorphismus 擬人観ともいう。神にも人間と同様の姿、活動、感情などがあるとする考え方。

●37——ジャン・ボーダンと『ヘプタプロメレス』 ボーダン Jean Bodin (1530-1596) はフランスの法曹家、政治家、社会思想家。トゥールーズ大学で法律を学んだ後、パリ高等法院の弁護士となる。その後王弟アランソン公フランソワに仕える。「ポリティーク派」に属し、一五七六年にはブロワ三部会にヴェルマンドワ地区代表として出席した。一五八四年以降ランのバイイ裁判管区裁判長となり、義父の後を嗣いで国王検事に任命された。本人はプロテスタントであるか、少なくとも心情的にはプロテスタンティスムに惹かれていたかだが、周囲からは異端の嫌疑を受けることが多かった。聖バルテルミーの虐殺の後は、用心のためか旧教同盟寄りの姿勢をとった。きわめて広範な分野にまたがって多数の著作を発表したが、特に一五七六年に発表した『政治論』*Les six livres de la République* によって、フランス王制を基礎づける王権論を展開した。

『ヘプタプロメレス』*Heptaplomeres, sive Colloquim de abditis sublimum rerum arcanis* は一五八八年頃に書かれた。その出版は

一八四〇年になってようやくドイツの学者Guhraüerによってベルリンでおこなわれたが、手稿の形では一六世紀の末より広く回覧されていた。懐疑主義的立場に立って諸宗教を比較検討し、結局「自然宗教」がまさっていると結論したもので、近代理神論の最初の理論書とみなされている。クリスティナはもとより、ミルトン、グロティウス、とりわけライプニッツは数回にわたりこれに言及している。この作品は、思想・信条を異にする七名(カトリック教徒、プロテスタント二名、ユダヤ教徒、イスラム教徒、エピクロス派の哲学者および唯心論哲学者)が哲学や宗教について論じ合うというもので、本文中に引用されたような宗教的相対主義を広める上で大きな影響を及ぼした。

●38――普遍的有神論 théisme universel, universalen Theismus
宗教改革運動が政治を巻き込んで深刻な社会的分裂を引き起こした現実に直面して、なんとか両者の間に調和あるいは妥協点を見いだそうとする人びとがあった。彼らは、人間の幸福な生と救いとのためには、健全な理性と自然の法則とで足りるのであり、宗教はこれらに反しない限り、等しく尊重されるべきであるとした。前項の「自然宗教」や、「理性宗教」などと呼ばれるものも同じ意味であり、イギリスの理神論もこの流れをひくものである。チャーベリーのハーバートに関する訳注47も参照。

●39――聖バルテルミーの夜　フランスの宗教戦争の最中の一五七二年八月二三日から二四日にかけての夜半、パリをはじめとしてフランス各地で新教徒がカトリック軍に大量虐殺された事件。これにより、両派の対立はもはや調停不能の状態に立ち至った。

●40――サロー Claude Sarreau ラテン名 Sarravius(一六世紀末-1651)　フランスの司法官で文人。ルーアンおよびパリなどの高等法院判事を務めた。ヘインシウスなどの当時の学者や知識人の大多数と交際があり、彼自身も学名が高かった。

●41――ド・メーム Jean-Jacques De Mesme(1640頃-1688)　Avaux伯爵、フランスの司法官。請願書審議官、パリ高等法院上席判事(一六七二年)を経て一六七六年アカデミー・フランセーズ会員となった。

●42――フォシウス Isaac Vossius(1618-1689)　オランダの古典学者。後出(訳注77)のGerardus Vossiusの息子。一六四九年にクリスティナの招聘に応じてスウェーデンに渡り、司書官兼ギリシア文学教師となった。クリスティナの求めに応じて、どの宮廷図書館よりもすぐれた図書館を建設すべく奔走し、各地よりコレクションを収集した。(このコレクションは現在Reginenses「女王文庫」の名でヴァティカンに所蔵されている)。一六五二年にクリスティナの信頼を失った(書籍購入費の不正流用があったという説もある)後、一六七〇年にイギリスに渡り、チャールズ二世に厚遇された。なおこの時代の古典学者たちの活動についてはL. D. Reynolds & N. G. Wilson, *Scribers & Scholars*, Oxford, 1968, 邦訳『古典の継承者たち』西村賀子・吉武純夫訳、国文社、一九九六年を参照。

●43――マティエ Johannes Matthiae(1592-1670)　スウェーデンの聖職者。グスターフ・アドルフによって宮廷司祭に任じられ、王の死後クリスティナの教育係をつとめた。汎プロテスタンティスムの傾向を強くもった寛容主義者で、カルヴァン派とルター派との融和に心を砕いたが、厳格なルター主義を信奉するスウェーデン国教派は彼に不信感を抱いていた。一六四七年にマティエが『キリスト教会におけるよき秩序のイデア』*Idea boni ordinis in ecclesia Christi* を出版すると、これを契機としてこの不信感が表面化した。クリスティナはマティエを弁護したが、宰相オクセンシュルナもマティエ批判に回った。クリスティナが退位後にカトリックへ改宗したことはマティエにとって青天の霹靂であり、声涙ともに下る切々たる書簡を女王に送っている。本文にも触れられているように、クリスティナの彼に対する信頼と感謝の念は終生変わらず、一六六四年に監督(bishop)の位を追われたときには、スウェーデン政府に抗議し、また終身年金を与えた。この件については、下村寅太郎『スウェーデン女王クリスティナ――バロック精神史の一肖像』中央公論社、一九七五年、p. 116-118を参照。

●44――フラインスハイム Johann Freinsheim ラテン名 Freinsheimus(1608-1660) ドイツの哲学者、歴史家、古典学者。クリスティナによってウプサラ大学へ招聘され、後に修史官兼図書係としてストックホルムへ移った。ここでデカルト、グロティウス、ソメーズ、フォシウスなどと交わった。この時代を代表する文献学者として知られ、とくにローマの歴史家クィントゥス・ルフスやティトゥス・リウィウスの作品の校訂本が有名である。

●45――マセド António Macedo(1612-1693) ポルトガル人イエズス会士。クリスティナは、自らの宗教的疑念を解くために、ローマのイエズス会総長に適当な人材のストックホルム派遣を依頼するべく秘密の使者を立てようと計画し、スウェーデン駐在ポルトガル大使の随員としてストックホルム滞在中のマセドに白羽の矢を立てた。

●46――マリネス Francisco Malines およびカサティ Paolo Casati (1617-1707) ともにクリスティナ女王の許に派遣されたイエズス会士。カサティはイタリア帰国後、パルマ大学で教鞭を執った。

●47――チャーベリーのハーバート Herbert of Cherbery, Edward Herbert,(1582-1648) イギリスの外交官、歴史家、哲学者、文人。非常に多方面で活躍した人であるが、思想史の上では「英国理神論の父」と称される。オックスフォードで学問を修めた後、一六〇八年から一六一七年までオランダ、フランスおよびイタリアを旅行した。その後五年間にわたって駐フランス大使(1619-1624)を勤めた。一六二四年に『真理について』*De veritate* をパリで出版し、その後は哲学、歴史および文学の研究に身を捧げた。『真理について』は、真理の本質を考察し、人間の理性こそ真理を探求するための最良の道案内であるとし、至高存在者の存在、その崇拝の必要性、敬虔な生活の必要性などについての観念は、神によって人間の精神に生まれつき与えられたものであるが、啓示はかならずしも必要でないとし、「自然宗教」natural religion すなわち理神論に道を開いた。この立場は、さらに『誤謬の原因について』*De causis errorum*(1645)や『平信徒の宗教について』*De religione laici*(1645)および『異邦人の宗教について』*De religione gentilium*(1663)などによってさらに押し進められ、イギリスのみならず、外国にも影響を及ぼした。

●48――神の存在……厳密な理性的証明の対象となりうるものである 神に関することがらについても、可能な限り理性によって証明すべきであるという信念をデカルトは若い頃からもっていた。『精神指導の規則』のなかにすでに次の一節がある。

「この二つ(直観と演繹)が知識への最も確実な道である。そして知能に関する限り、これ以外のものが認められてはならない。ほかの全ての道は、疑わしくまた誤謬にさらされているものとして避けるべきである。しかしこのことは、われわれが神によって啓示されたものを、あらゆる認識にまさって確実なものとして信じることを妨げはしない。なぜなら、それらに対する信仰は、それが不明なものについてのことであるかぎり、知能の作用ではなく、意志の作用なのであるから。しかし、もしその信仰が知性のなかに根拠を有するような場合には、その根拠はなによりもまず、右に述べた二つの道のいずれかによって見出しうるし、見出されねばならない。このことをわれわれは、後日おそらくもっと詳しく示すであろう」(規則三)。

『省察』において、神や霊魂の問題は「自然的な理性」によって、すなわち哲学によって論証されるべきものであることが主張される。

「もちろん、神の存在が信じられねばならないことは、聖書に教えられていることでありますから、まったく真でありますし、また逆に、聖書が信じられねばならぬことも、聖書は神から授けられたものでありますから、まったく真であります。……しかしながら、信仰を持たない人々に対しましては、このような理由を持ち出すわけにはまいりません。彼らはこれを循環論証であると判断いたすでありましょうから」(『省察』ソルボンヌ宛献辞)。

●49——実定宗教la religion positive, positive Religion　positiveは「実定的」と訳される他に、「実証的」あるいは「肯定的」などとも訳される。たとえば、la théologie positive(「肯定神学」あるいは「実証神学」)というときは、la théologie négative(「否定神学」)の対立概念を表す。否定神学が、「神はいかなる類の枠にも入らない」とか、「神については語ることはできない」といった否定的命題によって、神がどのような哲学的、神学的概念をも超えた存在であることを示そうとするのに対して、「神は全能、全善、永遠、偏在……である」という肯定的命題を立てて、その内容を深めていこうとする立場を示す。

●50——厳格な正統教会　スウェーデンの国教はルター派であった。

●51——カルル・グスターフ、カルル一〇世　Karl-Gustav (1622-1660、在位1654-1660)　ファルツ・ツヴァイブリュッケン伯ヨハン・カシミールを父とし、スウェーデン王カルル九世(在位1599-1611、クリスティナの祖父)の娘カタリーナを母とし、クリスティナにとっては従兄にあたる。若いときから武名が高く、三〇年戦争に参加して戦功をたてた。一六四九年にクリスティナによって王位継承者に指名された。一六五四年のクリスティナ退位後王位を継承し、カルル一〇世を名のった。バルティック海沿岸諸国に覇権を打ち立てようとして、ポーランドおよびデンマークと戦った。

●52——パラヴィチーニ Niccola-Maria Pallavicini (1621-1692)　イタリアの神学者。イエズス会士。クリスティナに顧問神学者に指名された。後に枢機卿。著書に『全宗教の敵に対する聖なる啓示の弁護』*Difesa della providenza divina contro inemici di ogni religione* (Roma, 1679)、『ローマ教皇位及びカトリック教会弁護』*Difesa del pontificato romano et della chiesa cattolica* (Roma, 1686) などがある。

●53——純粋直感　intuitus purus　『精神指導の規則』によれば、人間が事物の知識に到達する道は「明晰かつ明証的な直観」と「確実な演繹」の二つだけであるとされる。そしてこの時期のデカルトは、自己の存在の明証性は数学的真理のそれと同列のものとして論じている。

「ここで直観というのは、感覚による変わりやすい信憑のことではなく、また虚構の想像力による誤った判断でもない。それは、純粋な注意している精神による把握であり、しかも、そこで理解していることについていかなる疑いも残らないほど、容易で判明な把握のことである。あるいは、同じことだが、純粋な注意している精神において、理性の光のみから生まれ、そして、先に指摘したように人が間違って行うことはあり得ないところの演繹にくらべてさえ、それより一層単純であるがゆえに一層確実であるような、そうした不可疑の把握である。この意味で、誰でも次のようなことを、精神によって直観しうる。すなわち、自分が存在すること、自分が思考すること、三角形が三つの線によってのみ限られていること、球がただ一つの面によって限られていること、その他である」(『精神指導の規則』規則三)。

●54――神の誠実　veracitas Dei と「欺く神」Deus deceptor　デカルトはすでに『精神指導の規則』において、感性知についてはこれを懐疑によって排除していたが、『省察』では、さらに数学的知識などの理性知に関しても、「欺く神」を仮定した「誇張された懐疑」doute hyperbolique を適用して、方法論的徹底を期した。

「しかし、算術あるいは幾何学に関してなにかきわめて単純で容易なことがら、たとえば2に3を加えれば5になるといったことがらをわたしが考察したとき、わたしは、少なくとも、それらを、真であると肯定するに足るだけ明瞭に直観していたのではあるまいか。もちろん、わたしは後になって、それらについても疑うべきであると判断したのであるが、その理由は、もしかしたらある神が、この上なく明白に見えることに関してさえ欺かれるような本性を、わたしに賦与することもできたはずだという考えが、わたしの心に浮かんだからにほかならない。そこで、神は全能であるというこの先入観がわたしに浮かんでくる度ごとに、もし神が欲しさえするならば、わたしが精神の目でこの上なく明証的に直観すると考えることにおいてさえ、わたしが間違うようにすることは神にとって容易である、と告白せざるを得ない」(第三省察)。

この誇張された懐疑によっても否定し得ないコギトの命題が打ち立てられた後で、神の観念がわれわれのうちにあることを根拠として神の存在が定立され、さらにその神が欺かない神、すなわち誠実な神であることが主張される。

「まことにわたしは、人間の精神について、それが思考するものであり、長さ、広さおよび深さにおいて延長をもたず、そして物体に属するものを何ももたない限りにおいて、いかなる物体的なものの観念よりもずっと判明な観念を持っている。そしてわたしが疑うということ、すなわち不完全で依存的なものであるということに注意するとき、独立な完全な実有の、言い換えると神の、かくも明晰で判明な観念がわたしに現れ、そしてこのような観念がわたしのうちにあるということ、すなわち、わたし、かかる観念を有するわたしが存在するということ、この一つのことから、わたしは、神がまた存在するということ、そしてこの神にわたしの全存在があらゆる瞬間において依存しているということを、かくも明瞭に結論する……。わたしは神がわたしを欺くことはあり得ないということを認知する。なぜなら、およそ瞞着あるいは欺瞞のうちにはなんらかの不完全性が見いだされるからである。そしてたとえ欺き得るということは聡明あるいは力の証拠であるとみえ得るとしても、欺くことを欲することは明らかに悪意または弱さの証拠であり、したがってまた神にふさわしくないのである」(第四省察)。

●55——Br. はブランシュヴィック Léon Brunschvicg(1869-1944)による『パンセ』の断章番号を示す。

●56——ピュロン主義　懐疑主義の一派でエリスのピュロン(前365-前275)を祖とする。この派は、何らかの認識が可能であるか否かを決定するには不十分で不適当な証拠しかないから、認識についての一切の判断を差し控えなければならないと主張する。懐疑主義にはこのほかに、いかなる認識も可能でないことを定言として立てたアカデメイア派と呼ばれた一派もあった。キケロの『神々の本性について』(本文六八頁参照)はアカデメイア派の議論を紹介したものである。近代思想史にとって重要な意味を持つのは、一六世紀における懐疑主義、とりわけピュロン主義の再発見と、それが果たした重大な役割である。一六世紀にセクストス・エンペイリコスのテキストが発見され、これが一五六二年と一五六九年にラテン語に翻訳されると、懐疑主義的議論は、新旧両派の分裂という時代背景のもとで、急速に波及していった。新旧両派ともに、懐疑主義的論法を、相手方陣営の議論を無力化するための武器として利用しようとしたからである。フランスでは、懐疑主義はカトリック信仰を防御し、プロテスタントの教義を論駁するために援用された。シャロン(本文八四~八五頁参照)は、懐疑主義の論法を駆使して、無神論やカルヴァン派を攻撃した。しかし、こうした武器としての懐疑主義はいわば諸刃の剣であり、宗教そのもの、あるいはそもそも人間の確実な認識の可能性、に対してこれが向けられるのは必然の成り行きであった。すでにボーダンの『ヘプタプロメレス』(訳注37参照)がこの傾向を示していた。こうして一七世紀前半には、すべての学問あるいは宗教が、懐疑主義による激しい攻撃にさらされ、全面的に危機的状況に陥った。いわゆる「懐疑主義の危機」である。これに対して、懐疑主義を脱して学問あるいは宗教の確実性を確保することが真剣に求められた。すでに述べたように、デカルトは「誇張された懐疑」によってさえ揺らぐことのないコギトの命題を打ち立て、この危機を脱し得たと信じた。パスカルは、懐疑主義が、人間の認識のみならず、人間存在そのものに対しても、きわめて危険なものであることを、誰よりも深く認識していた。それゆえ、カッシーラーがここでパスカルを「ピュロン主義者」と呼んでいるのは、単にパスカルが理性に絶対的権威を認めなかったという意味の「反理性主義者」だといいたいのであろうが、適当な表現であるとは思われない。なお『ド・サシ氏との対話』に関する訳注73も参照。懐疑主義に関しては、Richard H. Popkin, *The History of Scepticism from Erasmus to Descartes*, 1960、邦訳『懐疑——近代哲学の源流』野田又夫・岩坪紹夫訳、紀伊國屋書店、一九八一年、および同著者による『西洋思想大事典』の「懐疑主義(近代思想における)」の項(宮武昭訳、平凡社、一九九〇年)を参照。

●57——蒸気　カッシーラーは原語の une vapeur を ein Hauch「息吹」と訳している。この vapeur の意味については、前田陽一著『パスカル——「考える葦」の意味するもの』(中公新書、一九六八年)を参照。

●58――敢エテ賢者タレ　Sapere aude　ホラティウスの言葉とされる。ガッサンディがこれを座右銘としていたことについてはすでに触れた。なお、ホラティウスのこの名句は、カントの『啓蒙とは何か』*Beantwortung der Frage : Was ist Aufklärung ?*(1784)の冒頭に掲げられている。すなわち、啓蒙とは、人間が自己の未成年状態を脱却することであり、そのためには、自己みずからの理性を使用する勇気を持て、「敢エテ賢者タレ」と述べている。

●59――「大度」la magnanimité と「高邁」la générosité　大度はスコラ哲学の用語で、ラテン語では magnanimitas である。この形容詞形 magnanimis は magna「大」と anima「魂」との合成語であり、「大いなる魂をもつ者」の意である。これはそもそもアリストテレスの *μεγαλοψυχια*「高邁」に由来する。デカルトが最高の情念とした「高邁」は、一種の自尊感であるが、この語源はラテン語の形容詞 generosus であり、これはさらに genus, generis「生まれ」に由来する。この語を選んだところに、デカルトの貴族的性格をみることもできよう。「……それゆえ、なるほど徳のうちで、生まれの良さという条件が最も強くはたらくのは、自分を正しく評価する徳であり、したがって神がわれわれの身体に宿らせる精神は、全部が全部等しく高貴で強いとはいえないことは容易に分かる(この理由でわたしはこの徳をスコラの言い方で大度と呼ぶことをせず――スコラはこの徳を正しく知ってはいない――われわれの国語の言い方に従って高邁と呼ぶ……」(『情念論』一六一項)。

●60――ヘインシウス Niklaas Heinsius(1620-1681)　オランダの古典学者。父ダニル(1580-1655)も、スカリゲルの薫陶を受け、「小スカリゲル」と称された有名な古典学者であった。外交官として各地に赴任した機会を利用して多数の写本を研究し、特にラテン詩に関する知識で有名であった。オウィディウスやウェルギリウスをはじめとして、多数のラテン詩人の注釈本を刊行した。クリスティナは一六五一年に古典文献を購入するために彼をイタリアに派遣した。

●61――グロノヴィウス Gronovius, ドイツ名 Johann-Friedrich Gronov(1611-1671)　ドイツに生まれ、オランダで活動した哲学者、古典学者。ヨーロッパ各地を遍歴の後、一六五三年レイデン大学教授に就任し、終身その地位にあった。ローマ帝政期の散文作家(リウィウス、大プリニウス、セネカ、タキトゥスなど)に通暁した碩学であった。

●62――カゾーボン Isaac Casaubon, ラテン名 Casaubonus (1559-1614)　フランス生まれの古典学者で、カルヴァン派の神学者。フランスからの亡命者の子としてジュネーヴに生まれた。宗教戦争下のフランスでとくにギリシア語の教育を受けた。一五八三年頃にジュネーヴのアカデミーに迎えられ、カルヴァン派の神学者テオドール・ベーズや有名な古典学者で出版業者でもあったアンリ・エティエンヌなどと親交を結んだ。その後モンペリエ大学(一五九六年)を経てリヨン大学(一五九八年)に移る。アンリ四世は三顧の礼をもって彼をパリ大学教授に招聘した(一五九九年)が、新旧両派の対立に巻き込まれ、就任できなかった。まもなくアンリ四世が暗殺され、両派の対立が再び激化したためイギリスに亡命し(一六一〇年)、国王ジェームズ一世に厚遇された。博学の古典ギリシア学者として自他共に任じ、多数の古典作品を校訂出版した。なお生涯カルヴァン派の信仰を守り、イエズス会士たちから執拗な誹謗中傷を受けた。

●63――テレジオ Bernardino Telesio (1508-1588)　イタリアの自然哲学者。パドゥアで哲学と自然学を学んだ後、ナポリにアカデミアを創設して教えた。スコラのアリストテレス主義に反対して、感覚的、経験主義的自然観を提唱した。主著『固有の原理からみた事物の本性について』*De rerum natura juxta propria principia* (1586)。

●64――カルダーノ Girolamo Cardano (1501-1576)　イタリアの数学者、医学者、自然学者。ミラノに生まれ、パヴィアとパドゥアで学び、医学博士となる。一五三四年にミラノ大学で数学と医学を教え、一五四三年以降パヴィア大学で医学を講じた後、一五六二年にボローニャ大学に移った。一五七〇年に異端の疑いで投獄された後、翌年ローマに移って教皇ピウス五世の庇護を受けた。その活動は多方面に及び、医学、数学、哲学、天文学などに関して二〇〇巻以上の著作を発表した。今日に残る業績は代数の分野におけるもので、「カルダーノの公式」と呼ばれる三次方程式の一般解の発見者として知られる。思想史の上では、『微細な事物について』*De subtilitate* (1550) および『事物の多様性について』*De rerum varietate* (1557) が重要である。カルダーノの『自伝』*De propria vita* は一五七六年に書かれたものであるが、これが世に知られるようになったのは半世紀以上経ってからで、マザランの命によりローマに書籍収集にきていたノーデ(訳注33参照)の手によってであった。

●65――ビベス Juan Luis Vives (1492-1540)　スペイン生まれの哲学者、人文学者。バレンシアのカトリックに改宗したユダヤ人の家(父は後に異端の嫌疑を受けて火刑に処せられた)に生まれ、一五〇九年にパリに出てソルボンヌに学び、哲学博士となる。一五一二年にブリュージュに移住し、エラスムス、トマス・モア、ビュデなどと交わる。一五一九年より一五二二年までルーヴァン大学、ついで一五二二年から一五二九年までオックスフォード大学で教鞭を執り、国王ヘンリー八世の王女マリーの教育係を務めた。ヘンリー八世の離婚に反対したため一時投獄され、これを機にブリュージュに戻った。

彼の思想は基本的に、象牙の塔と化したソルボンヌのスコラ学に反対し、これにプラトン、ストア主義、聖書、教父哲学などを対置したものである。たとえば、真理に到達する方法に関しては、スコラの権威主義的な方法、なかんずく理性に基づくというよりは技巧の巧拙だけに依存する討論 disputatio に代わり、理性に基づき、観察と経験による自由な検証を提唱した(『学問について』*De disciplinis*)。人間は生得の理性に光に従って学問を導くべきであるとした。ビベスの情念理論がデカルトの『情念論』に直接影響を与えたことは、G. Lodis-Lewis の研究によって立証されている。その他、平和主義、平等主義の立場に立った教育論、権力論、社会政策論など、広い分野にまたがる著作を残した。

●66――シャロン Pierre Charron (1541-1603)　フランスの神学者、モラリスト。最初法律を学んで法学博士となり、パリで弁護士となったが、神学に転向した。説教家として知られ、各地の司教座付き神学校で神学を教えた。一五七六年から九三年までボルドーの副司教を勤めたとき、モンテーニュと知り合い、深い影響を受けた。晩年はコンドンで過ごした。主著『知恵について』*De la Sagesse*(1601)では、モンテーニュや新ストア主義の思想を取り入れて、人間は宗教的不寛容や狂信に陥らぬために、理性に基づいた自立的モラルをもつべきであると主張した。

●67――アウグスティヌスの恩寵論　ペラギウスとその一派が、人間の本性は人祖アダムの罪によって本質的に堕落したわけではなく、人間は自らの自由意志によって善行をなし得ると主張したのに対して、アウグスティヌスは、自身の体験に基づく深刻な人間観に立脚した絶対的恩寵論と、それから帰結する予定説を説いた。

『自然と恩寵』*De natura et gratia* の中で、アウグスティヌスは次のように述べている。人間の自然本性は創造においては健全であったが、アダムの原罪によって毀損され、全人類は罪を負った存在となっている。神の正義によれば、全ての人間は有罪である。しかるに、憐れみに富む神は、キリストの恩寵によって、人間を救いたもう。この恩寵は、人間個人の功績に対して支払われるものではなく、「値なしに gratis」与えられるものであり、その故に「恩寵 gratia」の名で呼ばれる。ペラギウス一派は、人間の自然本性は、幼児にあっては無垢で健全であるし、成人においても、人は欲するならば自らの自由意志に基づいて自己の義を達成することが可能であると主張しているが、もしそうであるとすれば、キリストの十字架は無効となってしまう。全ての人間にとって、キリストの救いによる以外には、たとえ幼児といえども、けっして救われることはない。人間の自然本性は原罪によって悪化し、恩寵を求めているというのが真実の姿である。自由意志のみによってこの罪から解き放たれ、義に返ることはできない。

人間の救いについても同様である。アウグスティヌスによれば、人間が単に死ぬことと、「肉の欲するところ霊に反し、霊の欲するところ肉に反するこの死の身体」から解放されること、すなわち救いとは別のものである。救いはただ「わたしたちの主イエズス・キリストによる恩寵によってのみ、主の聖徒と信徒とに分かち与えられる」(『人間の義の完成』*De perfectione justiciae hominis*, 第八章)。

ペラギウス派との論争は、四一八年のカルタゴ公会議によってペラギウスの教説が異端と宣告されて一応の決着を見たが、アウグスティヌスの恩寵説がそのまま万人に受けいれられたわけではなかった。アウグスティヌスの教説では、人間の意志の自由がまったく認められず、善行への意欲を殺ぐことになるという不満が根強く残った。このように考える人々は、自由意志と恩寵とを調停、両立させようと志向した。恩寵や摂理に関するこれらの相異なる思潮が、中世の神学・哲学思想を形づくっていくことになる。アウグスティヌスの恩寵論が再び脚光を浴びるのは、一六世紀以降である。一六世紀の宗教改革運動の中で、次項に述べるルターはアウグスティノ会修道士であったし、カルヴァンもまたアウグスティヌスの恩寵論を自家薬籠中のものとして、これに強く影響されてその予定救霊説を打ち立てた。その後、「アウグスティヌスの時代」とも称される一七世紀には、ジャンセニウスがアウグスティヌスの恩寵論をその最も徹底した形で唱え、ジャンセニスム運動を生み出すことになる。

●68――ルターとエラスムスとの大論争　宗教改革の混乱を嫌ったエラスムスは、一五二四年九月に『自由意志論』*De libero arbitrio* を公刊し、宗教に関することがらについても、人間はその自由意志によって、関与することもしないこともできると主張した。しかも人間がこのような自由意志を持つことが聖書の章句によっても証明されるとしたため、翌一五二五年一二月、ルターは、アウグスティヌスの用語を題名にとった『奴隷的意志論』*De servo arbitrio* を発表し、これに反論した。人間の救いはただ神の恩寵のみによるとするルターにとって、エラスムスの態度は「この世の平和が保たれさえすれば、誰がどこで何を信じていようとかまうことなく、……キリスト教の教理を哲学者たちの見解や人間の教えより高級なものとは考えないで……、わたしたちの戦いを終わらせるために仲介者としてやってきて、双方から武器をひかせ、こんな愚かで無益なことにわたしたちが剣を抜くのをやめるよう、説得している」と思われたからである。

●69――ジャンセニウス Cornelius Jansenius (1585-1638)　オランダ生まれの神学者、ジャンセニスムの創始者。ルーヴァンでカトリック神学を学んだが、一六〇四年に Duvergier de Hauranne (サン＝シラン師) と知り合い、教父神学、とりわけ聖アウグスティヌスの恩寵論に目を開かれ、その研究に没頭した。一六一七年ルーヴァン大学教授、一六一九年には神学博士号を得た。一六三六年イープルの司教に叙任された。アウグスティヌスの著作とりわけその恩寵論を徹底した形でうけいれたその思想は、やがて大著『アウグスティヌス』として一六四〇年に刊行され、一七世紀以降の宗教思想に大きな影響を与えた。

●70――アルノー Antoine Arnauld (1612-1694)　フランスの神学者。「大アルノー」と呼ばれる。一六四一年ソルボンヌより博士号を受ける。早くからジャンセニウスの恩寵論やサン＝シランの霊性に深く傾倒し、一六四三年『頻繁な聖体拝領について』*De la fréquente communion* を発表して、イエズス会士の見解を「安易な信仰」dévotion aisée として批判した。ジャンセニウスの「五命題」が断罪されたとき、その非を鳴らして教皇庁、イエズス会およびソルボンヌを激しく攻撃し、一六五六年には博士号を剝奪された。ジャンセニスムの指導者として、獅子奮迅の働きをし、神学および哲学に関して膨大な作品を残した。

●71――ニコル Pierre Nicole (1625-1695)　フランスのモラリスト。古典語を学んだ後、一六四二年から一六四四年までパリで哲学を修めた。サングラン神父の教導により、ポール＝ロワイヤルに入り、一六四六年から「小さな学校」で教鞭を執るとともに、これと平行してソルボンヌで神学を学んだ。ジャンセニスムが各方面から攻撃を受けた苦難に時期に、大アルノーをよく補佐したが、二人の仲は徐々に疎遠になっていった。一六七九年のロングヴィル公爵夫人の死を契機として一時フランドルに引退し、神学論争から身を引いた。一六八三年に再びパリに上り、カルヴァン主義者に対する論争の書を発表した。また、いくつかの著作で恩寵の問題を再び取り上げたが、これによりアルノーとの意見の相違は決定的となった。主著『モラルについての試論』*Essais de morale* (1671)。

●72――『ポール＝ロワイヤル論理学』*La logique de Port-Royal* アルノーとニコルが「小さな学校」でシュヴルーズ公の若君の教育のために編纂した論理学の教科書『論理学または思考術』*La logique ou l'art de penser* (1662) の通称。デカルトやベーコンの認識論を取り入れて、アリストテレスの論理学を近代に応じた形につくりかえようと試みたものである。四部から構成され、第一部は概念、第二部は判断、第三部は推論、第四部は方法を論じる。

●73――『ド・サシ氏との対話』*L'Entretien avec Monsieur de Saci*　一六五四年一一月二三日の夜にいわゆる決定的回心を体験したパスカルは、一六五五年一月七日にパリを出発してポール＝ロワイヤル・デ・シャンに赴いた。このときパスカルの指導に当たったのがド・サシ Isaak-Louis De Saci (1625-1684)であった。この折にかわされた会話を、ド・サシの秘書のフォンテーヌがパスカル自身のメモに基づいて執筆したのがこの作品であるとされる。この中でパスカルは、それまでの生涯でエピクテトスとモンテーニュの影響を最も強く受けたことを告白し、この二人の思想、言い換えればストア主義と懐疑主義とに対する彼の評価を明らかにしている。すなわち、ストア主義は「自己の権限に属するものとそうでないもの」を峻別し、財産、生命あるいは尊敬などわれわれの権限外のものは捨てて省みないが、精神と意志とはわれわれが完全に自由にしうるものだと主張して、悪魔的に尊大な原理を立てている、と非難する。他方、懐疑主義は「異端者たちが聖書の真意を知るのは自分たちのみであると確信しているのを、無敵の堅固さによって論破し、また同じ所に立って、神は存在しないと敢えて主張する者どもの恐るべき不敬虔をいっそう強力に撃破する」という善用の道はあるものの、「人間を真の善に到達し得ないのだという絶望に、そしてそこから極度の卑怯へと堕落させるもの」と批判した。

●74――「堕落した理性」la raison corrompue　「懐疑論者たちは堕落した理性に決断を委ね、堕落した意志に決断の選択を委ねて、人間本性のうちにあるすべての堕落しているものを、彼らの行為に参与させようとする」。(『パンセ』Br. 907)

●75――奴隷的意志 volonté serve, unfreien Willen　人間の自由意志は、神の恩寵の助けなしには、自発的な力だけでは堕落するだけであり、アウグスティヌスによれば「自由というよりは奴隷というべき意志」であるとされる。ルターはエラスムスへの反論の書にこれを題名として選んだ。訳注68参照。

●76――カルヴァン派の予定救霊説 prédestination, Praedestination　単に「予定」とも呼ばれる。人間の救いはひとえに神の恩寵によるのであり、人間の意志はこれには無力であり、個人的功績も無力である。万人が救われるわけではなく、一部の人びとが予め神の恩寵によって救いへと予定されているのだとされる。この考えはアウグスティヌスに始まったものであるが、宗教改革運動を通じて、カルヴァンが再び強く主張した。その後、彼の後継者たちの間で行われた論争を通じて、予定救霊説はさらに先鋭化し、ある者は救いへ、またある者は滅びへと予め予定されており、人間の努力によってはこの予定をどうすることもできないという、いわゆる二重予定説となった。

第四章　デカルトの情念理論と思想史におけるその役割

●77――フォシウス Gerardus Johannis Vossius (1577-1649)　オランダの人文学者。ドルトレヒト大学学長(1600-1615)およびレイデン大学学長(1615-1618)を勤めた後、アムステルダムに新設されたアテナエウム Athenaeum というアカデミーの歴史学教授に迎えられた。ここに引用された *De theologia gentili et physiologia christiana* (Amsterdam, 1641)は、カルヴァン派の立場で書かれたものである。

●78――スキオピウス Scioppius ドイツ名 Gaspard Schopp (1576–1649) ドイツの文献学者、文法学者。学者ではあるが政治性の強い行動をした。プロテスタントであったが教皇クレメンス八世に取り入り、人文学者スカリゲルを攻撃したり、アンリ四世のナントの勅令を批判したりした。カゾーボンもやり玉に挙げられた。これらの激烈な政治的活動の一方で、ラテン語とラテン文学とについて深い学識を有し、多くの著作や校訂本を発表した。ここに引用された *Elementa philosophiae stoicae moralis* は一六〇六年に刊行された。なおスキオピウスは一六〇〇年にたまたまローマに滞在していたときに、次項のブルーノの焚刑に立ち会い、その見聞を故郷に書き送ったが、その中で、ブルーノが自分に死刑判決を下した判事たちに向かい、「この判決を聞くわたしよりも、君たちの方が恐れているではないか」と言い放った、と伝えている。

●79――ブルーノの対話『英雄的狂気』*Degli eroici furori* ジョルダーノ・ブルーノ(Giordano Bruno, 1548-1600)はイタリア生まれの思想家。はじめドメニコ会に入り、スコラ哲学をはじめ、古代およびアラビアの哲学と科学、当時の人文学や自然学を学び、とりわけコペルニクスの地動説に接した。異端の嫌疑がかかったため各地を流浪し、反スコラ哲学運動を行った。一五九一年にイタリアに帰国するが、一五九二年にヴェネツィアで捕えられ、宗教裁判にかけられた後、焚刑に処せられた。

ブルーノはコペルニクスの地動説、ニコラウス・クザーヌスの宇宙観、および古代のアトミズムを結合し、無限の宇宙の中で無数の有限宇宙が生成・消滅するという力動的汎神論を展開した。ブルーノによれば、神は絶対的一者であり、そこから万物が流出する。その意味で神は無限の宇宙であり、動力因としての宇宙霊が宇宙の自己完成運動を司っている。この無限宇宙の中に存在している個別的世界はアトムの集合体であり、アトムの離合集散によって自然界のすべての生成、変化は説明される。宇宙霊はこのアトムにも宿っている。人間は宇宙のうちに存在するものとして、神の影である。神においては矛盾も対立もないものが、有限の人間においては対立・矛盾として現れる。人間は神との一致を成し遂げ、自分の中の対立・矛盾を解消したいと願うが、この衝動が愛と呼ばれるものである。しかし神の影にすぎない人間が神そのものに一致できるはずもなく、人間は神への強い愛と、それを実現できない絶望との間で苦しむ存在である。これが愛の狂気と呼ばれるものであり、神への愛はこの英雄的狂気にあるとされる。『英雄的狂気』*Degli eroici furori* はロンドン滞在中に書かれたイタリア語の作品で、刊行は一五八五年である。

第五章　クリスティナ女王と一七世紀における英雄の理想

●80――マンナーシート Charles Alexander Mannerschied/Manderscheidt ローマ教皇庁からストックホルムへ派遣されたイエズズ会士。クリスティナの行動や人となりに関して報告を送った。

●81――「バロック」時代　邦語文献として、倉田信子著『フランス・バロック小説の世界』、平凡社、一九九四年刊、参照。

●82――アゾリーノ枢機卿 Decius Azzolino (1623–1689) フェルモの貴族の家に生まれ、聖職者となる。一六五四年枢機卿。教皇アレクサンデル七世の命によってクリスティナの「監督者」に任じられたが、クリスティナは彼を誠実な友人として信頼し、その死にあたっては彼を相続人に指名した。

●83――短い治世……　一六四頁以下の略年表を参照。

●84――モナルデスキ Giovanni Monaldeschi (?-1657)　モナルデスキはオルヴィエト出身の貴族で、クリスティナ女王の側近として仕えていたが、一六五七年女王に随行してフランス旅行中、フォンテーヌブロー城滞在中に、女王の秘密の書簡をスペインに漏らしたとして、女王自身の裁定により死刑に処せられた。この事件で仲介に立った修道院長がクリスティナの決定に容喙《かい》したこと、とりわけ、フランス王の宮城で起こった事件である以上、フランス国王の判断を仰ぐべきだと進言したことが、クリスティナの自尊心を著しく傷つけたとされる。

●85――退位勅書　退位勅書の主たる内容は以下の通り：

①自分とその子孫はスウェーデン王位に関する権利を一切放棄し、これを従兄である皇太子カルル・グスターフに譲る。

②自分の采地として一定の所領を終身保有し、死後はスウェーデンに返還する。

③退位後は完全な自由を獲得し、あらゆる臣従関係、服従関係から除外される。

④退位後もスウェーデン国家に対して不利になることをけっして企てない。

●86――ラ・カルプルネード La Calprenède (1610-1663)　フランスの小説家。一六三二年頃パリに出て、軍隊に入り、軍務のかたわらいくつかの悲劇や悲喜劇を発表するが、後に歴史小説と呼ばれる分野に転身して成功を収めた。『カッサンドル』(1642-60)、『クレオパートル』(1647-58)、『ファラモン』(1661-71)が代表作。英雄を主人公として、一応は歴史に題材を求めた形をとるが、運命のいたずら、錯綜した筋立て、空想的冒険などを特徴とした、現実離れした物語を誇張された文体で書いた。

●87――ラシーヌもまた……舞台を捨てた　ジャン・ラシーヌ(1639-1699)は、一六七七年に発表した傑作『フェードル』が不幸にして、ヌヴェール公爵を中心とする反対派の策動を受けると、劇活動を断念し、これを機に一三年来絶縁していたポール＝ロワイヤルの師父たちと和解した。その後は『エステル』*Esther* (1690)、『アタリー』*Athalie* (1691)の宗教劇二作のみを書き(これらの作品は公開されず、国王御前あるいは学園の生徒たちにより上演された)、劇壇とは訣別した。幼くして両親と死別した彼は、ジャンセニスムに帰衣していた祖母に連れられ、当時パリ郊外シュヴルーズ渓谷にあったポール＝ロワイヤル僧院の付属学校の寄宿生として学んだが、劇作への憧憬やみ難いものがあり、処女作『ラ・テバイッド』*La thébaïde* (1664)をもってデビューするに及んで、芝居を敵視する僧院との関係は険悪となり、離反したといういきさつがあったのである。彼は一六七七年国王修史官に任ぜられ、晩年には『ポール＝ロワイヤル略史』*Abrégé de l'histoire de Port-Royal* を著している。

●88――シレジウス Angelus Silesius, ドイツ名 Johann Schiffer (1624-1677)　ドイツの宗教詩人。エックハルトの影響を強く受けた作品を残した。なおこの段落の冒頭部より「……実現することもできなかった」まで、仏訳では欠落している。

略年表

コルネーユの作品中、比較的入手しやすい次の二書に翻訳のあるものについては指示した。
岩瀬孝ほか訳『コルネーユ名作集』白水社一九七五年(略号『名作集』)
持田担訳『コルネーユ喜劇全集』河出書房新社一九九六年(略号『喜劇全集』)

一五九六　◉デカルト、トゥーレーヌ州ラ・エーで誕生
一六〇一　シャロン『知恵について』
一六〇六　◉デカルト、イエズス会のラ・フレーシュ学院に入学
❖コルネーユ、ルーアンで誕生
一六一〇　アンリ四世没、ルイ一三世即位
一六一四　◉デカルト、ラ・フレーシュ学院を卒業、ポワチエ大学に入学したらしい。
一六一五　❖コルネーユ、ルーアンのイエズス会の学院に入学
一六一六　◉デカルト、ポワチエ大学法学士
一六一八　三〇年戦争始まる(一六四八年まで)。◉デカルト、オランダ行、ナッソウ公の軍に入る。一一月、ブレダ滞在時にベークマンと知り合う。
一六一九　◉デカルト、オランダからデンマークを経てドイツに旅行。一一月一〇日、「霊感に満たされて驚くべき学問の基礎を発見」した。
一六二二　◉デカルト、フランスに帰国
一六二三　◉デカルト、イタリア旅行。チャーベリーのハーバート『真理について』刊
一六二四　リシュリュー宰相となる。❖コルネーユ法学士となり、ルーアン高等法院弁護士
一六二五　◉デカルト、フランスへ帰国。⚜クリスティナ、ストックホルムで誕生(一二月一八日)
一六二八　◉デカルト『精神指導の規則』刊
一六二九　◉デカルト、オランダ移住。❖コルネーユ、喜劇『メリット』(邦訳『喜劇全集』)
一六三一　❖コルネーユ、悲喜劇『クリタンドル』
一六三二　❖コルネーユ、喜劇『未亡人』(邦訳『喜劇全集』)。⚜クリスティナの父グスターフ・アドルフ戦死(一一月六日)
一六三三　⚜スウェーデン国会はクリスティナを国王と宣言(三月一四日)。ガリレオ断罪される。❖コルネーユ、喜劇『法院の回廊』(邦訳『喜劇全集』)
一六三四　❖コルネーユ、喜劇『侍女』(邦訳『喜劇全集』)、喜劇『王宮の広場』(邦訳『喜劇全集』)
一六三五　❖コルネーユ、悲劇『メデー』、喜劇『舞台は夢』(邦訳『名作集』『喜劇全集』)
一六三七　◉デカルト『方法序説』刊。❖コルネーユ、悲劇『ル・シッド』(邦訳『名作集』)。ル・シッド論争
一六四〇　◉デカルト『省察』刊。❖コルネーユ、悲劇『オラース』(邦訳『名作集』)。ジャンセニウス『アウグスティヌス』刊

一六四二　❖コルネーユ、悲劇『シンナ』(邦訳『名作集』)、悲劇『ポリュークト』(邦訳『名作集』)
一六四三　ルイ一三世没、ルイ一四世即位(五歳)、マザラン宰相。◉デカルト、エリザベートとの文通開始。❖コルネーユ、悲劇『ポンペーの死』
一六四四　⚜クリスティナ親政開始。◉デカルト、この頃シャニュと知り合う。『哲学の原理』刊(アムステルダム)。❖コルネーユ、喜劇『嘘つき男』(邦訳『喜劇全集』)、悲劇『ロドギュンヌ』(邦訳『名作集』)
一六四五　❖コルネーユ、悲劇『テオドール』
一六四六　ライプニッツ誕生(七月一日)
一六四七　◉デカルト、フランス旅行中にパスカルと会う。『省察』仏訳刊、『哲学の原理』仏訳刊。❖コルネーユ、悲劇『エラクリユス』、アカデミー会員に選出される。
一六四八　◉デカルト、最後のフランス旅行、フロンドの乱に出会い、急ぎオランダに帰国。『人間論』完成(出版は一六六四年)。ウェストファリア条約(一〇月二四日)、三〇年戦争終結。
一六四九　◉デカルト、クリスティナの度重なる招聘に応じて、一〇月ストックホルム到着。『情念論』刊
一六五〇　◉デカルト肺炎のため死亡(二月一一日)。⚜クリスティナ戴冠式(一〇月二六日)。❖コルネーユ、英雄喜劇『アラゴンのドン・サンシュ』
一六五一　❖コルネーユ、悲劇『ニコメード』(邦訳『名作集』)
一六五二　イエズス会士マリネスとカサティ、ストックホルムへ派遣される。❖コルネーユ、悲劇『ペルタリット』
一六五三　フロンドの乱終了、マザランパリ帰還。❖コルネーユ演劇界から引退を表明
一六五四　⚜クリスティナ退位。カルル・グスターフがカルル一〇世として即位。
一六五五　⚜クリスティナ、インスブルックでカトリックに改宗(一一月三日)の後、ローマに到着(一二月二〇日)。スウェーデン・ポーランド戦争(〜一六六〇年)
一六五六　⚜クリスティナ、フランス旅行
一六五七　⚜クリスティナ二度目のフランス旅行、モナルデスキ事件
一六五九　❖コルネーユ、悲劇『エディップ』
一六六〇　カルル一〇世没。⚜クリスティナ、スウェーデン旅行
一六六一　マザラン没、ルイ一四世親政(〜一七一五)。❖コルネーユ、悲劇『金羊毛皮』。アルノーおよびニコル『ポール＝ロワイヤル論理学』刊
一六六二　❖コルネーユ、悲劇『セルトリユス』
一六六三　❖コルネーユ、悲劇『ソフォニスブ』
一六六四　❖コルネーユ、悲劇『オトン』
一六六六　⚜クリスティナ、ハンブルク滞在。❖コルネーユ、悲劇『アジェジラス』
一六六七　❖コルネーユ、悲劇『アッティラ』
一六六八　⚜クリスティナ、ハンブルクよりローマへ帰還
一六七〇　❖コルネーユ、英雄喜劇『ティットとベレニス』
一六七一　❖コルネーユ『プシシェ』(モリエールおよびキノーとの

合作)。ニコル『モラルについての試論』刊
一六七二　❖コルネーユ、英雄喜劇『ピュルケリ』
一六七四　❖コルネーユ、悲劇『シュレナ』
一六八四　❖コルネーユ没
一六八九　⚜クリスティナ没

付録――コルネーユ悲劇梗概

ここに、読者の便宜を考えて、カッシーラーが本論のなかで取り上げているコルネーユの悲劇作品のうち邦訳のないもの七篇を選び、その梗概を掲げておく。

1――『メデー』(1635年初演)

コルネーユ悲劇の第一作であるこの作品はギリシアのエウリピデスおよびローマのセネカの『メーデーア』から少なからず着想を得ている。すなわち、かの金羊毛皮探索を成し遂げたギリシアのアルゴー船遠征の後日談ともいうべきものである。

遠征隊を指揮してコルキスの国にわたったたジャソン(イアソン)は、彼地の王女メデー(メーデーア)を愛し、その魔法の力を借りてこの仕事に成功した。二人は愛の契りも固く、ともに故国に凱旋した。ところがジャソンを待ち受けていたものは、彼に遠征を薦めた叔父の裏切り行為であった。やむなく二人はコリント(コリントス)国に難を逃れる。こうして舞台はコリント国で繰り広げられる。

ジャソンはコリント国王クレオンの庇護を得ようという下心から、その王女クレユーズ(クレウーサ)の歓心を買い、クレユーズにはアテナイの王エジェ(エイゲウス)という求婚者があったにもかかわらず、結婚を決意する。もっともエジェは戦いに敗れ、ジャソンに囚われていた。

メデーは夫の忘恩と不義を責め、心に固く復讐を誓いつつ、国を出ようとする。彼女は、夫からもコリントから離れるよう促され、さもなければクレオンは彼女も子供たちも殺すだろうと脅迫される。彼女は彼女で、魔法をかけ、アテナイの王を夫の手から救い出す。一方、クレユーズはエジェの同意を得て、羨望の的であったメデーの服をもらい受ける。メデーはその服に恐ろしい毒物を染み込ませ、花嫁を毒殺してしまう。惨事を知って駆けつけた父クレオン王も苦悶のあまり息絶える。憤怒に度を失ったジャソンは、メデーとのあいだにできた子供たちの命を奪おうとするが、そのとき露台から、その魔力により二頭の竜の引く車に乗ったメデーがあらわれ、短剣を示しながら、すでに二人の子供を自分の手にかけたことを告げ、呪詛の言葉とともに雲の彼方に立ち去って行く。独り残されたジャソンはみずから命を絶つ。

筋書きだけでは、魔法に長け、自分の子供をもあえて殺害する悍婦メデーをどう解釈するかは甚だ心もとないが、少なくとも善悪の彼岸に立つ、ともいうべきその強烈な自我は注目に値しよう。つぎつぎと襲う運命のつれない仕打ちにもめげないメデーに向かい、侍女ネリーヌは「このような悲運のなかで、なにが御妃さまに残っているのでございましょうか?」と問うたのにたいし、メデーは「私よ。私が残っているのよ。それで十分」と答える(第一幕五場、320行)。この言葉のなかに、運命に敢然と挑む張り詰めた意志を見、ストア主義の影響を指摘する批評も少なくないが(ジョルジュ・クトン等)、ストア主義の教説とは、むしろ自然に従おうという意志を貫いて、運命を甘受(受容)してアパティアの境地に達すること、従ってメデーは該当しないとする反論もある(アントワーヌ・アダン等)。メデーの強烈な自我は後の『ロドギュンヌ』(1644-45年初演)におけるシリアの女王クレオパートルと同質のものといえよう。

2――『ポンペーの死』(1642-43年初演)

これは、名だたる、かのローマ皇帝セザール(カエサル B.C. 102-B.C. 44)にたいし、政治家にして猛将ポンペー(ポンペイウス・マグヌス B.C. 106-B.C. 48)が起こした反乱を描いた、ローマの詩人リュカン(ルカヌス 39-65)の叙事詩『ファルサルス(内乱)』から着想を得た悲劇。テッカリアのファルサルスで皇帝軍に敗れたポンペーは、帆をあげてエジプトへ落ちのびる。舞台はエジプトのアレクサンドリアにある王宮。国王プトメレ(プトレマイオス一三世)は、セザールの寵愛を得ようとして、顧問・将軍たちと謀り、ポンペーを暗殺してしまう。ひとつには、先帝プトメレ一二世の意志で決められた、妹クレオパートル(西洋古代で最も著名な女性クレオパトラ B.C. 69-B.C. 30)との共治の秘密をポンペーが握っていたからであり、妹の存在を疎ましく思っていたからでもある。

クレオパートルは侍臣からポンペー暗殺とセザールのエジプト来訪を知らされる。来訪の目的のひとつは、皇帝のクレオパートルへの並々ならぬ恋慕のためであった。一方、皇帝はポンペーの処刑を知り、プトメレをきびしく叱責し、恥知らずとばかりこれを追放した。この処置を快く思ったのは、言うまでもなく妹クレオパートルである。自分はローマ皇帝を籠絡しているのだから、もう兄のプトメレは再起不能にちがいない。

ポンペーの妻コルネリー(コルネリア)が人質としてアレクサンドリアに送られてくる。セザールは、人質の期間は暗殺の首謀者たちの刑の確定までであり、長いものではないことを約束し、寛仁大度を示す。だが皇帝は本当に高邁な人間なのだろうか。コルネリーの心中からは復讐の誓いが消えることはない。

王座を追われたプトメレは、徒党を組み、セザール暗殺の陰謀を企てる。しかしそれも発覚、プトメレの軍隊はセザール軍の攻撃を受けて大敗、プトメレは死ぬ。

コルネリーはセザールに身柄の釈放を要求する。彼女は夫ポンペーの骨壺を胸に、復讐はけっして忘れないが、皇帝がクレオパートルを娶り、誇り高いローマ人から忌み嫌われ、ローマ人の手で殺害されるよう、傲然たる態度で自分の希望を述べる。クレオパートルは震え戦くが、セザールは彼女を慰め、その頭上にエジプト女王の王冠を授ける。

この劇では、ポンペーは一度も登場しない。むしろエジプト国王の政治的陰謀およびセザール、クレオパートルの恋物語が主眼といえるだろう。さらには、冷徹で男勝りとも思えるコルネリーの姿もまた、観衆を惹きつけたにちがいない。

3――『エラクリユス――東方の帝王』(1646-47年初演)

舞台は七世紀のコンスタンチノープル。コルネーユは、イエズス会士バロリユスの大著『教会史』(1593-1607年刊行)中の挿話からヒントを得たものとされる。その筋立てを一言で尽くせば、暴君を困惑に追い込むため、皇族一統の子供たちの、取り替えの物語であり、ひどく錯綜しているが、巧みな展開をもって好評を博した。

ビザンツ帝国皇帝フォカスは、家門が自分よりも高貴なピュルケリ(プルケリア)王女を、無理強いしてでも自分の息子マルシアン王子と結婚させようとしている。ピュルケリは頑として聞きいれない。それもそのはず、彼女の父、モーリス皇帝がフォカスにより、帝位から追われたうえ、命を奪われたからだ。マルシアンも拒絶。なぜなら、彼は偽者で、実は殺されたモーリス皇帝の息子エラクリユス皇太子であり、自分がピュルケリの兄であることを知っているからである。

話しは二〇年前にさかのぼるが、幼いエラクリユスの教育役をつとめていた貴族のレオンティーヌ夫人は、エラクリユスが刑執行人の手に渡らないように、自分の息子レオンスを身代わりにたて、皇太子の命を救ったのである。一方、フォカスは息子マルシアンの教育もレオンティーヌに任せていたので、ここに年頃のほぼ同じ子供の入れ替えが可能であったわけである。すなわちエラクリユスはマルシアンに、マルシアンは犠牲になったレオンスになりすましたのである。

ところでエラクリユスは、レオンティーヌの娘ユドックスを愛し、マルシアンはエラクリユスの妹ピュルケリを愛している。エラクリユスはみずから素性を明らかにし、フォカスを動転させようという誘惑に駆られることもあったが、レオンティーヌは、心中期するところがあってか、マルシアンにたいしては、秘密を頑なに守り続けていた。いまに見よ！　簒奪者は自分の息子の刃にかかって果てようぞ！

ところが、先帝モーリスの遺児エラクリユスが実は生きているという噂が流れてくる。先帝の勅書なるものが出てきて、そこにはレオンスがエラクリユスであると書いてあった。レオンス(実はフォカスの息子マルシアン)はこれを信じ込み、自分から名乗り出る。レオンスが処刑されんとしたとき、真相を知っている本物のエラクリユスが割ってはいった。二人の若者は強い友情の絆で結ばれていたからである。「私こそモーリスの息子、陛下は自分の子を殺めようというのですか！」と本物のエラクリユスが叫ぶ。フォカスの疑心暗鬼は見るも無惨であった。二人の若者が揃って刃向かってくる、どちらが息子で、どちらが敵か。

フォカスが自分の腹心と信じていた貴族エグジュペールは、実はレオンティーヌ夫人と謀って暴君を窮地に追いつめようとしていたのである。こうして、暴君は難なく成敗されてしまう。ここにいたりレオンティーヌは、二人の王子の真正の身分を明らかにする。フォカスが息子と信じていたマルシアンがエラクリユスであり、レオンスと名乗っていた者がマルシアンであることを。エラクリユスは帝位に就き、めでたくユドックスを王妃として迎える。本物のマルシアンは忌まわしいフォカスの王子であることを潔しとせず、レオンスを名乗り続け、ピュルケリと結ばれることになろう。

4――『エディップ』(1659年初演)

『ペルタリート』(1652年初演)が不評であったのをきっかけに、

コルネーユは演劇界を引退。一六五八年『エディップ』の執筆をもって復帰。

この悲劇はいうまでもなく、ソフォクレスの『オイディプス』から題材を得たものであるが、ギリシア悲劇からはかなり隔たっている。

舞台はテーブ(テーバイ)。エディップ王(エディップス)はジョカスト(イオカステ。実の母)と結婚している。王にはディルセという妹(コルネーユの創造した登場人物)があり、王は利害得失の上から、この姫をアテナイの王テゼ(テセウス)に娶らせようとしており、テゼはテーブの都を来訪中である。

折りから都にはペスト禍が猛威を振るい、街中がパニック状態に陥る。エディップは神託を乞わせる。すると亡王ライウスの亡霊が現れ、「わが一門の誰かが生け贄として、その血を流さないかぎり悪疫は終わらないであろう」と告げる。

自分がライウス(ライオス)王とジョカスト妃の一人娘で、兄弟はほかにはないと信じているディルセ姫は、国を救うために人身御供になろうと決心し、テゼ王に打ち明ける。

さらにライウス王とジョカスト妃の息子は、キタイロンの山中で猛禽の餌食になったことになっているのに、生きているのではないか、テゼ王の出自に不審なところはないかなどの風評が流れはじめる。

ディルセ姫への愛をひたすら募らせるテゼは姫を救うため、みずから生け贄になろうと申し出る。しかし真相が次第次第に明らかにされる。ライウス王刺殺の現場を目撃したフォルバスの証言、エディップを山中から拾い上げ、育てたコリントス国の老人フィクラートの証言などがつぎつぎと出てきて、疑う余地のない事件が浮かび上がる。

もはやこれまでとばかり、王妃ジョカストは白刃を胸に突き立て、みずから果てる。その刃を握ったエディップ王は自分の両眼を突いて盲目となる。その血潮が大地に滴り落ちるやいなや、病魔は去り、息も絶え絶えだった市民たちは蘇ったのである。

ただ大筋を追っただけでも、この作品がソフォクレスの近親相姦の罪と恐怖の物語とは異なることが分かろう。

第一にこの作品では、ディルセ姫とテゼ王との熱い愛の情念が主要なテーマとして全編を一貫している。第二にエディップをはじめディルセ、テゼのいずれもが、強い個性的存在である。強固な意志をもって、冷静に運命と格闘する気概を備えた人物である。最大の山場、両眼を突くエディップについて、側近のディマスは言う。「こうして陛下は、荒々しい仕草をもって、ご自分の両眼をえぐられ、/血を滴らせ、テーベの民草を蘇らせ給うたのです」(V-9)。また「それにより、陛下は御自分の運命を統御されたのです」(V-5)とディルセは言う。いわば当時蘇ったストア主義の影響が感得されるかもしれない。本書二一一二三頁で、カッシーラーは暴虐な運命の攻撃に立ち向かうテゼの台詞のなかに自由意志と明知を指摘している。一七世紀から一八世紀にかけては、人間の自由意志と神の恩寵について、ジェズイットとジャンセニストとのあいだで激しい論戦(訳注70参照)が続いていたが、コルネーユは、原罪で堕落した後でも人間には自由意志が存続していること、および神の十分な恩寵による救済を主張するジェズイットの考え方に同調していたことが、この作品のなかに読み取れるとする批評家もすくなくない。

5——『セルトリユス』(1662年初演)

時代は紀元前二世紀—前一世紀、共和制ローマから帝国への過渡期。ローマの将軍セルトリユス(セルトリウス、B.C. 122-B.C. 72)に占領された、アラゴン国(スペイン)の街ネルトブリージュ。作者は劇の題材をプルタルコスの『英雄列伝』中の「ポンペイウス伝」ならびに「セルトリウス伝」に求めている。

当時のローマでは、閥族派のシラ(スラ、B.C. 138-B.C. 78)が独裁政権を恣にしていた。セルトリユスは、貧民などを集めて軍兵とするいわば貧民派を代表し、シラと対立していたマリウス将軍(B.C. 157-B.C. 86)の協調者として、百戦錬磨の勇者であった。彼は、ローマの独裁体制を逃れてアラゴンへきた亡命者や不満分子なども糾合して、優勢な軍団をつくり、各地を制覇し、自称「小さなローマ」を創ろうとしていた。

一方、ローマ帝国の基礎を営々と築いている猛将ポンペー(ポンペイウス・マグヌス)もアラゴンの地に進駐し、シラの麾下で祖国の威信を拡張していた。彼の妻アリスティは反シラ派の急先鋒だったから、独裁者は懸念を抱き、彼女と離婚するようポンペーに強要し、自分の義理の娘エミリーと結婚させた。ポンペーは承服せざるをえなかった。アリスティは追放され、アラゴンの地に来た。彼女は異国にて反乱の狼煙をあげてシラへの復讐を心に誓うのだったが、ポンペーへの愛は変わることはなかった。そして戦略のうえから当然セルトリユスへと近づき、その心を誘惑し始めた。

ローマの権勢に脅えるルシタニア国(現在のポルトガル)の女王、ヴィリアート(作者の創造になる人物)は、シラに抵抗するため、セルトリユスに支援を求め、結婚をせまっていた。こうして、二人の女丈夫の老将軍への求愛は、その高邁な精神に惹かれてでもあるが、それ以上に差しせまった戦略上の理由、政治的野心からである。とくにアリスティのほうは、シラの閥族派に反対する故国の有力な貴族たちの書簡類を密かにアラゴンに持ち込むなど、その野心には並々ならぬものがあったから、セルトリユスとしても彼女を等閑視することができなかった。老将軍は二人の女傑の自分にたいする絶大な信頼を公平な態度をもって重んじ、恬淡としてアリスティの希望を受け入れる。彼は、自分の副官ペルペナがヴィリアート女王にぞっこん惚れ、末は女王を娶り、ルシタニア王を夢見ていることを知っていたので、この副官を女王に推挙した。こうして女性二人のあいだには共感こそあれ、反目は起こらなかった。

ところでポンペーとセルトリユスとの関係はどうなっているのだろうか。第三幕第一場では、二人の膝を交えての長い会談が披瀝されているが、これはコルネーユの政治観を検討するうえで極めて重要だと言われている(たとえば、ジョルジュ・クトン)。要は独裁者シラへの協力をめぐっての対話であるが、そこには、プルタルコスの語る知謀に長けたポンペー、蛮勇というか、むしろ残酷なセルトリユスという姿はまったく見られず、それぞれが冷静かつ合理的な一七世紀の紳士(オネットム)の典型である。しかし会談は政治的な決裂であった。ポンペーはセルトリユスに賛同して、シラを棄てることを拒否、セルトリユスはシラとの取り引きを断固拒絶したからだ。ただローマの繁栄という「国是」への忠節にかけては優劣はない。「ローマは最早ローマではない。ローマは予のいるところにある」(936行)というセルトリユスの傲岸不遜の句、「祖国の城壁と再び相まみえるのは心なごむこと」(925行)というポンペーの郷愁と希望を忖度させる句、この二つの句は両雄の真意を伝えておもしろい。

第五幕二場、アリスティの妹がローマから送った手紙が急転直下、大団円へと導く。その手紙によれば、シラが元老院で引退を宣言し、執政官の象徴である束桿も斧も着けずに公衆の面前に姿を見せたこと、次にポンペーの新しい妻エミリーが産後死んだこと、したがってポンペーは離婚を解消して、アリスティと撚りを戻すのが望ましいと書かれていた。二人が再び元の鞘に収まったのは言うまでもないが、シラ退陣のあと、辣腕の人として知られるポンペーは様々な戦略に胸をときめかしたことであろう。

副官ペルペナはヴィリアートへの思いの丈を遂げるであろうか。残る主人公セルトリユスの取るべき道は？　だがここに、彼がある宴席で暗殺されるという惨事が起き、すべてが絶たれたのである。野心に燃えるマキアベリスト、ペルペナ一味の仕業であった。ポンペーが関与していたかどうかは、劇の流れからは明らかではない。ポンペーは直ちにペルペナを断罪し、その手からルシタニアの女王を解放して平和と自由を与え、また英雄の死を悼み、その偉業を記念して豪華な碑の建立を約束したのである。英雄のレクイエムをもって幕がおりる。

先に触れたポンペーとセルトリユスとの会談から察するかぎり、この一篇は政治的悲劇として最も密度の高い内容をもつ傑作であり、結果として一七世紀フランスを絶対王政強化へと導いたフロンドの乱(1648-53)の影響が色濃く反映しているとする研究者もある(クトン)。コルネーユ自身この激動の時期をまさに生きた人である。ここで彼の政治思想について考える余裕はないが、この作品に因んだジョルジュ・クトンの解説を掲げておこう。

「権利[法]が事実に屈服するとき、正と不正とを識別しようと欲することは幻想である。紳士(オネットム)たる者は、幻想を抱いたり、選択できると信じたりしてはならないのである。実際には《機会》と《必然》により、《偶然》により、《古くからの因縁》により彼は雁字がらめになっているからである。彼に残された道は、現に関わっている党派に忠誠を尽くすことである。だから名誉ある人とは、自由にならない選択をしないで、忠節の程度で判断されるのである」。政治的オポチュニストというべきか。

6——『ソフォニスブ』(1663年初演)

舞台は、紀元前三世紀—二世紀、北アフリカのシルトの町(現在のアルジェリアのコンスタンティーヌ市)。ニュミディ(ヌミディア)国王シファックスの宮殿。地中海制覇をめざす共和制ローマは、アフリカの強敵カルタゴ国を相手に苦戦を強いられていた。この悲劇は、コルネーユが、ローマの史家ティトス・リウィウス著『ローマ建国史』およびアピアノス著『ローマ史』を題材として、二大勢力ローマ、カルタゴのあいだにはさまれ、政治的・外交的かけひきに苦悶するアフリカ諸国の王・王妃の人間模様を劇化したものであり、先例として、ジャン・メレ(1604-86)に同じ題名の作品(1634年)があり、これは、古典悲劇における「三単一の法則」を厳格に実践した先駆的価値をもつものとされる。

ところで、上記のニュミディ国は分裂し、二つのニュミディ国が共存しており、もう一方はマシニッサ王が統治している。彼はシファックスのために、自分の領土が狭められたので面白くないのである。いずれ劣らぬ権謀術策家だが、にらみ合う二大国、ローマ、カルタゴのどちらに組みするか、彼らはむずかしい決断を迫られずにはいない。

マシニッサ王は、カルタゴの将軍アスドゥルバルの娘ソフォニスブを愛し、二人は将軍には内緒で婚約をしている。しかし父親のアスドゥルバルは、シファックス王の応援によって、アフリカの地から猛将スキピオの軍隊を撃退できたことへの褒賞として、娘を彼と結婚させてしまう。それはマシニッサがヒスパニア(スペイン)に遠征中の出来事であった。

こうして、ソフォニスブはシファックスの王妃となるが、王には若さも魅力もなく、政略結婚以外の何物でもなかった。王妃はカルタゴ軍の猛将の娘にふさわしく、ローマに深い憎しみを抱き、自国を蛮人に踏みにじらせまいとする強固な意志の持ち主であり、二者択一に揺れる王の心を、勢い、カルタゴ支援へと大きく傾かせたほどだった。

マシニッサ王が凱旋する。そこには、王を慕うもう一人の王妃、ジェトゥリ国のエリックス(コルネーユの創造した登場人物)が彼を待ち受け、結婚を迫る。

しかしマシニッサは、すでに人妻になっているとはいえ、かつての恋人ソフォニスブがあきらめきれず、依然熱い思いを抱いている。

さて、スキピオの率いるローマ軍は捲土重来、アフリカ本土を脅かす。ザマの戦い(B.C. 217)、第二次ポエニ戦争(B.C. 219–B.C. 202)を経て、カルタゴが決定的敗北を喫した頃のことである。カルタゴの将軍アスドリュバルおよびシファックス王は囚われてしまう。これにひきかえ、マシニッサ王は巧妙な外交手腕をもって、ローマに組みし、勝利者の側に立つ。そしてソフォニスブとも結ばれる。しかしソフォニスブは苦しい、微妙な立場に置かれざるをえない。スキピオ自身アフリカに上陸し、ローマの護民官レリウス、百人隊隊長アルバンを名代として、マシニッサとの停戦交渉に当たらせることになる。ソフォニスブはマシニッサの王妃だとはいえ、カルタゴ人の血筋をひいているし、シファックスの正妻でもあるから、その身柄は極めて不利な立場に置かれる。スキピオは寛大な意向を伝える。しかし共和制ローマの先例に倣えば、主な戦利品はみな本国に持ち帰ることになっているし、またローマ市民の感情を考慮にいれても、王妃は戦利品の一部として本国に連行されることは必至である。

マシニッサは承服せざるをえず、並はずれて自矜心の強い王妃の胸中を察し、毒薬を添えて手紙を送る。「……ここに送る毒薬は、ただ一つ残された、悲しい道です。これが自分の誠意のすべてを示すため、哀れな王にせめてできることです」。自分の夫の意志と勧告に従い自決することは、ソフォニスブの自尊心が赦すはずがない。生きるんだ、と開き直るが、さりとてスキピオの戦車に乗せられ、ローマの街を引き回されるなど、名誉を重んじる彼女が承知するわけがない。「私の魂よ、しっかりするのよ、どんなことが起ころうと、気概をもって受け流すのよ」とみずからに言い聞かせ、毒をあおる。自分の運命は自分で切り開くという、傲慢なストイシスムというべきだろうか。ソフォニスブはコルネーユにおける英雄主義の極限かもしれない。ローマの護民官レリウスは「このような自尊心は、ローマの女性として生まれるべきだった」と驚嘆の言葉さえ発した。

ところでこの劇のなかで、マシニッサにたいし情炎を燃え立たせたもう一人の王妃エリックスはどんな役割を果たしているのだろうか。作者は「序文」のなかで、ソフォニスブの強烈な個性を引き立たせる「飾り」にすぎないと述べているが、険しい状況に抗しきれずに舞台を去るごく凡庸な女性である。

もう一点つけ加えるならば、この悲劇の評判が芳しくなかった理由として、主人公の重婚がある。「真実らしさ」、「礼節」を重んじる古典主義の鉄則に照らして、当時の人々の顰蹙を買ったであろうことは容易に想像がつくであろう。

7———『シュレナ、パルティア人の将軍』(1674年初演)

舞台は、紀元前一世紀、ユーフラテス河のほとり、パルティア国の首都セルシアの街。コルネーユは、主としてプルタルコスの『英雄列伝』中の「クラックス伝」から着想を得ている。

アルメニア国王アルタバーズ(アルタバヌス)と同盟を結んだパルティア国王オロド(オロデス一世)は、太守にして猛将でもあるシュレナの知謀と獅子奮迅の活躍によって、クラッススの率いるローマの大軍を壊滅させ(B.C. 53)、クラッススを殺した。

オロドは国の防備をより堅固ならしめるとともに、子々孫々にいたるまで王位を継承せしめるため、王子パコリュスと盟主アルタバーズの姫ユリディスとの婚約を取り決め、またシュレナには王家一統に属するマンダヌ姫を伴侶として選び、畏敬してやまぬこの英雄に報いることとした。実はシュレナに終生変わらぬ忠節を誓わせるのが、その目的だったのだ。

ところがシュレナのほうは、かつて使節としてアルメニアに出向いたことがあり、すでにユリディス姫を見初め、二人は清純な恋心にとらわれていたのである。しかしこの二組の男女にとって、呪わしい華燭の典儀が迫っている。

シュレナにはパルミスという妹があり、王子パコルスの求愛を受けていたが、新たにユリディスとの婚儀の話しが決まるにおよび、両者ともその情熱を貫くことは不可能となってしまった(ユリディスもパルミスも作者の創造による人物)。

シュレナはユリディスとの愛を忘れきれず、ユリディスは愛する人が他の姫と結ばれるのを見るに忍びない思いにさいなまれているが、恋しい人の立場を深く考えれば考えるほど、冷静に控え目に振る舞い、決して自分の心のうちを人に悟られまいとしている。ただ、できれば婚儀を遅らせたいと願っている。シュレナにしてもおなじこと。二人の真の気持ちを知っているのは妹のパルミスだけである。こうして三人のあいだでは、愛と臣下の義務・忠誠との葛藤、すなわち人間にとって真の愛とは何かという論議が、差し迫った状況のなかで繰り返される。

一方、王子パルコスは、ユリディスの態度が冷たく、いつまでも他人行儀なのに疑問を抱き、彼女になにくれと問い質すが、彼女は固く口を閉ざしている。オロド王自身、しだいに不審の念にとらわれ、武官のシヤスにひそかに探りを入れさせる。人の口に戸はたてられないもの。その結果、王はシュレナの心に何か不穏な企みでもあるのではないかと強い猜疑心を抱き、シュレナを呼び出して、マンダヌ姫を娶らない場合には追放の刑も止むをえぬ旨、それとなくほのめかす。「陛下、私はだれも愛してはおりません」というシュレナにたいして、「愛していようがいまいが、そなた自身が選ぶのだ。さもなければ、わしから受け取れ」とオロドが突っぱねる。王は街の防衛を固めたり、監視を厳重にしたりする。無気味である。

刻々と婚儀の時が近づく。マンダヌもすでに到着している。ユリディスとパルミスとは、王の希望どおりに事が運ぶことをひたすら願い、シュレナを説得するのだが無駄である。「私の真の罪は、今日、陛下よりも高い名声と大きな勇気をもっていることです」。あるいは「私は臣下として、全血潮も幸福のすべても大君のおかげです。しかしこうして万事を大君に負っているとは申せ、私の心は大君にはなんの負い目もありません。胸中まで指図を受けるのは侮辱にほかなりません……」とシュレナはユリディスに言う。彼に残されているのは追放という過酷な仕打ちだが、こうした彼の言葉の端々にうかがえるのは、ある傲慢さ、運命甘受の諦観、忠誠が入り交じった複雑な心境であり、反逆心などは、かけらほどもない。僭主を批判することが彼に残された最後の自由だったのだ。彼は予測どおり、故国から放逐。城門を出ようというその時、どこからともなく三本の矢がつぎつぎと彼の胸元を貫き、その一本が止めを刺したのである。その最期の様子を伝え聞いたユリディスは、悲嘆のあまり侍女オルメーヌの腕のなかにたおれかかり、「気高いシュレナ様、わが魂を受け入れ給え」と叫び、失神する。パルミスは「大いなる神々よ、……わが仇が果たされないかぎり、わが命の火を消し給うことなかれ」とむなしく訴えるのである。

『シュレナ』はコルネーユの最後の悲劇であるが、この作品が上演された一六七四年にはラシーヌが悲劇『イフィジェニー』を発表し観客から絶賛を浴びている。コルネーユの時代はすでに終わっていた。それかあらぬか、『シュレナ』には、これまでに見られない新生面が開かれている。シュレナは純粋な愛の情念を死を賭して貫き、専制君主の貪欲な戦略・政策を批判し、絶対王政下において臣下の自由と人間性を回復しようと試みたのである。彼の数ある悲劇を一貫して駆け抜けた、頑迷とも思われかねない英雄主義は影をひそめ、恋愛談義に、いわば愛の「決疑論」に没頭するのである。名句も処々にちりばめられている。古典主義文芸たけなわの時期にいたり、老悲劇詩人は、ラ・ロシュフーコーなどモラリストたちから人間本性の分析・批判を、そしてなによりもラシーヌ劇を模範として、愛の情念の葛藤・苦悩について、少なからず学んだものと想像される。それは、シュレナに訴えかける次のユリディスの言葉のなかにも察知されよう。「シュレナ様、生きて下さいませ。私の身も心も衰え果てるまで。私が長い長い時を経て衰えてゆき、あなた様の心の焔がいかばかりであったかが、示されるためにも。［中略］私はなにも死のお世話にならずとも、とこしえに愛し、とこしえに苦しみ、とこしえに死にたいのでございます」。これまでのメデー、クレオパートル、ソフォニスブなど、コルネーユならではの、自尊心の強い男勝りの女性とは何という隔たりだろうか。

注――梗概の作成にあたり、『エディップ』(1659)以後の作品については、ジョルジュ・クトンの大著『コルネーユの晩年 1658-1684』(パリ、マロワーヌ刊、1949)および、同じくクトン編『コルネーユ全集』III(《プレイヤード叢書》、パリ、ガリマール刊、1989)の後注を主として参照した。

訳者あとがき

本書はErnest CASSIRER, *Descartes, Corneille, Christine de Suède*, traduit par Madeleine Francès et Paul Schrecker, Librairie Philosophique J. Vrin, 1942の全訳である。原書は一九三九年に刊行されたErnest CASSIRER, *Descartes, Lehre-Persönlichkeit-Wirkung*, Stockholm『デカルト――学説、人格、影響』である。ドイツ語原書の目次を示すと、次のとおりである。

第一部
　デカルト主義の基本的問題
　　デカルトの真理概念
　　デカルト哲学における「学問の統一性」の理念
第二部
　デカルトとその時代
　　デカルトとコルネーユ
　　デカルトの『自然の光による真理の探求』
デカルトとスウェーデン女王クリスティナ：一七世紀精神史に関する一考察
　❶精神史の問題としてのデカルトとクリスティナの関係
　❷一七世紀における「普遍神学」と自然宗教の問題

❸一六世紀および一七世紀におけるストア主義の復興
❹デカルトの情念理論と思想史におけるその役割
❺クリスティナ女王と一七世紀における英雄の理想

仏訳版は、ドイツ語原書中の、デカルト哲学そのものを取り扱った第一部と、第二部の「デカルトの『自然の光による真理の探求』」を省略した、抄訳ということになる。なぜ全訳ではなく抄訳を試みたかは、仏訳版に言及がないので不詳であるが、仏訳された部分は、ドイツ語原書中で、デカルト思想を、クリスティナおよびコルネーユという思想史の上ではそれまで取り上げられることが稀であった二人の人物の思想との関連性を問題とすることにより、新たな角度から照明を当てた箇所であり、これで十分にフランスの読者に迎えられるとの判断があったのであろう。実際、この仏訳は広く江湖に迎えられて今日に至っている。また、訳者の一人であるPaul Schreckerはこの仏訳に先立って一九三七年にドイツ語原書第一部の「デカルト哲学における学問の統一性の理念」の仏訳(Descartes et l'idée de l'unité de la science, in *Revue du Synthèse*, No 24)を発表しているから、第一部が訳出されなかった理由の一つはこの点にもあったのであろう。なお、仏訳に漏れている第一部の二論文には邦訳がある(大庭健訳「デカルトの真理概念」、『哲学と精密科学』所収、紀伊國屋書店、一九七八年、佐藤三夫他訳「デカルト哲学における『学問の統一』の理念」、『シンボルとスキエンティア』所収、ありな書房、一九九五年)。

ドイツ語原本とフランス語訳は、章立てなどにわずかな違いはあるが、ほぼ完全に対応している。顕著な違いについては訳注に指摘した。本訳書はフランス語訳を底本とした(フランス語原典の引用部分については仏訳の方が正確な箇所が多い)が、常にドイツ語原書と対照した。

I　カッシーラーと人文科学の基礎付けの問題

カッシーラーは一八九九年に論文「数学および自然科学的認識に対するデカルトの批判」Descartes' Kritik der mathematischen und naturwissenschaftlichen Erkenntnis によってマールブルク大学より学位を得た。この時から本書の発表まで四〇年が経過している。初期のデカルト論が数学的・自然科学的認識の問題を取り扱っていたのに対して、本書の大きな特色は、コルネーユやクリスティナ女王といった、哲学史では通常扱われない人物が取り上げられ、いっそう広い意味での思想史を試みていることであろう。これには、人文科学に関するカッシーラーの思想の成熟が反映している。

ナチズムの台頭を避けて一九三三年にハンブルク大学を辞したカッシーラーは、一九三五年までオックスフォードで教鞭を執り、次いで一九三六年から一九四一年までスウェーデンのイェーテボリ大学で教えた。このイェーテボリ時代のカッシーラーの主要関心事の一つは、人文科学の基礎付けという問題であった。本書発表と時を同じくして一九三九年に論文「文化哲学の自然主義的基礎付けと人文主義的基礎付け」Naturalistische und humanistische Begründung der Kulturphilosophie, Göteborg が、また一九四二年には著書『人文科学の論理』*Zur Logik der Kulturwissenschaften*, Göteborg（ともに邦訳は中村正雄訳『人文科学の論理』創文社、一九七五年）が発表されている。

一七世紀に発する数学的自然科学はデカルトによりその哲学的基礎が据えられ、その厳密性、明証性をもって着々と地歩を固めた。やがてこの科学は自然界の域を超えて精神の領域にまで入り込み、人文科学（ときに精神科学とよばれることがあった）の「自然的体系」を目論む者さえ出るにいたった。このような傾向（自然主義）に対しては、すでに一八世紀にヴィーコによる異議申し立てが行われたが、人文科学を確固たる基礎の上に位置づける仕事は一九世紀に残された課題であった。

カントは、いわゆるそのコペルニクス的転回を通じて思考様式の革命を企て、認識の「対象」から問いを始めるのではなく、われわれの悟性のもつ認識の根本形式を分析した。だが、カントの超越論的分析論がわれわれに提示する対象は、論理的に規定された対象であり、すべての客観性を尽くしているわけではない。数学的物理学の概念と原理とによって把握される客観的法則性の形式を表示しているに過ぎない。カッシーラーは、人間の諸々の文化活動の基本構造を明らかにし、それらを有機的な全体として了解させる哲学が必要であるとの立場に立ち、カント流の観念論的に理解され、解釈された数理的存在では、「現実のすべてをくみ尽くすことはできない」（『シンボル形式の哲学』序論、生松敬三・木田元訳、岩波文庫、第一巻二九頁）と考える。

ヘーゲルについても同様のことがいえる。カッシーラーによれば、ヘーゲルは精神の全体性を忘れることのなかった思想家であるが、その『精神現象学』は畢竟論理の書であり、「あらゆる精神形式のうちで、論理的なものの形式、すなわち概念と認識という形式だけに、真正の自律性が認められているようにみえる」（『シンボル形式の哲学』序論、第一巻三八頁）とする。

カントやヘーゲル以外の思想家たちも、この問題に取り組んだ。基本的な流れは自然主義と歴史主義の対立にあったといってよい。カッシーラー自身、ヘーゲル以降の「一九世紀における哲学の発展は、自然科学と精神科学とのあいだのこの裂目を除くのではなくて、ますます拡げた。そのとき哲学自体が自然主義と歴史主義という二つの敵対的状況にますます分かれたからであった」(『人文科学の論理』邦訳四七頁)と述べている。

自然主義の有力な旗頭であったイッポリット・テーヌ(1828-1893)は、あらゆる学的認識は因果律に基づくものであるとした。精神の状態にもそれを引き起こす原因があるとし、よく知られているように人種、環境および時代を基礎的精神状態を生み出す三つの源泉となし、これが知られたならば、あとは心理的力学の問題に帰結し、ある意味で未来を予見することが可能であると主張した。

これに対して、歴史主義は、自然と歴史とを根本的に対立するものとみなし、人文科学は歴史のカテゴリーのもとでしか認識されないとする。自然科学的認識の絶対性を否定し、人間の精神的活動を対象とする学問、とりわけ歴史には固有の法則や基盤があるとし、その研究法も自然科学のそれとは当然異なると主張した。たとえば新カント派西南学派のヴィンデルバント(1848-1915)は、自然科学が法則定立的科学であるのに対して、経験科学(人文科学)は個性記述的科学であるとした。また同じ西南学派のリッケルト(1863-1936)は、人間の精神的活動を対象とする学問、とりわけ歴史学は、個々の事実を確認するだけでは成立しない。それら個々の事実を価値概念によって結合し、綜合することが必要なのだと主張した。

カッシーラーは自然主義も歴史主義もともに十分ではないとする。テーヌについては、理論家であるだけでなく、『英国文学史』や『芸術哲学』などの著書を通じてその理論を実践に移してみせた自然主義の巨頭であるとして評価するが、彼の真骨頂はその理論から逸脱した部分、すなわち具体的で精彩にあふれた個別的叙述や、直感的内容に満ちた技法にあるとする(『人文科学の理論』第3試論、邦訳一〇六頁)。他方でリッケルトについては、彼のいう普遍的価値体系は客観的に基礎付け得るものではなく、そのような価値体系は形而上学的なものとならざるを得ないと批判する。

そのほか、カッシーラーに無視できない影響を与えた学説には、ディルタイ(1833-1911)の心理学的解釈学など数多いが、ここでは詳述しない。一九世紀における精神科学の基礎理論に関わる諸学説やその論争史についてはJ・フロイント『人間科学の諸理論』(竹内良知・垣田宏治訳、白水社、一九七四年)などが参考となろう。

それではカッシーラーは人文科学をどのように基礎づけたか。カントの跡を継ぐ者として、カッシーラーも、人間は認識によって客観的実在を捕捉するのではなく、認識を通じて客観を創造するのだとの立場に立つ。カントは人間の認識が先験的カテゴリーによって成立するとしたが、カッシーラーによればそれを可能にするのはシンボル形式である。動物が感受系と反応系により生きているのに対して、人間は象徴系に生活している象徴的動物animal symbolicumであると定義される(『人間』第二章)。シンボルを解して認識をするという点では共通するが、各個別の学問においては、人間は異なったシンボルを用いて対象に接する。こうして構成される各分野は当然それに固有の形式、構造をもつであろう。しかしこのことは、各分野における論理性に差があることを意味しない。たとえば科学と歴史では、その対象のシンボル的意味に差があり、シンボル形式は当然異なっている。しかしながら、「真理が一つであるゆえに論理も一つである。歴史家が真理を求める際には、科学者と同一の形式的規則に束縛されている」(『人間』第一〇章)。

この観点に立つとき、人間の精神文化の各分野を新たな視点から見直すことができる。一つだけ例を挙げよう。デカルト哲学の出発点は「コギト・エルゴ・スム」にあるとされてきたが、シンボリスムの真の意味を考えるならば、真の出発点は「普遍学の理念」すなわち

「学問の統一性の理念」にあったとすべきである。この理念はデカルトの数学上の発見である解析幾何学に由来するが、この象徴的思考において、別の一層重要な進歩が行われた。それは、人間が空間とその相互関係とについてもつ認識を「数」に翻訳することが可能になったことであり、この翻訳と変形により、幾何学的思考の真の論理的性格が、一層明瞭かつ適切な方法で考察可能になった(『人間』第四章)ことである。

本書は、人文科学の基礎付けに関する以上のようなカッシーラーの理論を、実地に移してみせたものと考えることができよう。カッシーラーによれば、デカルトとコルネーユとの一致を、ランソンのように、二人が共有する外的事情によって説明するのでは十分ではない。二人がおのおのの分野で「人間」像を構成したシンボルやシステムを比較検討することにより、両者の真の親近性が明らかになるとする。デカルトもコルネーユも、人間から情念というシンボルを切り出した後、それを通して「人間」を再構成しようとする。また、情念の舞台である人間において、中心的な働きをするもの、その本質を構成するものは、絶対的に自由な自我であるとみなす点で共通する。

クリスティナ女王とデカルトとの関係についても同様である。二人の影響関係を歴史的資料という外的状況にしたがって判断しようとする限り、甲論乙駁尽きることがなかったしこれからもないであろう。とりわけ、女王の退位および改宗にデカルトが精神的影響を与えたか否かという問題は、歴史学の答えうるものではない。だが、われわれは純粋観念史と精神史の視座から総合的分析を行うことによりこの問題に答えることができるのだとカッシーラーはいう。デカルトにせよクリスティナ女王にせよ、この時代の個人が逃れることのできなかった観念、普遍的な課題の全体像を描くことができれば、その中における二人の精神的関係について新しい見方が得られるはずだとする。こうした見通しのもとで、一七世紀における普遍神学と自然宗教、一六世紀から一七世紀にかけてのストア主義の復興、デカルトの情念理論、さらには一七世紀における英雄の理想が論じられている。

II　次に本書の内容に関わる研究史についてすこし言及しておきたい。

◉クリスティナ女王について

クリスティナ女王の退位と改宗の問題を精神史の問題として扱い、女王とデカルトとの精神的関係を論じたのはカッシーラーの本書が初めてといってよい。カッシーラーがクリスティナ女王を取り上げたのは、彼のスウェーデン行が契機となったのであろう。本書公刊の翌年の一九四〇年にはスウェーデン語による研究書『クリスティナ女王とデカルト』*Drottning Christina och Descartes*, Stockholm, Göteborgs högskala が発表されているが、これにより、クリスティナ女王に対する関心が決して一時的なものでなかったことがうかがえる。

カッシーラーの立論については本文に譲り、ここで最近のいくつかのクリスティナ研究に言及しておきたい。

第一にクリスティナ女王の著作が新しく出版されたことが指摘される。女王の著作は、いわゆるアルケンホルツ版(全四巻、1751-1760年)にせよビルト版(1908年)にせよ、久しく入手困難であったが、近年ド・レーモンによって、手稿に基づく批判版が出版され、第一資料が容易に利用できるようになったことの意義はなんといっても大きいといわねばならない(Christine, Reine de Suède, *Apologies*, texte établi, introduit et annoté par Jean-François De

RAYMOND, Les Editions du Cerf, Paris, 1994)。この書には、編者による解説序文に次いで、クリスティナ女王の *La Vie de La Reine Christine faite par elle-même ; dédiée à Dieu*『自伝』、*L'Ouvrage du loisir*『閑摘録』および *Les Sentiments*『所感録』が収録されている。

この書物の編者であるド・レーモンは『女王と哲学者：デカルトとスウェーデンのクリスティナ女王』という研究書(Jean-François De RAYMOND, *La Reine et le Philosophe ; Descartes et Christine de Suède*, Lettres Modernes, Paris, 1993)を発表している。このなかでド・レーモンは、デカルトとクリスティナ女王は、これまでそれぞれ個別的には取り上げられ、論じられてきたが、二人の関係という点になると、無視ないしは誤解されてきたとする。二人の精神的交流は従来考えられてきたよりもはるかに豊穣なものであり、再評価すべきであるとし、そのためには、なによりもクリスティナ女王の精神生活の解明が必要であるとする。

議論の詳細は省くが、ド・レーモンは、デカルトのクリスティナ女王に対する貢献は、彼女の思想の核心にかかわるもので、その影響は彼の死後も消えなかったと主張する。女王の改宗は一六五五年の出来事であるが、改宗に至る精神的プロセスはデカルトの死の三〜四年前のことであり、この時点においてデカルトより決定的な影響を受けたとする。女王の主たる関心は「意志」と「情念」とにあったとし、これに関するデカルトの著作、とくに『哲学の原理』、『情念論』および書簡の分析を通じてこれをあとづけようとする。また女王の著作のなかから、デカルトに依拠するとおもわれる言葉を列挙し、次のように結論づけている。「クリスティナの変容の核心は、彼女の使命の自覚、換言すれば彼女の精神的、人間的運命への対処法の自覚にあった。……これはすべての証拠が一致して証明している。……この過程には長い時間を要した。……デカルトは、この過程において、覚醒者としての役割を果たした。つまり、女王に彼女の使命を自覚させ、彼自身を導いた境地まで、女王を道案内したのだった」。

もう一つ重要な最近の業績として、スサンナ・オッケルマンの手になる緻密な研究書『スウェーデンのクリスティナ女王とそのサークル：一七世紀の哲学的自由思想の変容』(Susanna Åkerman, *Queen Christina of Sweden and her circle : The transformation of a seventeenth-century philosophical libertine*, E. J. Brill, 1991)が挙げられる。オッケルマンはカッシーラー説を真っ向から論駁する。クリスティナ女王の思想は哲学的自由思想(philosophical libertine)と呼ぶべきものであって、デカルト的なものとは異質なものである。また、女王に最も大きな影響を与えたのは宗教的懐疑主義であり、千年王国説・メシア説であるとの立場から、女王の周辺の知的サークルを分析している。

◉コルネーユについて

デカルトの学説が当時の文学にも影響を与えたとする説は、一九世紀に主として文学史家の主張したところであった。たとえば、デジレ・ニザール(1806-1888)はその『フランス文学史』(Désiré NISARD, *Histoire de la littérature française*, Paris, 1844)において、デカルトが同時代の文学に決定的影響を及ぼしたと断言した。また、エミール・クランツもその『デカルトの審美学に関する試論』(Emile Krantz, *Essai sur l'Esthétique de Descartes*, Paris, 1882)の中で、デカルトを模範とした理性と明晰性の勝利が同時代を覆い尽くしたとした。

両者の類似性、親近性について一層影響力のある発言をしたのは、本書でカッシーラーも引いている文学史家のギュスターヴ・ランソン(1857-1934)であった。一八九六年の論文「フランス文学に対するデカルト哲学の影響」(L'influence de la philosophie cartésienne sur la littérature française, *Revue de métaphysique et de morale*)において発表されたこの説はランソンの平行説と呼ばれ、大きな反響を捲き起こした。ランソンは、旧来の学問体系の抜本的革新をその本質とするデカルトの学説と、古典古代に範をとりアリストテレス一辺倒であったコルネーユの劇作とは根本的に異質なものであると断言する一方で、それでもデカルトの倫理とコルネーユ劇の英雄的モラルとのあいだには親密な平行関係を認めざるを得ないほど、両者は共通の基盤に立っていると主張した。その共通基盤とは、一七世紀のフランス社会が理想とした「人間」であるとした。ランソンのこの論文が発表されると、多くの論者が論争に参入した。

カッシーラーの本書はランソンの論文からほぼ半世紀後に出たことになる。本書が発表されると、デカルト＝コルネーユ問題は、それまでのフランス文学史の論争から、思想史の分野へと広がった。

戦後になると、コルネーユに関する論文や著書が続々と発表された。本書はコルネーユ論ではないから、あまり深く立ち入ることは避けたいが、いくつか代表的なものについて触れておきたい。

一九四八年にベニシューが『偉大な世紀のモラル』(Paul Bénichou, *Morales du grand siècle*, Gallimard, 1948, 朝倉剛・羽賀賢二訳、法政大学出版局、一九九三年)を発表した。この書は狭義のコルネーユ論ではなく、フランス古典主義時代の社会と文学とを、それまで主流であった実証主義的手法ではなく、新たな社会学的手法により分析・展望することを標榜したものであるが、ここではデカルトとコルネーユとの関係に限定して述べよう。

ベニシューもデカルトとコルネーユとのあいだには共通基盤が存在すると主張する。しかしその共通基盤とは中世以来連綿と続いてきた貴族的英雄主義なのだとする。ベニシューによれば、ランソンはもとより、ブリュヌティエールやルメートルなどの一九世紀のコルネーユ研究家は、理性と情念の二項対立という固定観念にとらわれている。これらの研究家はコルネーユの英雄では意志と理性が協調して情念を統御すると主張するが、それは間違いであるとベニシューは断言する。一九世紀以来のこのようなコルネーユ解釈は、意志と理性の概念を誤って解釈したために生じたのだという。ランソンのように、意志とは自らを抑制し、自らの欲望を沈黙させる力であるとする解釈は、コルネーユにもデカルトにもあてはまらない。コルネーユにおいてもデカルトにおいても、意志によって欲望を抑え込むことなど決してない。意志も理性も、情念を抑圧する手段であるどころか、むしろそれを解放する道具なのだ。二人を結ぶ紐帯は、封建時代にさかのぼる貴族的英雄主義であり、しかもこれがルネサンス期に復活した古典思想によって新しい力を与えられたものである。デカルトとコルネーユの時代は、この封建的、貴族的英雄主義のモラルが最後の光芒を放った時代であったとベニシューはしたのである。

セルジュ・ドゥブロフスキーの異色ある著書『コルネーユと英雄の弁証法』(Serge Doubrovsky : *Corneille et la dialectique du héros*, Gallimard, 1963)は、一九六〇年代に提唱された新批評を代表する著作である。ドゥブロフスキーはコルネーユの「英雄」を論じるにあたり、ヘーゲルの『精神現象学』中の「自己意識の自立性と非自立性、主であること(Herrschaft, Maitrise)と奴であること(Knechtschaft, Esclavage)」によって「英雄」の概念を規定する一方、デカルト、マルクス、ニーチェ、サルトル、マルローなどの世界に対応させ、五七〇頁にわたって縦横無尽に論じ、読みごたえのある労作を発表した。

ドゥブロフスキーは喜劇、悲劇あわせて三五編を詳細に分析・解明し、結論として、この大詩人がひたむきに求め続けた「英雄」は、自由意志(libre arbitre)に基づく真の自己統御を獲ちとるにいたらず、失墜、幻想に終わるとしている。この点では、先に述べたベニシューのいう「英雄の解体」と共通するところがある。

デカルトとの関連では、デカルトの『情念論』第一五八項における「高慢」(orgueil)と「高邁」(générosité)の差異に注目する。デカルトは自由意志を常によく用いようとするところに高邁が生ずるのに対して、それ以外では大いに非難されるべき高慢が生ずるとし、次のようにいう。「……そしてこの高慢は、真の高邁とは非常に異なったものであり、したがって、その効果もまったく反対のものである。思うに、才能、美、富、名誉などのような、自由意志以外の善は、それを持つ人の数が少なければ少ないほど重く見られるのが常であり、さらに、それらの多くは、多数の人に分かち伝え得ない性質のものである。したがって、そこから、高慢な人びとは《執着》、《怒り》によってかきたてられることになるのである」。デカルトが列挙した、自由意志とは無縁なこのような善こそ、コルネーユの英雄たちの総体をなすものであり、一言でつくせば、王侯・貴族の「栄光」(gloire)、「輝き」(éclat)を構成するものであり、ストア派的な「高邁」の世界とは相容れないものである。すなわち高慢な意識は、他者に対して対決と制圧しか考えない、絶対的唯我独尊の特異な世界を超えようとはしない。ドゥブロフスキーは、デカルト対コルネーユを普遍性対特異性、さらに言えば、ブルジョワ的コギト対貴族的コギトとの対決であるとする。

コルネーユ劇では、かならず生死を賭ける「危機」、二者択一の「葛藤」が訪れる。たとえば、『ル・シッド』第一幕第五場において、王の御前でゴルマス伯爵から平手打ちの侮辱を受けた領主ドン・ディエーグは、息子のドン・ロドリーグにむかい、こう叫ぶ。「あの思い上がった男に、武勇のほどを示して来い。これほどの恥をかかされては、血を流すよりほかに取り返しはつかん。殺すか殺されるかだ」。これはコルネーユ的「主」の自由の袋小路であり、熟慮（délibération）もなく利那的に貴族の「不動の掟」を「歴史」に押し付けようとする態度であって、そこには「否定」、「揚棄」、「変貌」を期待する余地はなく、弁証法は成立しないという。これに反してデカルトにあっては、正当な自己統御が探求される。『情念論』では、情念の中にそもそも意識の統制の及ばない要素を認めたうえで、精神と身体との関係を正しく認識し、近代の心理学者が条件反射と呼ぶことの体系的訓練を積み、さらに想像力への警戒によって、真正の自己統御を実現する。つまり貴族的に対してブルジョワ的であるとされる。

コルネーユ研究に異彩を放った新批評の一つのあらましを紹介したあと、最も地道で最も手固い業績を残したジョルジュ・クトンについて触れるのが適当であろう。彼はコルネーユについて数多い論文、著書を残しているが、なかでも大部の『コルネーユの老年、1658–1684』（Georges Couton : *La vieillesse de Corneille*, Librairie Maloine, 1949）は、『ル・シッド』や『オラース』などの傑作上演期とは異なり、前項にも述べたように、上演回数も少なくなったコルネーユ晩年期について、収集した豊富な資料を緻密に検証・駆使し、じつはこの時期の作品群のなかには、それまでとは異なるリアリズムがみられることを実証するとともに、ドラマツルギー、主題、登場人物の類型など、総括的にこの詩人の全体像に迫る記念碑的労作である。

論争はその後アンドレ・ステグマンの浩瀚な研究（André Stegmann : *L'héroïsme cornélien*,

Armand Colin, 1968)によって一応の決着を見たと思われる。ステグマンは、それまでの諸説を渉猟して、デカルトとコルネーユとのあいだに類似性が感じられることは否定できないものの、多くの点からみて(一つだけ論拠を挙げれば、コルネーユの悲劇であれほど重要な意義をもつ栄光 gloire が、デカルトの『情念論』ではさほど重視されていない)、デカルトがコルネーユに強い影響を与えたとすることは無理であろうとした。

◉新ストア主義について

本書を特徴づけているものは、カッシーラーが自家薬籠中のものとしている思想史的考察である。とりわけ、デカルト、クリスティナおよびコルネーユの三者を結びつける紐帯として、ストア主義が重視されている。ここで取り上げられているストア主義は、その倫理面に関する限り、諦観を理想とした古代のそれではなく、かえって人間理性の自律性の理論的支えとなった近代的なそれである。一九四六年に発表した *The Myth of the State*, Yale University Press, New Haven(邦訳『国家の神話』宮田光雄訳、創文社)の中で、カッシーラーは一七世紀におけるストア主義の役割について次のように述べている。一七世紀の思想家たちは徹底した合理主義者であった。それは、かれらがストア哲学の原理である人間理性の「自足性」*αυταρκεια* を受け入れ、人間理性の能力にほとんど無限の信頼を置いていたからである。この合理主義は数学や自然科学だけでなく、政治や社会といった分野にも浸透した。かれらは人間の社会生活にも、その基本原理が存在することを自明のこととみなしていた。その原理こそ、ストア哲学の自然法の概念に由来する「人間の自然権」である。これが政治理論に適用されたとき、国家契約説などの自然法的国家理論を生み、宗教・倫理においては自然宗教の教説を生み出した。ナチズムという人間理性の対極にある暴力に翻弄されたカッシーラーが、ストア主義に抱いていた特別な親近感がここに表明されているといえばいいすぎであろうか。

そもそも本書の翻訳は、工作舎『ライプニッツ著作集』の関連企画として、花田圭介先生が薦めてくださったものである。翻訳完成の暁には花田先生に御校閲をお願いするはずであったが、花田先生は一九九六年二月一六日にお亡くなりになられてしまった。

また、訳者の一人である朝倉 剛先生(共訳者をこう呼ぶのをお許し願いたい)もまた、本書の公刊を目前にした二〇〇〇年五月九日に帰天された。

ここに謹んで両先生のご霊前に本書を捧げたいと思う。

最後に、遅々として進まない訳者の仕事を変わりなく励まし続けてくださった工作舎の十川治江さんに心からお礼をもうしあげたい。

ハ

バイイ　Adrien Baillet　51
パスカル　Blaise Pascal　71, 74-75, 90
ハーバート　Herbert of Cherbery　60-61
パラヴィチーニ　Nicola-Maria Pallavicini　66
ビベス　Juan Luis Vives　83
ファゲ　Emile Faguet　11
フィッシャー　Kuno Fischer　51, 77
フェヌロン　François de Salignac de la Mothe-Fénelon　23-24
フォシウス　Isaac Vossius　58, 82
フォシウス　Gerardus Vossius　94-95
フラインスハイム　Johan Freinsheim　60, 82, 95
プラトン　Platon　12, 58
ブルッカー　Johann-Jacob Brucker　51
ブルーノ　Giordano Bruno　100, 102
ヘインシウス　Niklaas Heinsius　82, 94
ベール　Pierre Bayle　91
ホイヘンス　Constantin Huygens　39
ボシュエ　Jacques-Bénigne Bossuet　63-65
ボーダン　Jean Bodin　57-58
ポルフィリウス　Porphyrius　58
ボワロー　Nicolas Boileau-Despéaux　19

マ

マザラン　Jules Mazarin　66, 115
マセド　Antônio Macedo　60
マティエ　Johannes Matthiae　59, 64, 95
マリネス　Francisco Malines　60, 68, 72, 91
マルクス・アウレリウス　Marcus Aurelius　82, 91
マンナーシート　Charles Alexandre Mannerschied　105
モナルデスキ　Giovanni Monaldeschi　114-16
モンテーニュ　Michel de Montaigne　83-84, 86, 101

ヤ

ユストゥス・リプシウス（リプシウスをみよ）

ラ

ライプニッツ　Gottfried Wilhelm Leibniz　12, 15, 35
ラ・カルプルネード　Gautier de Coste de La Calprenède　116
ラシーヌ　Jean Racine　15, 44, 110, 120
ラブレー　François Rabelais　100-01
ラ・ロシュフーコー　François, Duc de La Rochefoucault　119
ランケ　Leopold von Ranke　66
ランソン　Gustave Lanson　8-11, 26, 108, 119
リシュリュー　Armand Jean du Plessis, Duc de Richelieu　66, 109
リプシウス　Justus Lipsius　34, 37-38, 94
ルター　Martin Luther　71, 89
ルナン　Ernest Renan　130
レ　Jean François Paul de Gondi, Cardinal de Retz　109, 119-20
レッシング　Gotthod Ephraim Lessing　16, 42, 106

人名索引

ア

アウグスティヌス　Augustinus　24, 71, 86, 89-90
アウソニウス　Ausonius　49
アゾリーノ　Decius Azzolino　107
アリストテレス　Aristoteles　9-10, 13, 33, 41-43
アルケンホルツ　Johan Arckenholtz　50-52
アルノー　Antoine Arnauld　89-90
アレクサンドロス　Alexandros　80
ヴァイブル　Curt Weibull　52
ヴォルテール　Voltaire　104, 110
エピクテトス　Epictetus　81, 86, 98
エピクロス　Epicurus　38
エラスムス　Desiderius Erasmus　89
エリザベート　Elisabeth　29-30, 32, 38, 51, 54

カ

カエサル　Caesar　80
カサティ　Paolo Casati　60, 68, 72, 91
カゾーボン　Isaac Casaubon　82
ガッサンディ　Pierre Gassendi　55
カルダーノ　Girolamo Cardano　83
カルル・グスターフ　Karl-Gustav　65, 108, 113
カント　Immanuel Kant　31
キケロ　Cicero　68
キュロス　Kyros　80
クザーヌス　Nicolaus Cusanus　56-57
グラウエルト　W.H. Grauert　52
クレルスリエ　Claude Clerselier　39-40
グロノヴィウス　Johann-Friedrich Gronovius　82
ゲーテ　Johann Wolfgang von Goethe　20, 121
ゲルデス　Joachim Gerdes　82

サ

サロー　Claude Sarreau　58
シェークスピア　Shakespeare　14-15, 20, 34, 43, 106
シャニュ　Pierre Chanut　27, 49-50, 52, 59-60, 81-82, 115
シャプラン　Jean Chapelain　9
シャロン　Pierre Charron　84-88
ジャンセニウス　Cornelius Jansenius　89-90
シラー　Johann Christoph Friedrich Schiller　42
ジルソン　Etienne Gilson　35
シレジウス　Angelus Silesius　121
スキオピウス　Gaspardus Sciopius/Gaspard Schopp　94
スキュデリー　Georges de Scudéry　33, 116
スキュデリー　Madeleine de Scudéry　116
セヴィニェ夫人　Madame de Sévigné　119-20
セネカ　Seneca　35-36, 81-83
ゼノン　Zenon　39
ソクラテス　Sokrates　101
ソフォクレス　Sophocles　21-22

タ

ダンテ　Dante Alighieri　34
チャーベリー（ハーバートをみよ）
ディルタイ　Wilhelm Dilthey　59, 78, 83, 94
デュ・ヴェール　Guillaume Du Vair　34, 37-38, 86
テレジオ　Bernardino Telesio　83
ド・メーム　Jean-Jacques De Mesme　58

ナ

ニコル　Pierre Nicole　89-90
ニューカッスル侯　Marquis de Newcastle　39
ノーデ　Gabriel Naudé　55

●著訳者略歴

エルンスト・カッシーラー(Ernst Cassirer)

一八七四年、ブレスラウのユダヤ人富商の子として生まれる。ベルリン大学、マールブルク大学などで学び、一八九九年、デカルト研究により学位を取得。一九一九年、ハンブルク大学の哲学科教授に就任し同地でヴァールブルク文庫に出会う。一九三三年、ナチ政権の成立直後に亡命。三五年までオックスフォードで教鞭を執り、三六年から四一年までスウェーデンのイェーテボリ大学で教えた後、アメリカに移住。イェール大学、コロンビア大学で教え、四五年にその生涯をとじるまで、創造的で多産な哲学者、哲学史家として活躍。著書は『ライプニッツの体系』(一九〇二年)、『近代の哲学と科学における認識問題』三巻(一九〇六、〇七、二〇年)、『シンボル形式の哲学』三巻(一九二三、二五、二九年)、『個と宇宙——ルネサンス精神史』(一九二七年)、『英国のプラトン・ルネサンス』(三二年)、『啓蒙主義の哲学』(三二年)をはじめ多数におよぶ。本書『デカルト、コルネーユ、スウェーデン女王クリスティナ』(三九年)は、イェーテボリ時代の著作。

朝倉　剛(あさくら　かたし)

一九二六年生まれ、東京大学仏文科卒業。東京外国語大学名誉教授、獨協大学名誉教授。二〇〇〇年五月没。

主な訳書に、ジュール・ヴェルヌ『二年間の休暇』(福音館)、フェヌロン『テレマックの冒険』(現代思潮社)、ジャン・セルヴィエ『ユートピアの歴史』(共訳、筑摩書房)、ルイ・コニェ『ジャンセニスム』(共訳、白水社)、エメ＝ジョルジュ・マルティモール『ガリカニスム』(共訳、白水社)、ポール・ベニシュー『偉大な世紀のモラル』(共訳、法政大学出版局)など。

羽賀　賢二(はが　けんじ)

一九四八年生まれ、東京外国語大学大学院卒業。九州大学大学院言語文化研究院教授。

主な訳書に、エメ＝ジョルジュ・マルティモール『ガリカニスム』(共訳、白水社)、ポール・ベニシュー『偉大な世紀のモラル』(共訳、法政大学出版局)など。

Descartes, Corneille, Christine de Suède/Descartes, Lehre-Persönlichkeit-Wirkung
by Ernst Cassirer
Librairie Philosophique J. Vrin 1942/Stockholm 1939

デカルト、コルネーユ、スウェーデン女王クリスティナ

発行日――――二〇〇〇年九月一〇日
著者――――エルンスト・カッシーラー
翻訳――――朝倉 剛＋羽賀賢二
編集――――十川治江
エディトリアル・デザイン――――宮城安総＋小泉まどか
印刷・製本――――株式会社精興社
発行者――――中上千里夫
発行――――工作舎　editorial corporation for human becoming
〒150-0046　東京都渋谷区松濤2-21-3
phone：03-3465-5251　fax：03-3465-5254
URL：http://www.kousakusha.co.jp
e-mail：saturn@kousakusha.co.jp
ISBN4-87502-333-2

英国のプラトン・ルネサンス

◆エルンスト・カッシーラー　花田圭介＝監修　三井礼子＝訳

自然の人間による支配に抗して、エロスや美を称え、霊的直観に衝き動かされた十七世紀のプラトニストたち。ルネサンスと近代啓蒙主義の結節点を照射した古典的名著。

●Ａ５判上製●２４８頁●定価　本体２９００円＋税

ルネサンスのエロスと魔術

◆ヨアン・P・クリアーノ　ミルチャ・エリアーデ＝序文　桂　芳樹＝訳

フィチーノらが占星術、錬金術を駆使して想像力の根源エロスを噴出させた十七世紀。しかし、科学革命と新旧の宗教革命はそれを封印しようとする…。西欧精神史を根底から覆す画期的書。

●Ａ５判上製●５０４頁●定価　本体４８００円＋税

ガリレオの弁明

◆トンマーゾ・カンパネッラ　澤井繁男＝訳

十七世紀初頭、検邪聖省の糾弾を受けたガリレオの地動説を、獄中の身も省みずに「自然の真理と聖書の真理は矛盾しない」と弁護したユートピストの世にも危険な論証。

●Ａ５判上製●２２４頁●定価　本体２８００円＋税

ペルシャの鏡

◆トーマス・パヴェル　江口　修＝訳

ライプニッツの弟子の手になる『批判的注釈』の発見が、主人公をもうひとつの可能的世界へ向かわせる。幻想の書と実在の書が照応しあい、読者の認識を多層化していく迷宮小説。

●四六判上製●１６８頁●定価　本体１８００円＋税

バロックの神秘

◆エルンスト・ハルニッシュフェガー　松本夏樹＝訳・付論

ドイツの小教会に残る十七世紀の祭壇画。図像的解釈とシュタイナーの世界観を通して、当時のキリスト教カバラ＝薔薇十字思想の英知を読み解く。細密カラー図版四十八頁収録。

●Ａ５判上製●４３６頁●定価　本体８０００円＋税

記憶術と書物

◆メアリー・カラザース　別宮貞徳＝監訳

記憶力がもっとも重視された中世ヨーロッパでは、数々の記憶術が生み出され、書物は記憶のための道具にすぎなかった！　F・イエイツの『記憶術』を超え、書物の意味を問う名著。

●Ａ５判上製●５４０頁●定価　本体８０００円＋税